Nica Stevens

Verwandte Seelen

Eine Liebe zwischen Unsterblichkeit und Tod

Für meine zwei Söhne,
meine Seelenverwandten

Inhalt

Ist es Wahrheit, die ich sehe
Wenn ich vor dem Spiegel stehe?

Ist es Wahrheit, wenn ich höre
Dass ich nicht dazu gehöre?

Ist es Wahrheit, wenn ich weine
Und mein ganzes Sein verneine?

Ist die Wahrheit meine Fülle
Oder wohnt in mir ein leerer Wille?

Alles ... alles ist nur Schein
Wirklich muss nicht Wahrheit sein?!

Stefan Maune, 2013

Der Anfang

Die Zweige des Apfelbaumes peitschten gegen die Fensterscheibe. Eine Weile versuchte ich, das nervtötende Klopfen zu ignorieren, gab dann aber schließlich auf. Ich warf einen kurzen Blick auf die bereits verlassenen Strohlager von meinem Onkel und meiner Tante, bevor ich mich aus dem Bett wälzte und zum Fenster trat. Die ersten Sonnenstrahlen breiteten sich am Horizont aus und tauchten den Himmel in eine glutrote Farbe. Vereinzelte Wolken zogen schnell vorüber, wobei der Wind auch den trockenen Staub des kleinen Feldes mit sich forttrug.

Onkel James stampfte über den Ackerboden hinweg und begutachtete die kümmerlichen Pflanzen. Er war immer der Erste, der auf den Beinen war. Noch vor Sonnenaufgang machte er sich an die Arbeit. Wenn er nicht auf dem Acker war, dann erledigte er anfallende Reparaturen, versorgte das Vieh oder schlug im Wald Holz. Tante Maggi und ich halfen ihm, so gut wir konnten. Unser Alltag wurde von harter, körperlicher Arbeit bestimmt, sicherte uns aber somit das Überleben.

Dass wir den vergangenen Winter alle unbeschadet überstanden hatten, war dem eingeschworenen Zusammenhalt unserer Gemeinschaft zu verdanken. Wir mussten mit dem auskommen, was die Natur uns bot. Auf keinen Fall durften wir uns zu weit von unserem Versteck entfernen. Die Gefahr war einfach zu groß, auf einem Streifzug entdeckt zu werden und die Unsterblichen dabei ungewollt hierher zu führen.

Auf einer großen Lichtung inmitten eines unzugänglichen Waldes hatten wir uns mit elf weiteren Familien eine Siedlung aufgebaut. Unsere einfachen Holzhütten waren gemütlich eingerichtet und boten uns ausreichend Schutz vor der Witterung. Die zwei kleinen Ackerflächen, auf denen wir Getreide und Mais anbauten, bewirtschafteten alle Siedler zusammen. Zudem hatten wir einen Gemüsegarten angelegt und unsere Schweine und Schafe in einem gemeinsamen Stall untergebracht.

Von meinem Fenster aus konnte ich den Fluss am Ende der Lichtung sehen. Auf der gegenüberliegenden Uferseite ragten Grabsteine aus der Erde, wovon auf einem der Name meiner Mutter stand. Nachdem sie bei meiner Geburt gestorben war, hatte meine Tante mich nach ihr benannt.

Ich hatte schon oft versucht, sie mir vorzustellen. Ob ich ihr ähnelte? Nachdenklich fuhr ich mit den Fingern über meine trockenen Lippen und zog dabei die Stirn in Falten. Ich war inzwischen zu einer jungen Frau herangewachsen, wusste aber selbst nicht so recht, was ich von mir halten sollte. In letzter Zeit ertappte ich mich immer wieder dabei, wie ich mich mit meiner besten Freundin Sally verglich. Sie stand mit beiden Beinen im Leben und konnte jedem Tag etwas Gutes abgewinnen. Ihre Zukunft hatte sie schon genau vor Augen und sah sich hier als Ehefrau und Mutter alt werden.

Ich hingegen hatte überhaupt keine Pläne, Träume und Wünsche. Je älter ich wurde, desto mehr begriff ich die Bedeutungslosigkeit meines Lebens. Es gab so viele Momente, in denen ich mich allein fühlte. Natürlich war ich meinem Onkel und meiner Tante für alles dankbar und wusste um die ehrliche Liebe, die sie mir entgegenbrachten. Doch dieses Gefühl, nicht ganz ich selbst zu sein, diese unerträgliche Leere in meinem Inneren konnte ich einfach nicht abschütteln. Aber das wusste niemand. Ich war gut darin, meine Zerrissenheit vor den anderen zu verbergen. Irgendwie war ich mir selbst fremd und zweifelte daran, meinen eigenen Weg noch zu finden.

Ich lief zur Waschschüssel und betrachtete mich im Spiegel. Sally zog mich immer damit auf, dass sie aus meinen Augen lesen konnte wie aus einem Buch. Wenn ich wütend oder aufgeregt war, wirkten sie blau, während sie sonst eher eine grüne Farbe hatten. Ich band mein langes, blondes Haar zu einem Pferdeschwanz zusammen und schlüpfte in mein abgetragenes, braunes Kleid. Der Stoff war an manchen Stellen so dünn geworden, dass es wohl schon bald nicht mehr zu gebrauchen war. Doch ich konnte mich einfach nicht von ihm trennen, da es so ziemlich das Einzige war, was ich von meiner Mutter noch besaß.

Ich betrat die Wohnküche, in der das Feuer unter der gemauerten Herdstelle vor sich hin knisterte und das Wasser in dem eisernen Topf zum Kochen brachte. Allerlei Pflanzenbündel hingen von der Decke und hüllten den gesamten Raum mit ihrem würzigen Duft ein. Tante Maggi hatte gestern frische Kräuter gestampft, während ich mit dem Flechten eines Korbes beschäftigt gewesen war. Die Weidenzweige lagen noch auf dem Holztisch und warteten darauf, dass ich meine Arbeit wieder aufnahm.

Doch vorerst öffnete ich die Tür und lief hinaus. Für April war es dieses Jahr ziemlich warm, sodass in unserem kleinen Garten neben der Hütte schon die unterschiedlichsten Blumen blühten. Meine Tante saß unter dem Apfelbaum auf der Bank und rupfte eine Gans. Sie trug ihr dunkelblondes Haar wie immer zu einem Knoten gebunden, was ihr eine gewisse Strenge verlieh. Dabei war sie die gutmütigste Frau, die es geben konnte. Da sie selbst kinderlos geblieben war, hatte sie den Platz meiner Mutter nach deren Tod mit uneingeschränkter Fürsorge eingenommen und zog mich wie ihre eigene Tochter groß.

»Guten Morgen, Sam!«, begrüßte sie mich.

Ich umarmte sie kurz und setzte mich neben sie. »Habe ich irgendetwas verpasst?«, fragte ich. »Wenn es eine Gans zu essen gibt, muss es dafür doch einen wichtigen Anlass geben.«

»Den gibt es tatsächlich«, erwiderte sie. »Dein Onkel erwartet heute Besuch.«

»Hier? Bei uns?« Ich konnte es nicht glauben. Es war mir unmöglich, meine Aufregung zu verbergen. Noch nie hatte ich andere Menschen kennengelernt. Ich kannte nur die Familien, mit denen wir hier zusammenlebten.

Tante Maggi sah von ihrer Gans auf und blickte nachdenklich ins Leere. »Es heißt, die Unsterblichen wurden an der Grenze zum Wallersee gesichtet. Falls sie sich unserem Gebiet nähern sollten, müssen Vorkehrungen getroffen werden.«

Waren die Unsterblichen wirklich in der Nähe? Ich hatte noch nie einen von ihnen zu Gesicht bekommen. Tante Maggi erzählte mir immer Geschichten über sie, aus der Zeit, als noch Frieden zwischen den Unsterblichen und den Menschen herrschte. Darin wurden sie als übermenschlich stark beschrieben. Sie konnten schärfer sehen, besser hören und hatten allgemein viel ausgeprägtere Sinne als wir Menschen. Zudem besaßen sie ein großes Wissen. Keine Krankheit konnte sie befallen. Wurden sie verletzt, so heilten ihre Wunden innerhalb kürzester Zeit.

Ihr Blut war nicht rot, wie das der Menschen, sondern silbern.

»Könnte ich einen Unsterblichen erkennen, wenn ich einem begegnen würde?« Allein schon der Gedanke daran bereitete mir eine Gänsehaut. »Also ... Ich meine ... Könnte ich einen von ihnen leicht von einem Menschen unterscheiden?«

Tante Maggi lachte. »Oh ja, das könntest du. Die Unsterblichen haben eine ganz besondere Ausstrahlung, der du dich nicht ohne Weiteres entziehen kannst. Außerdem sind sie ein ganzes Stück größer als die Menschen.«

»Du redest von ihnen, als wären sie Götter«, schimpfte Onkel James, der gerade an uns vorbei lief.

»Du brauchst ja nicht zuzuhören, wenn es dir nicht gefällt!«, rief Tante Maggi ihm nach.

»Vermisst du manchmal dein altes Leben?«, erkundigte ich mich.

Meine Tante legte die Gans neben sich auf der Bank ab, wandte sich mir zu und ergriff meine Hände. »Ja, Sam. Manchmal vermisse ich unser altes Dorf. Wir haben dort viele Freunde zurückgelassen, die Angst davor hatten, diesen Weg mit uns einzuschlagen. Ich frage mich oft, wie es ihnen in der Zwischenzeit ergangen ist – ob sie noch am Leben sind.« Sie schaute auf unsere Hände und streichelte mit ihren Daumen über meine Handrücken. »Es geht uns gut, Sam. Auch wenn wir hart für unseren Lebenserhalt arbeiten müssen, so kommen wir gut über die Runden. Als uns die Unsterblichen noch auf ihren Ländereien duldeten, hatten wir es auch nicht leicht. Wir mussten zusehen, dass wir ausreichend erwirtschafteten, um die Steuerabgaben an sie begleichen zu können.«

»Ob ich diesen Ort jemals verlassen werde?«, sprach ich gedankenverloren aus. Es war eher eine laut geäußerte Überlegung als eine Frage. Daher erschreckte es mich, wie heftig Tante Maggi darauf reagierte.

»Jetzt hör mir mal zu, Sam! Dieses kleine Fleckchen Erde ist dein Zuhause. Wir sind froh, diese abgelegene Lichtung entdeckt zu haben. Seit zwanzig Jahren leben wir hier, ohne dass uns die Unsterblichen bisher aufgespürt haben. Es war für deine Mutter damals eine sehr beschwerliche Reise. Sie war hochschwanger, hat uns alle aber immer weiter vorangetrieben, bis wir diesen Ort gefunden haben. Sie hat an nichts anderes mehr gedacht, als ihr ungeborenes Kind in Sicherheit zu bringen. Samantha würde sich im Grab umdrehen, wenn sie wüsste, dass du von hier fortwillst.«

»Aber das will ich gar nicht«, sagte ich.

Doch Tante Maggi ließ mich nicht ausreden.

»Es wurde den Menschen gesetzlich verboten, Kinder zu bekommen. Nur wenige auserwählte Menschen, die den Unsterblichen von Nutzen waren und ihnen dienten, erhielten das Privileg, ein Kind zeugen zu dürfen – und dazu gehörte deine Mutter leider nicht. Dieses Sonderrecht trat erst dann in Kraft, wenn ein Paar von einem Priester im Beisein eines unsterblichen Clanführers getraut wurde und dieser ihnen somit die Erlaubnis erteilte, auf seinem Grund und Boden eine Familie zu gründen. Feierlich wurde eine Urkunde mit dem Siegel und der Unterzeichnung des Clanführers überreicht, die das vermählte Paar fortan als Nachweis immer bei sich tragen musste. Dass die Kinder aus diesen Beziehungen den Clanführern ihre Treue schwören mussten, stand dabei außer Frage.«

»Das weiß ich alles, Tante Maggi.« Ich zupfte einzelne Federn von ihrem Rock. »Gibt es viele wie wir, die sich vor den Unsterblichen versteckt halten und Kinder haben?«

Tante Maggi seufzte, ehe sie sich wieder über die restlichen Federn ihrer Gans hermachte. »Ich weiß von einer weiteren Gemeinschaft. Dein Onkel trifft sich einmal im Jahr mit einem Mann aus dieser Gruppe, um sich auszutauschen. Bevor sich alles verändert hatte, waren unsere Familien gut befreundet und wir haben uns oft gegenseitig besucht.« Sie legte die gerupfte Gans in eine Schüssel und stand auf. »Sie haben sich bisher immer an einem neutralen Ort getroffen. Doch nun möchte er dich kennenlernen.«

»Wer möchte mich kennenlernen?«

»Mach dich jetzt an die Arbeit, Sam! Die Tiere müssen versorgt werden.« Ohne noch weiter auf mich einzugehen, lief sie zur Hütte und ließ mich zurück.

Irgendwie wurde ich den Eindruck nicht los, dass sie mir irgendetwas verschwieg. Aber da sie mir eine weitere Antwort offensichtlich schuldig bleiben wollte, machte ich mich auf den Weg zum Stall, während unsere Gänse mir munter schnatternd folgten. Sie waren richtig zutraulich. Einige ließen sich sogar das Gefieder von mir streicheln. Nur um Tante Maggi machten sie verständlicherweise einen weiten Bogen.

Es war morgens meine erste Aufgabe, die Schweine und Ziegen zu versorgen. Unser Eber Willi machte sich laut grunzend über den Futtertrog her, ohne seinen vier Damen auch nur den kleinsten Platz zu gewähren. »Wie selbstlos du heute wieder bist«, rügte ich ihn. Ich drängte ihn etwas beiseite, um den anderen einen Zugang zum Futter zu ermöglichen. Anschließend machte ich mich daran, die Ziegen zu melken.

»Na, Samantha, alles klar?«, rief mein Onkel mir zu, als er den Stall betrat.

»Ja, ich bin gleich fertig. Kann ich dir dann helfen?«

Er griff nach der Sichel und begann, sie mit einem Wetzstein zu schärfen. »Wir haben heute eine Zusammenkunft. Einige befreundete Rebellen werden zu uns stoßen, um uns von den neuesten Begebenheiten zu berichten.« Er rieb sich das Kinn. »Warum gehst du nicht und unternimmst mal wieder etwas mit deinen Freunden?« Er bemühte sich, seine Besorgnis zu überspielen.

Ich stand auf und drückte ihm den randvollen Krug Ziegenmilch in die Hand. »Dürfen wir bei dem Treffen mit dabei sein?«

Onkel James trank einen großen Schluck und wischte sich dann mit dem Handrücken über den Mund. Trotzdem klebte noch ein Rest der Milch zwischen seinen grauen Bartstoppeln. Im Lauf der Jahre war sein dichtes Haar dünner geworden. Seine Haut war durch die wechselnden Witterungseinflüsse gerötet und aufgeraut. Das entbehrungsreiche Leben hatte ihn gezeichnet. Er sah deutlich älter aus, als er mit seinen fast fünfzig Jahren tatsächlich war.

»Du bist so jung, Samantha. Genieße deine

freie Zeit und überlasse die unerfreulichen Angelegenheiten uns Alten!«, sagte er, während er davonlief.

Ich schaute ihm verunsichert hinterher. Äußerlich schien er nach wie vor der Mann zu sein, der alles im Griff hatte. Aber ich spürte, dass er sich große Sorgen machte.

Die Angst davor, von den Unsterblichen entdeckt zu werden, war allgegenwärtig. Wenn sie uns eines Tages finden würden, dann hätten wir keine Aussicht darauf, ihre Strafe zu überleben. Den Gerüchten nach verschleppten sie Rebellen in Arbeitslager, wo sie unter qualvollen Bedingungen und unter Folter bis zum erlösenden Tod schuften mussten. Aber wir führten lieber dieses risikoreiche Leben, als uns den Unsterblichen zu unterwerfen. Hätte meine Mutter sich ihrem Gesetz gebeugt, dann würde es mich jetzt nicht geben.

Ich verwarf meine Bedenken und machte mich auf den Weg zu Sally. Meine beste Freundin und ich waren von klein auf unzertrennlich. Leider blieb uns nur wenig Zeit, die wir miteinander verbringen konnten. Jeder musste seinen Beitrag leisten und für die Versorgung der Gemeinschaft arbeiten. Wenn wir Glück hatten, bekamen wir hin und wieder gemeinsam Aufgaben zugeteilt. Allerdings war das eher selten, da wir uns ständig gegenseitig ablenkten und die erforderliche Arbeit nicht schafften. So trafen wir uns manchmal abends, auch wenn wir erschöpft waren. Im Sommer gingen wir meistens mit ihrem Bruder Conner und dessen Freund Matt zum Fluss. Dann hatten wir immer eine Menge Spaß und genossen die freie Zeit.

Unsere Nachbarn trieben die Schafe auf die Weide und winkten mir zu. Die drei Pferde grasten schon zufrieden auf der eingezäunten Koppel, wo ihnen die Gänse Gesellschaft leisteten.

Ich entdeckte Sally am Fluss. Sie flickte gerade das Fischernetz, während ihr Bruder dabei war, einen Fisch auszunehmen und zu schuppen.

»Sam! Was machst du denn um diese Zeit hier?«, fragte sie, als wir uns in die Arme fielen.

Conner lächelte mich an. Er nickte mir zu und bemühte sich dabei vergebens, seine Verlegenheit zu verbergen. »Es findet eine Versammlung statt. Solange die Ältesten zusammensitzen, haben wir Freizeit«, antwortete er Sally an meiner Stelle, ohne mich dabei aus den Augen zu lassen.

Er war mit seinen siebenundzwanzig Jahren der Älteste von uns und wachte über uns, seit wir Kinder waren. Sally war sieben Jahre jünger als er. Wäre der Altersunterschied nicht so groß gewesen, hätte man die beiden für Zwillinge halten können. Mit ihren roten Haaren, den grünen Augen und den feinen

Gesichtszügen sahen sie sich unglaublich ähnlich. Umso verschiedener war dafür ihr Charakter. Conner war schon immer sehr vernünftig. Sally dagegen sagte und tat alles, wie es ihr in den Sinn kam.

»Was denn für eine Versammlung?« Sally schaute uns unwissend an.

Conner ignorierte ihre Frage. »Ich hole Matt ab. Wir können ein Stück mit dem Boot fahren und baden gehen.« Er eilte davon.

»Baden gehen? Aber das Wasser ist doch noch viel zu kalt«, protestierte Sally.

Ich musste lachen. Wenn Sally sich schon sträubte, wie musste dann erst Matt reagieren? Er hatte immer irgendwelche Einwände. Sicher konnten wir uns wieder den ganzen Tag einen Vortrag darüber anhören, dass ihm das kalte Wasser eine Erkältung einbringen würde. Matt war so alt wie Sally. Somit war ich mit meinen neunzehn Jahren die Jüngste unserer Gruppe.

Inzwischen hatte der Himmel sich mit einer geschlossenen, dunklen Wolkendecke zugezogen. Der Wind hatte jedoch nachgelassen, wodurch es sich merklich wärmer anfühlte. Der Fluss trieb ruhig an uns vorüber und ließ das kleine Boot, das wir für die Fischerei nutzten, gemütlich vor sich hin schaukeln.

In der Ferne konnte man unsere Holzhütten erkennen, von wo Conner und Matt geradewegs auf uns zuhielten. Sie veranstalteten ein Wettrennen, weshalb Sally und ich die beiden anfeuerten.

»Das kann nicht euer Ernst sein!«, tadelte Matt uns, als er nach Conner bei uns eintraf. Seine schulterlangen Haare hingen ihm verschwitzt ins Gesicht. Sie hatten die gleiche braune Farbe wie seine Augen.

»Da können wir ja gleich im Winter zum Eisbaden gehen«, fuhr Matt in seinem Redeschwall fort. »Mir zieht sich schon alles zusammen, wenn ich das kalte Wasser auch nur sehe. Macht, was ihr wollt! Aber mich kriegt ihr da nicht rein.« Mit hektischen Winkbewegungen deutete er auf das Wasser. »Ich bin doch nicht lebensmüde. Wenn ihr mich fragt, dann ...«

»Halt die Klappe!«, sagte Conner.

Matt schnitt eine Grimasse, worüber wir herzlich lachten. Unser Spaß fand jedoch ein jähes Ende, als verzweifelte Schreie von unserer Siedlung zu uns herüberdrangen.

Conner stieß uns hinter eine kleine Anhöhe und gab uns ein Zeichen, damit wir uns geduckt hielten.

»Was passiert hier?«, flüsterte Sally. Sie krallte sich an den Arm ihres Bruders.

Ich brauchte nicht zu unserer Siedlung zu blicken, um zu wissen, was sich dort abspielte. Die Angst breitete sich unaufhaltsam in mir aus und ließ meinen ganzen Körper erzittern.

Unsere Köpfe so weit wie möglich verborgen, spähten wir über die Hügelkuppe. Deutlich konnten wir nun sehen, wie ein ganzer Trupp Reiter über unser Zuhause herfiel. Wie meine Tante es mir schon geschildert hatte, erkannte ich auf den ersten Blick, dass es sich um Unsterbliche handelte. Selbst in der Ferne wirkten sie durch ihre Größe Respekt einflößend. Sie trugen weiße Waffenröcke, auf denen ein Wappen abgebildet war. Allerdings konnte ich das Symbol durch die Entfernung nicht erkennen. Mit ihren großen Pferden trampelten sie rücksichtslos über die Felder und Gärten hinweg, während sie unsere Familien wie Vieh zusammentrieben.

Wir wussten einfach nicht, was wir tun sollten, waren wie gelähmt. Unterdessen entdeckten uns zwei Unsterbliche und machten sich unverzüglich in unsere Richtung auf den Weg.

Conner gewann zuerst seine Fassung wieder. Er ergriff meine Hand und zog mich mit sich hoch. »Schnell, lauft zum Fluss!«, wies er uns an.

Panisch stürmten wir auf das Boot zu, wobei Matt ins Stolpern kam und der Länge nach hinfiel. Er kämpfte sich fluchend auf die Beine und hielt sich mit schmerzverzerrtem Gesicht den Arm. »Das schaffen wir nie«, schrie er. »Sie haben uns gleich eingeholt.«

Sally wimmerte. Sie hatte große Mühe mit dem Tempo ihres Bruders mitzuhalten, der uns beide an den Händen hielt. »Beeilt euch«, stieß er atemlos aus. Hastig drängte er uns in das kleine Boot, zugleich er es auch schon vom Ufer abstieß. Matt übergab Conner ein Ruder, ehe die beiden das Boot mit kräftigen, schnellen Zügen in Bewegung setzten. Sally und ich hielten uns zusammengekauert aneinander fest, während wir zu der anderen Uferseite ruderten.

Der Fluss war nicht sehr breit, dafür aber sehr tief. Wir stiegen gerade aus dem Boot, als die Unsterblichen das Ufer erreichten. Sie überlegten kurz, ob wir es wert waren, sich nass zu machen. Doch dann trieben sie ihre Pferde ins Wasser.

»Lauft weg!«, schrie Conner. »Lauuuft!«

Dann ging alles ganz schnell. Ich habe keine Ahnung, ob wir alle losrannten oder nur ich allein, ob wir in die gleiche Richtung liefen oder voneinander weg. Diese schreckliche Angst davor, jeden Moment von hinten gepackt zu werden, ließ mich schneller laufen als jemals zuvor in meinem Leben. Meine Beine schienen jede Kraft verloren zu haben, um mich weiter voranzutreiben. Ich versuchte, meine Lungen mit ausreichend Sauerstoff zu füllen, doch ich bekam kaum noch Luft. Es waren nur noch wenige Schritte bis zu den schützenden Bäumen des Waldes, als ich das schnalzende Abschussgeräusch einer Armbrust hörte. Und dann wurde ich getroffen ...

Alles um mich herum begann sich zu drehen. Das Letzte, was ich noch wahrnahm, war das Grollen des sich nähernden Gewitters, bevor ich das Bewusstsein verlor.

In einiger Entfernung flackerte Licht auf. Es war kalt und der Untergrund, auf dem ich lag, fühlte sich steinhart an.

Ich richtete mich mühselig auf. Was war mit mir passiert? Nach meiner Übelkeit und den entsetzlichen Kopfschmerzen zu urteilen, hatte mich einer ihrer Betäubungspfeile getroffen. Hatten sie uns in eines dieser Arbeitslager verschleppt? Wo waren mein Onkel, meine Tante und meine Freunde? Die Ungewissheit ließ mich verzweifeln.

Die Fackeln kamen immer näher und warfen die Schatten ihrer Träger an die hohen Felswände. Ich hielt mir eine Hand vor die Augen, um sie vor der plötzlichen Helligkeit zu schützen.

»Eine von ihnen ist bei Bewusstsein. Was machen wir jetzt mit ihr?«

»Warte, bis Grimmt da ist! Er wird entscheiden, was zu tun ist.«

Es waren vier Männer, von denen sich einer zu mir herunterbeugte und mich blendete. Als ich dabei instinktiv vor ihm zurückwich, drang ein widerwärtiges Lachen aus seiner Kehle, bevor er sich wieder von mir abwandte.

»Wo bleibt Grimmt? Ich habe keine Lust,

noch länger in dieser nassen Grotte zu hocken. Warum haben wir die drei überhaupt erst hierher gebracht?«

Die drei? Ich sah mich um. Etwa zehn Schritte von mir entfernt entdeckte ich Matt. Er lag auf dem Bauch und war verletzt, aber ich konnte deutlich sehen, dass er atmete. Weiter hinter ihm lag Sally. Sie lebten!

Langsam kroch ich auf Matt zu. Ich strich ihm seine blutverkrusteten Haare aus dem Gesicht und ließ meinen Blick weiter durch die Höhle schweifen. Wo war Conner?

»Sam!« Matt hatte seinen Kopf leicht angehoben. »Geht es dir gut? Wo sind die anderen?«

Noch bevor ich ihm antworten konnte, packte mich jemand von hinten im Nacken und zog mich brutal nach oben. »Schluss jetzt mit der Plauderei! Wenn dir langweilig ist, kann ich mich gern ein wenig mit dir beschäftigen.« Der Mann presste sich gegen mich und legte seine Wange an mein Gesicht. Hätte ich nicht vor Schmerz aufgeschrien, wäre es anderen wohl so vorgekommen, als wollte er mich von hinten umarmen.

In diesem Moment kam Stimmengewirr auf und zwei weitere Männer betraten im Schein ihrer Fackeln die Höhle.

»Es wird Zeit, dass du kommst, Grimmt! Marlon wollte sich gerade mit der Kleinen das Warten versüßen«, rief ein etwas untersetzter

Mann den Neuankömmlingen entgegen.

Dieser Grimmt kam auf mich zu, kraulte sich durch den dichten Vollbart und musterte mich eine Weile. Er war mindestens einen Kopf größer als die anderen, was ihm augenscheinlich den benötigten Respekt sicherte. Er war eindeutig ihr Anführer. Seine raue Stimme duldete keinen Widerspruch.

»Bringt sie alle raus! Es dürfen keine Spuren von uns zurückbleiben! Wenn alles gepackt ist, brechen wir so schnell wie möglich auf.«

»Was machen wir mit dem anderen Jungen?«, fragte der untersetzte Kerl.

»Dexter kümmert sich gerade um ihn. Falls er zu schwer verletzt ist, lassen wir ihn zurück.«

Grimmt wandte sich ab und ging voran. Zwei seiner Männer hoben Sally vom Boden auf, ehe sie ihm folgten. Da entzog ich mich schnell dem erneuten Zugriff dieses abstoßenden Marlons und half Matt auf die Beine, um ihn zu stützen. Wir stolperten hinter den anderen her und hielten uns mühsam auf den Beinen, während Marlon uns vorwärtstrieb.

Die Höhle mündete in einen Gang, an dessen Ende uns Tageslicht entgegenschien. Es wurde merklich wärmer und ich sog gierig die frische Luft ein. Erst jetzt wurde mir bewusst, wie stickig es in unserem Gefängnis gewesen war.

Endlich draußen ... Um uns herum befand sich dicht gewachsener Wald. Ich hatte keine Ahnung, wo wir waren. Etwa zwanzig Männer packten ihre Habseligkeiten zusammen und machten die Pferde zum Aufbruch bereit. Ihre Kleidung war verdreckt und verschlissen. Sie mussten schon seit Wochen unterwegs sein.

Ihre Kleidung ... Erst jetzt, da sich meine anfängliche Benommenheit gelegt hatte, bemerkte ich es. Das hier waren nicht die Männer, die uns verfolgt hatten. Sie waren keine Unsterblichen, sondern zerbrechliche, verletzbare Menschen wie Conner, Matt, Sally und ich.

Matt hatte es auch bemerkt. »Wer sind die?« Er sah mich verwirrt an.

»Seht zu, dass ihr das Mädchen wach bekommt, damit sie sich allein auf dem Pferd halten kann!« Grimmt deutete mit einem Kopfnicken in Sallys Richtung, während er auf einen alten, weißhaarigen Mann zulief. »Wie sieht's aus, Dexter? Ist der Junge transportfähig?«

Erst jetzt sah ich Conner auf dem Boden liegen. Sein Arm war verbunden, seine Sachen blutverschmiert und sein Gesicht glühte vom Fieber. Er sah schrecklich aus – mehr tot als lebendig.

Ich ließ Matt los und hastete zu ihm. Kurz vor ihm kam ich zum Stehen und ging auf die Knie. »Conner! Kannst du mich hören? Conner!« Vorsichtig berührte ich sein Gesicht.

»Was für ein herzzerreißender Anblick«, sagte dieser Marlon, der mich missbilligend beobachtete.

»Hilf lieber den anderen, als hier nur herumzustehen und sie anzuschmachten!«, erwiderte der weißhaarige Mann.

Grimmt lachte kehlig. »Du hast gehört, was Dexter gesagt hat. Also mach dich nützlich oder ich mach dir Beine, Marlon!«

Meine Schadenfreude über die Zurechtweisung dieses Widerlings hielt nicht lange an, da Grimmt näher kam und sich zu mir herunter beugte. »Wie heißt du?«

Ich überlegte, ob ich ihm antworten sollte. Vielleicht war es besser zu schweigen, bis wir die genauen Absichten dieser Leute kannten? Allerdings schienen sie keine Bedrohung für uns zu sein. Sie hatten sich um Conner gekümmert und seine Wunden versorgt. Es waren Sterbliche, genau wie wir. Anstandshalber sollten wir uns einander vorstellen.

»Samantha Foley«, antwortete ich ihm schließlich.

Er atmete hörbar ein und richtete sich langsam wieder auf. »Dachte ich mir's doch!«

Dexter und er tauschten einen vielsagenden Blick aus.

Was hatte das zu bedeuten? Jetzt verstand ich gar nichts mehr.

»Wer seid ihr?«, fragte ich.

Grimmt setzte sich neben mich und seufzte. »Wir waren auf den Weg zu eurer Siedlung, um meinen Freund James zu besuchen.«

»Mein Onkel James?«

Grimmt nickte. »Als wir uns näherten und den Tumult bemerkten, versteckten wir uns im Wald. Es gab keine Möglichkeit, etwas zu unternehmen oder zu helfen. Dafür waren die Unsterblichen zu viele. Bei euch verhielt es sich allerdings anders. Ihr ranntet geradewegs auf unser Versteck zu und wurdet nur von zwei Unsterblichen verfolgt.«

Er deutete auf Conner. »Euren Freund hatten sie zuerst eingeholt. Wir konnten eingreifen und das Schlimmste verhindern. Jedoch hatten sie euch da schon betäubt. Keiner von den anderen Unsterblichen hatte bis dahin bemerkt, was sich am Waldrand abspielte. Also versteckten wir ihre Körper im Unterholz ...«

»Veralbern kann ich mich alleine«, fiel Matt ihm ins Wort. »Unsterbliche kann man nicht töten!«

Ohne Matt zu beachten, erzählte Grimmt weiter. »Meine Männer haben euch hierher in Sicherheit gebracht. Nur Dexter und ich blieben zurück. Wir haben das Geschehen noch lange beobachtet.«

»Habt ihr gesehen, was mit unseren Familien passiert ist?«, erkundigte ich mich.

»Ja, Samantha. Viele von euch sind getötet

oder schwer verletzt worden.« Grimmt wandte sich an Matt. »Über deine Familie kann ich dir leider keine Auskunft geben, da ich sie nicht kenne«, sagte er. Dann legte er seine Hand auf meine. »James und Maggi habe ich jedoch deutlich gesehen. Sie waren beide unversehrt.«

»Was passiert jetzt mit ihnen?« Die Sorge raubte mir den Atem.

»Das, was mit allen Rebellen geschieht. Sie bringen sie in ein Arbeitslager.«

»Aber wir müssen zurück! Wir können ihnen noch helfen«, sagte ich.

»Nein!« Grimmt stand auf und sah mich auf eine Art und Weise an, die keinen Widerspruch duldete. »Du kannst nicht nach Hause zurück. Die Unsterblichen sind einfach zu viele und zudem längst über alle Berge. Es gibt nichts, was wir tun können. Wir werden euch mit in unser Versteck nehmen und dann beratschlagen, was mit euch geschehen soll. Aber zunächst müssen wir zusehen, dass wir schnellstmöglich von hier verschwinden, bevor sie uns entdecken.« Damit war die Unterhaltung für ihn beendet. Er wandte sich ab und ließ uns einfach stehen.

Wir waren so hilflos. Was konnten wir nur tun? Meine Familie war verschont geblieben. Aber ich wusste, dass ihr Tod nur noch eine Frage der Zeit war. Bisher hatte noch kein Mensch die Strapazen eines Arbeitslagers überlebt. Und was war mit den Eltern meiner

Freunde? Wir hatten alle wie eine große Familie zusammengelebt. Immer hatten wir uns gegenseitig geholfen und waren füreinander da gewesen. Doch nach Grimmts Aussage gab es keine Möglichkeit, sie zu retten.

Ich stand vollkommen unter Schock, konnte keinen klaren Gedanken mehr fassen. Matt und ich starrten uns ratlos an. Keiner von uns wusste, was er sagen konnte, um den anderen zu trösten.

Der Mann namens Dexter, der offensichtlich ein Heiler war, durchbrach die unangenehme Stille. »Der Junge ist schwer verletzt und hat hohes Fieber«, sagte er, mit einem besorgten Blick auf Conner gerichtet. »Wenn es ihm morgen nicht besser geht, wird er nicht überleben!«

»Conner!« Sally taumelte weinend auf uns zu. Sie war von Kopf bis Fuß klitschnass. Wahrscheinlich hatte man sie mit kaltem Wasser überschüttet, um sie munter zu bekommen.

»Es wird alles wieder gut, Sally«, flüsterte ich und zog sie in meine Arme. »Es wird alles wieder gut.« Wenn ich nur selbst daran glauben könnte!

Dexter hob Conners Kopf an, um ihm etwas Wasser einzuflößen. Da ließ ich Sally los, um ihm zu helfen, indem ich Conners Mund ein wenig weiter öffnete.

»Es wird Zeit aufzubrechen!« Grimmt ritt an

uns vorbei. »Bald wird es dunkel. Wir müssen einen beachtlichen Weg hinter uns bringen, solange uns die Nacht Schutz bietet.«

Dexter breitete eine Decke über eine notdürftig aus Stämmen und Ästen gebaute Bahre aus, die hinter seinem Pferd befestigt war. »Kommt schon, helft mir, euren Freund hier draufzulegen!«

Matt begutachtete die Vorrichtung skeptisch. »Der arme Conner. Wenn das Pferd scheißt, bekommt er alles ab. Na ja, wenigstens liegt er einigermaßen bequem. Wenn ihr mich fragt, ist das besser, als wenn ...«

»Halt die Klappe, Matt!«, sagten Sally und ich gleichzeitig. Er konnte uns selbst in dieser Situation den letzten Nerv rauben.

Sally und Matt bekamen gemeinsam ein Pferd zugewiesen, während ich hinter einem von Grimmts Männern aufsitzen musste. Die unfreiwillige Nähe zu diesem Fremden war mir unangenehm. Als ich allerdings dem aufdringlichen Blick Marlons begegnete, war ich der Ansicht, dass es mich hätte schlechter treffen können.

Grimmt führte uns an und alle setzten sich in Bewegung. Wir waren mit uns unbekannten Menschen auf dem Weg an ein uns unbekanntes Ziel – in eine unbekannte Zukunft.

Erste Begegnung

Inzwischen war es dunkel geworden. Die hohen Bäume wirkten mit einem Mal bedrohlich. Außer den Hufen unserer Pferde und deren gelegentliches Schnauben war es ganz still. Waren wir zu laut? Ich hatte die Befürchtung, man konnte uns in weiter Ferne hören.

»Wann treffen wir auf Jake?«, erkundigte mein Vordermann sich bei Marlon, der die ganze Zeit neben uns herritt.

»Vielleicht schon morgen, falls wir es rechtzeitig zum Fluss schaffen. Wenn wir nicht zur vereinbarten Zeit da sind, zieht er mit seinen Männern weiter.«

»Aber wir brauchen ihn. Er kann uns nicht einfach im Stich lassen!«

Marlon warf einen Blick auf Grimmt, der uns weit vorausritt. »Von mir aus kann dieser Unsterbliche bleiben, wo der Pfeffer wächst! Wir kommen auch ohne ihn klar. Vermutlich ist er doch nur ein Spion.«

»Du spinnst doch, Marlon! Jake ist Grimmts bester Freund. Die beiden kennen sich, seit sie Kinder waren und sind zusammen aufgewachsen wie Brüder. Ohne ihn wären wir alle schon längst nicht mehr am Leben.«

»Seit sie Kinder waren ... Dass ich nicht lache! Muss komisch für Grimmt sein, dass er langsam auf die Fünfzig zugeht und sein Spielkamerad immer noch wie ein Zwanzigjähriger daherkommt.« Er trieb sein Pferd an und ritt davon.

Ich verhielt mich ganz ruhig.

Grimmt hatte also einen Unsterblichen zum Verbündeten und wenn alles gut ging, würden wir schon morgen auf ihn treffen. Augenblicklich musste ich an die Geschichten denken, die mir meine Tante über die Unsterblichen erzählt hatte. Sie fehlte mir so sehr. Der Gedanke daran, in welcher Gefahr sie jetzt schwebten, schnürte mir die Kehle zu. Welche Rolle spielte dieser Jake bei unserer Reise? Sollte mir das Zusammentreffen mit ihm Hoffnung oder eher Angst machen? Ich hatte so viele Fragen, die wohl oder übel noch etwas warten mussten. Der zurückliegende Tag war der schlimmste meines bisherigen Lebens, doch ich wurde das Gefühl nicht los, dass dies erst der Anfang war.

Wir ritten die ganze Nacht, aber der Wald nahm einfach kein Ende. Erst als die Sonne langsam aufging, ließ Grimmt uns absitzen. Ich würde wohl die nächsten Tage im Stehen oder Liegen zubringen müssen, so weh wie mein Hintern mir tat. Auch Sally rieb sich die Pobacken, als sie neben mich trat. Sie machte einen sehr erschöpften Eindruck.

»Hast du schon nach Conner gesehen?«, fragte ich.

Sie nickte und fing an zu weinen. »Er sieht nicht gut aus, Sam. Ich glaube, er wird es nicht schaffen.«

»Legt euch hin und ruht euch etwas aus!«, sagte Dexter im Vorbeigehen. »Wir reiten schon bald weiter.«

Ich hielt ihn am Arm zurück. »Aber wir müssen uns um Conner kümmern!«

»Da können wir im Moment nichts machen. Heute Abend treffen wir mit Freunden zusammen. Wenn ihm noch jemand helfen kann, dann sie.«

Er sprach von den Unsterblichen. Die Aussicht darauf, schon so bald mit ihnen zusammenzutreffen, verunsicherte mich. Sollte ich Sally davon erzählen? Ich beschloss, es sein zu lassen. Sie würde sich bloß unnötig aufregen.

Wir legten uns neben Conner. Der neue Tag erwachte gerade erst zum Leben, als wir uns zur Ruhe betteten. Das Moos, auf dem wir lagen, fühlte sich ganz nass an. Tautropfen glitzerten auf den Blättern der Bäume und Sträucher, da sich die ersten Sonnenstrahlen in ihnen spiegelten. Matt schimpfte über das Gezwitscher der Vögel. Er zog sich sein Hemd übers Gesicht und hielt sich die Ohren zu. Ich war so geschafft, dass es nicht lange dauerte, bis ich tief und fest schlief.

Als Dexter uns weckte, war ich wie erschlagen. Meine Lider wollten mir einfach nicht gehorchen. Immer wieder schlossen sie sich über meine Augen, als wollten sie mich zum Weiterschlafen überreden. Es war ein regelrechter Kampf, sie offen zu halten.

Ich stand auf und streckte mich. Vor Müdigkeit waren meine Augen ganz feucht, sodass ich alles wie durch einen Schleier wahrnahm. Sally und Matt hatten anscheinend die gleichen Schwierigkeiten, wach zu werden. Sie erhoben sich gähnend, während Matt schon wieder vor sich hin fluchte.

Inzwischen hatte ich mich etwas gefangen und sah mich um. Hatte außer Conner, Matt, Sally und mir überhaupt noch jemand geschlafen? Um uns herum herrschte lebhaftes Treiben. Die Männer waren schon fleißig dabei, die Sachen zu verstauen und die Pferde startklar zu machen. Da bemerkte ich Marlon, der in meiner Nähe saß und mich beobachtete. Seine schwarzen Haare hingen ihm in nassen Strähnen bis auf die Schultern. Ich sah gerade noch, wie er mir zuzwinkerte, als ich mich schnell von ihm abwandte.

»Hier habt ihr etwas Brot und Obst. Stärkt euch, dann müssen wir weiter!«, wies Dexter uns an.

»Aber es ist helllichter Tag!«, protestierte Matt. »Ist das nicht zu gefährlich? Sie könnten uns leicht entdecken.«

»Wir haben keine Wahl. Wenn wir jetzt nicht weiterziehen, kommen wir nicht rechtzeitig zum vereinbarten Treffpunkt. Außerdem haben wir vergangene Nacht eine große Strecke zurückgelegt. Es ist eher unwahrscheinlich, dass wir verfolgt werden.«

»Was für ein Treffpunkt?«, fragte Matt.

Doch Dexter hatte sich abgewandt und gab keine Antwort.

»Grimmt will sich mit Freunden treffen«, sagte ich.

»Sind ihre Freunde denn auch unsere?« Matts Miene zeigte deutlich seine Skepsis.

»Es geht uns gut, oder?« Ich hatte keine Ahnung, warum ich auf einmal wütend auf ihn war. »Wir sind hier – frei und am Leben.«

»Sie haben uns gerettet ...«, flüsterte Conner. Das Sprechen bereitete ihm offensichtlich große Mühe.

Wir standen wie angewurzelt da, nur Sally stürzte auf ihn zu und nahm seine Hand.

»Ich habe gesehen, wie sie die zwei Unsterblichen mit ihren eigenen Waffen geschlagen haben.« Er öffnete die Augen. »Die Unsterblichen sind zwar unverwundbar, aber mit ihren Betäubungspfeilen kann man sie außer Gefecht setzen.«

»Du meinst, sie werden bewusstlos?«, fragte Matt.

Conner stöhnte unter Schmerzen auf und legte sich eine Hand auf die Brust. Das Atmen fiel ihm sichtbar schwer. »Nein, sie können sich dann nur ein paar Augenblicke nicht bewegen – gerade ausreichend, um ihnen die Köpfe abzuschlagen. Man braucht mehrere Schläge ...«

Noch bevor er ausgesprochen hatte, tauchte Grimmt neben uns auf und rügte Conner mit seinem Blick. Dann drehte er sich so schnell zu Matt um, dass dieser vor Schreck aufschrie. »Sollte einer von euch dieses Wissen jemals preisgeben, so werde ich ihn eigenhändig umbringen!«, brüllte er, während er Matt am Kragen packte.

Um uns herum hatten alle in ihren Bewegungen innegehalten und verfolgten gespannt das Geschehen. Eine Weile war es beängstigend still.

Matt war jegliche Farbe aus dem Gesicht gewichen. Er zitterte sogar noch, als Grimmt schon längst von ihm abgelassen hatte und wütend davongegangen war.

»Da seht ihr's! Er nimmt sie in Schutz«, wimmerte er.

»Halt die Klappe, Matt!«, flüsterte Conner. Er verlor wieder das Bewusstsein.

Sally beugte sich über ihren Bruder und schluchzte: »Was hat das alles zu bedeuten?«

Matt zuckte mit den Schultern. Er schien keine passende Erklärung zu haben.

Ich hingegen hatte eine Vermutung. Woher sonst sollte Grimmt das Wissen über die wohl einzige Schwäche der Unsterblichen haben, wenn nicht von seinem speziellen Freund? Dieser Unsterbliche musste Grimmt wirklich vertrauen. Er hatte ihm verraten, wie er sich und sein Gefolge schützen konnte, um in dieser schweren Zeit zu überleben. Weshalb aber war Grimmt das Risiko eingegangen und hatte sich bei unserer Flucht eingemischt?

Grimmt hatte nach meinem Namen gefragt. Kannte er mich? Ich musste dringend mit ihm reden, aber nach dem, was gerade geschehen war, beschloss ich, dies noch ein wenig aufzuschieben. Dieser Mann jagte mir schon genug Angst ein, selbst wenn er nicht so in Rage war.

Nachdem wir das Essen schnell hinuntergeschlungen hatten, ging es auch schon weiter. Grimmt hob seinen rechten Arm, woraufhin sich alle in Bewegung setzten.

Dieses Mal hatten Sally und ich gemeinsam ein Pferd zugewiesen bekommen. Ich war froh darüber, nicht wieder hinter einem der Männer aufsitzen zu müssen. Andererseits schmerzte mein Hintern, sobald ich im Sattel saß und ich wäre lieber zu Fuß gegangen.

Sally fluchte hinter mir. Sie rutschte hin und her, um eine einigermaßen bequemere

Position einzunehmen. Wenn wir die nächsten Tage nur noch auf den Rücken der Pferde zubringen sollten, dann würden wir gar nicht mehr sitzen können.

Seit einem halben Tag waren wir unterwegs. Niemand sprach. Nach wie vor mussten wir vorsichtig sein. Wir wussten nicht, ob wir verfolgt wurden. Die Geräusche unserer Pferde wurden von dem Wind überdeckt, der durch die Blätter der Bäume rauschte. Sonst war nichts zu hören.

Es lag eine unleugbare Anspannung in der Luft. Ich wusste, dass die Gedanken meiner Freunde bei ihren Familien waren, genauso wie meine. Allerdings schweiften meine Überlegungen auch immer wieder zu dem bevorstehenden Treffen ab. Immerhin war ich die Einzige von uns, die von diesem Unsterblichen namens Jake wusste. Ich konnte nicht leugnen, dass ich neugierig auf ihn war. Schließlich war er uns gegenüber nicht feindlich eingestellt. Zumindest hoffte ich das ...

»Hörst du was ich höre?«, fragte Sally.

Ich lauschte und nickte zur Bestätigung. Ein anderes Rauschen als das der Blätter war zu hören.

Dexter ritt mit Conner im Schlepptau neben uns her. »Der Fluss ist nicht mehr weit. Wir sind fast am Ziel.«

Als wir das Wasser erreichten, ließ Grimmt

uns jedoch nicht wie erhofft absitzen, sondern ritt mit dem Flussverlauf weiter. Der reißende Strom trieb schnell an uns vorüber. Das tosende Gewässer war so laut, dass man sein eigenes Wort nicht mehr verstehen konnte. Auch am anderen Ufer standen die Bäume dicht beieinander und warfen ihren Schatten auf die Wasseroberfläche. Ob dieser Wald jemals ein Ende hatte?

Ich hatte die Hoffnung schon fast aufgegeben, als das Gehölz sich langsam lichtete und eine überwältigende Landschaft zum Vorschein kam. Vor uns breitete sich eine flache, grüne Ebene aus. Der Fluss mündete hier in einen See, der von einem schmalen Kieselstrand eingeschlossen wurde und sich am Ende in einen mächtigen Wasserfall ergoss. In einiger Entfernung ging die Ebene in eine Hügellandschaft über, die am Horizont von riesigen schneebedeckten Gipfeln umgeben war.

Ich war noch dabei, dieses beeindruckende Panorama zu verarbeiten, als ich in einiger Entfernung eine Gruppe Reiter bemerkte, die sich schnell näherten.

Da hob Grimmt seinen Arm, um uns zu stoppen. Er selbst trieb sein Pferd an und ritt ihnen entgegen.

Auch aus der Gruppe hatte sich ein Reiter gelöst und ritt auf Grimmt zu. Noch nie hatte ich ein so schnelles Pferd gesehen. Mir war unklar, wie sich der Mann auf dem schwarzen

Hengst halten konnte, da er ungesattelt und ohne Zügel war. Ich versuchte, mich in meinem Sattel etwas aufzustellen, um besser sehen zu können, wurde aber unter Sallys Protest zurückgezogen.

In diesem Moment trafen die Reiter aufeinander und umarmten sich, immer noch auf ihren Pferden sitzend. Sie waren zu weit von uns entfernt. Ich konnte sie nicht genau sehen oder gar hören, aber eines erkannte ich ganz deutlich: Sie waren sich sehr vertraut und voller Freude über ihr Wiedersehen. Hätte ich es nicht besser gewusst, so wäre es einer liebevollen Begrüßung zwischen Vater und Sohn gleichgekommen, denn Grimmt war augenscheinlich viele Jahre älter als sein Gegenüber.

Es kam mir ewig vor, bis sie endlich ihre Pferde wendeten und sich in unsere Richtung auf den Weg machten. Ich stieg ab, ohne den Blick von den zwei Reitern zu lösen, die zu meinem Verdruss zurückfielen und von den anderen überholt wurden.

»Die zwei haben sich eine Menge zu erzählen«, sagte Dexter.

Wir sattelten unsere Pferde ab und begannen, sie trocken zu reiben. Ungeduldig hielt ich immer wieder nach Grimmt und seinem Freund Ausschau. Doch dann waren sie auf einmal verschwunden. Ich hatte keine Ahnung, wo sie abgeblieben waren, während die übrigen Reiter uns in der Zwischenzeit erreichten.

Sally krallte sich an meinem Arm fest und starrte die Männer mit weit aufgerissenen Augen an.

Das hier waren keine Menschen ... Sie sahen aus wie wir, aber auch so anders – sie waren makellos schön. Ohne uns auch nur eines Blickes zu würdigen, ritten sie an uns vorüber. Sie waren uns eindeutig überlegen.

Noch nie hatten wir die Unsterblichen aus der Nähe gesehen. Bei dem Überfall auf unsere Siedlung waren sie zu weit entfernt gewesen. Als wir vor unseren zwei unsterblichen Verfolgern geflüchtet waren, beherrschte uns Angst und Panik. Ich hatte überhaupt keine Gelegenheit gehabt, einem von ihnen ins Gesicht zu sehen – schließlich rannten wir um unser Leben.

Matt stand wie festgenagelt da und schaute ihnen staunend hinterher.

»Jetzt werden sie uns töten!« Sally schluchzte auf.

Erst jetzt bemerkte ich ihre Furcht. »Nein, das werden sie nicht tun. Sie sind mit Grimmt befreundet und werden uns helfen.«

»Woher weißt du das?«

»Ja, das würde mich auch interessieren«, sagte Matt.

Dexter unterbrach die angespannte Stimmung. »Grimmt will dich sprechen!« Er deutete mir an, ihm zu folgen.

Augenblicklich beschleunigte sich mein Herzschlag. Warum war ich eigentlich so aufgeregt?

»Ich werde euch später alles erzählen«, versprach ich meinen Freunden. Bevor sie auch nur den kleinsten Einwand äußern konnten, wandte ich mich an Dexter. »Worum geht es denn?«, fragte ich ihn so gelassen wie möglich.

»Das wird Grimmt dir selbst erklären. Ich soll dich nur zu ihm bringen.«

Ich folgte ihm mit einem flauen Gefühl im Magen. Was erwartete Grimmt von mir? Warum wollte er mich sprechen?

Dexter führte mich ein Stück in den Wald. »Da entlang!« Er drängte mich vorwärts, während er selbst zurückblieb.

»Kommst du nicht mit?« Fast flehten ihn meine Worte an.

Doch er schüttelte nur den Kopf, drehte sich um und ging.

Es trug nicht gerade zu meinem Wohlbefinden bei, dass er mich hier allein ließ. Irgendwie fühlte ich mich immer unsicherer. Ich schloss die Augen und atmete tief durch, um mich zu beruhigen. Wie konnte ich nur so feige sein?

Ich war froh gewesen, den Wald endlich hinter mir gelassen zu haben, und nun lief ich wieder geradewegs in ihn hinein. Ob dieser Unsterbliche noch bei Grimmt war? Vielleicht machte ich mich umsonst verrückt und Grimmt wartete allein auf mich. Meine Nerven waren völlig überreizt. Es war eigenartig – als ob mich eine unsichtbare Kraft anzog. Ich konnte mir nicht erklären, was hier gerade mit mir passierte. Willenlos setzte ich einen Schritt vor den anderen, bis ich Grimmts raue Stimme hörte.

Und dann sah ich die beiden ... Ich sah ihn.

Jakes Anblick musste jedes Frauenherz unwillkürlich aus dem Takt bringen. Wie konnte jemand nur so verboten gut aussehen?

Er war etwas größer als Grimmt, wirkte dabei aber keinesfalls bedrohlich. Sein zerzaustes, dunkelbraunes Haar reichte ihm bis über die Ohren und fiel ihm glänzend in die Stirn. Er trug eine ärmellose Rüstung, deren schwarzes Leder seinen Oberkörper eng einhüllte und die perfekt geformten Muskeln seiner Arme hervorhob.

Ich schätzte ihn ungefähr auf mein Alter – zumindest sah er danach aus.

Mein Herz schlug so schnell, dass ich das Gefühl hatte, es würde jeden Moment zerspringen. Ich wurde von den Empfindungen, die sich in mir ausbreiteten, völlig überfordert.

Als Grimmt mich entdeckte, stand ich noch immer regungslos mit offenem Mund da, versuchte vergeblich, einen klaren Gedanken zu fassen und Jakes unwiderstehliche Wirkung auf mich zu begreifen.

»Jake, ich möchte dir Samantha vorstellen!«, sagte Grimmt und deutete in meine Richtung.

Ich hörte schlagartig auf zu atmen, als er sich mir zuwandte. Forschend sah er mich mit seinen dunkelblauen Augen an, fesselte mich mit einem tiefgründigen Blick, von dem ich ganz weiche Knie bekam. Sein umwerfendes Lächeln verschwand dabei nach und nach aus seinem bildhübschen Gesicht.

Was passierte hier? Er hatte mich vollkommen in seinen Bann gezogen – und ich ihn in meinen. Wir waren Fremde, doch ich spürte eine so intensive Verbundenheit, dass etwas in meinem Inneren zu bröckeln begann. Die allgegenwärtige Schwere, die ich sonst in meiner Brust empfand, schien zu schwinden und ließ mich befreit durchatmen.

Ich war völlig verwirrt.

Jake löste unter einer gewissen Anstrengung seinen Blick von mir. Er schaute Grimmt an, der ihm fast unmerklich zunickte und wissend lächelte.

Nun musterte Jake mich erneut mit zusammengekniffenen Augen. Ich fragte mich gerade, was wohl in seinem Kopf vorging … Dabei geschah es so schnell, dass es vorbei war, ehe ich es begreifen konnte: Bevor ich seine Berührung auch nur erahnte, kam er näher, ergriff meine Hand und zog eine messerscharfe Klinge tief durch mein Fleisch.

»Ah ...!« Ich schrie auf und sackte auf die Knie. Der brennende Schmerz übermannte mich.

Jake wich zurück und beobachtete mich, während ich hilflos meine Hand hielt, von der mein rotes Blut auf die Erde tropfte. Ich war so wütend auf diesen Unsterblichen. Noch schlimmer als die Tatsache, dass er mich verletzt hatte, war das Gefühl des Verrats. Wenige Augenblicke vorher hätte ich ihm mein Leben anvertraut – auch wenn ich keine Ahnung hatte, warum.

»Du hast dich geirrt, Grimmt ... Ich habe mich geirrt«, sprach Jake mit einer sympathischen Stimme, die mich innerlich noch mehr aufwühlte. »Wenigstens haben wir jetzt Gewissheit.«

Er ging, ohne auch nur noch einmal in meine Richtung zu schauen.

Mit einem Mal verließ mich jegliche Kraft und ich ließ meinen Tränen freien Lauf. Ich fühlte mich so ... leer.

»Ist schon gut, Samantha!« Grimmt kniete sich neben mich und nahm meine Hand, die ich ihm sofort wieder entzog. »Dexter bekommt das schon wieder hin.«

»Warum hat er das getan?«, wimmerte ich. Es tat schrecklich weh!

Grimmt atmete hörbar aus. »Wir mussten uns einfach sicher sein.«

»Sicher worüber?« Mir wurde übel.

»Ob du ein Mensch bist.«

Ich sah ihn verständnislos an. »Das hätte ich euch auch so sagen können, wenn ihr mich nur gefragt hättet!«, schrie ich ihn an. »Aber nein, stattdessen müsst ihr mich gleich in Stücke schneiden. Was soll ich denn sonst sein, ein Hund?« Gleich würde ich vor Wut platzen.

Grimmt lachte. »Ich hatte ja keine Ahnung, wie viel Temperament in dir steckt.« Er stand auf und zog mich auf die Beine.

Ich wollte mich von ihm losreißen, aber er schleifte mich unbeirrt mit sich fort.

»Jetzt bringe ich dich erst einmal zu Dexter, damit er sich um deine Hand kümmern kann.« Langsam lockerte er seinen Griff und sah auf mich herunter. »Danach bin ich dir wohl eine Erklärung schuldig.«

Legenden

Bevor Dexter meine verwundete Hand betrachtete, setzte ich mich auf den Stamm eines umgestürzten Baumes, dessen Wurzel neben mir in die Höhe ragte. Es sah wirklich schlimm aus. In meiner Handinnenfläche klaffte eine Wunde, die immer noch sehr stark blutete.

Dexter bemühte sich, den Schnitt zu säubern, was sich als ziemlich schwierig herausstellte. Immerzu zuckte ich zurück, da es sehr wehtat.

»Aua ...«, protestierte ich.

»Ja, ich gebe es zu. Jake hat etwas übertrieben«, sagte Grimmt. Er hatte sich neben mir niedergelassen und runzelte die Stirn.

»Dann sollte Jake es auch selbst wieder in Ordnung bringen«, tadelte Dexter.

Grimmt machte den Eindruck, als hätte er ein schlechtes Gewissen. Er zwinkerte mir zu, bevor er sich auf den Weg machte, um Jake zu holen.

Wir befanden uns auf einer kleinen Lichtung, weit weg von den anderen. Sie sollten nicht verunsichert werden und nichts von diesem kleinen »Zwischenfall« erfahren. Die Sonne stand schon weit im Westen und versteckte sich hinter den Bäumen. Es würde nicht mehr lange dauern, bis sie sich am Horizont von uns verabschiedete.

»Das muss genäht werden, Kleine!«, stellte Dexter fest.

Ich schluckte, versuchte mir die Panik aber nicht anmerken zu lassen. Bis jetzt war ich von Verletzungen immer verschont geblieben. Als Kind hatte ich ein paar Schürfwunden davongetragen, was in diesem Alter ja völlig normal war. Doch sonst konnte ich mich an keine Wunde erinnern.

Dexter gab auf, da ich ihm erneut meine Hand entzog. Er verschränkte kapitulierend die Arme vor der Brust, als Grimmt auch schon zu uns zurückkehrte.

»Jake kümmert sich gerade um Conner. Danach wird er sich Samanthas Hand anschauen.«

»Nein, danke! Der soll mir bloß vom Hals bleiben!«

Dexter lachte. »Glaube mir, danach wird es dir besser gehen!«

Wie sollte Jake mir helfen? Womöglich hatten die Unsterblichen irgendwelche Salben, Säfte oder Tinkturen dabei? Sie verfügten sicher über wirkungsvollere Heilmittel als wir Menschen.

Meine Enttäuschung über Jakes Verhalten konnte ich nicht verbergen. Ich wusste nicht, was ich erwartet hatte. Aber auf keinen Fall hatte ich mit so einer ablehnenden Reaktion gerechnet. Ohne zu zögern, hatte er mich vorsätzlich verletzt. Nach Grimmts Aussage wollte Jake mit seiner Tat beweisen, dass ich ein Mensch war. Wie verrückt waren die beiden eigentlich? Je länger ich mir das Geschehene durch den Kopf gehen ließ, desto irrsinniger erschien es mir und ich beschloss, nicht weiter darüber nachzudenken.

»Wie geht es Conner?«, fragte ich Grimmt, um mich abzulenken.

»Morgen hat er das Schlimmste überstanden«, antwortete Jake, der in diesem Moment neben Grimmt auftauchte und diesem zunickte.

Seine Stimme jagte mir einen wohligen Schauer über den Rücken. Auch wenn ich gewusst hatte, dass er zu uns kommen würde, so war ich nun dennoch wegen seiner plötzlichen Anwesenheit nervös. Ein Kribbeln machte sich augenblicklich in meiner Magengegend breit, worüber ich mich maßlos ärgerte. Warum reagierte ich so intensiv auf ihn? Ich sollte eher eine Abneigung gegen ihn verspüren! Er hatte mich schließlich verletzt.

»Endlich!«, sagte Dexter mit geschlossenen Zähnen. »Die Kleine wäre mir in der Zwischenzeit fast verblutet.« Die Blicke, die Dexter in

Jakes Richtung warf, sprachen Bände.

Ich merkte, wie ich rot anlief. Konnte er nicht endlich damit aufhören, mich ständig »Kleine« zu nennen?

Jake lachte. »Ist ja gut, ich habe es verstanden.« Er hob beschwichtigend die Hände. »Es tut mir aufrichtig leid«, entschuldigte er sich und kam dabei langsam auf mich zu. Seinen Blick hielt er nach unten gerichtet, darum bemüht, mich nicht anzusehen.

Ich hielt die Luft an, da ich meine zitternden Hände einfach nicht unter Kontrolle bringen konnte. Es war keine Angst, die ich verspürte, sondern eher Unsicherheit. Mein Herz vollführte halbe Purzelbäume, während ich Schwierigkeiten hatte, normal weiterzuatmen.

»Du kannst mir vertrauen!«, sagte er, als er meine Nervosität bemerkte.

Ich schluckte den Kloß in meinem Hals hinunter. »Ach, tatsächlich? Nimm es mir nicht übel, aber ich habe da so meine berechtigten Zweifel!«

Jetzt sah er auf. Ich verlor mich vollkommen in der geheimnisvollen Tiefe seiner Augen.

Grimmt lachte leise vor sich hin, stellte es aber sofort wieder ein, als Jake ihm daraufhin einen warnenden Blick zuwarf.

»Ich dachte, du bist wie ich. Ich hatte nicht vor, dich ernsthaft zu verletzen«, erklärte Jake sein Handeln.

»Oh ... Na, wenn das so ist ... Warum hast du das denn nicht gleich gesagt? Dass du nur aus Versehen meine Hand zerschnitten hast, das konnte ich ja nicht ahnen. Vermutlich sollte Grimmt dir noch ein paar Tipps im Umgang mit scharfen Gegenständen geben.« Meine Stimme triefte vor Sarkasmus und die Worte sprudelten nur so aus mir heraus.

Dexter räusperte sich und machte sich schleunigst aus dem Staub, bevor es zu offensichtlich wurde, wie sehr er sich amüsierte.

Grimmt stand grinsend da und hielt sich eine Hand vor den Mund. Schließlich hielt er es nicht mehr aus und prustete los. »Entschuldige, Jake!« Er lachte hemmungslos.

Ich war so wütend, weil Jake sich mir gegenüber so abweisend verhielt. Was hatte ich ihm eigentlich getan? Es war unbestreitbar, dass er sich in meiner Gegenwart nicht besonders wohlfühlte. Dieser Unsterbliche brachte mich völlig durcheinander. Er verwirrte mich, übte aber gleichzeitig eine unwiderstehliche Faszination auf mich aus, der ich mich nicht entziehen konnte. Es war mir unmöglich, ihn richtig einzuschätzen. Was dachte er über mich?

Jake war über meine anklagenden Worte sichtlich verärgert. Er schaute zu Grimmt hinüber, der sich mittlerweile von seinem Lachanfall erholt hatte und uns aus sicherer Entfernung beobachtete.

Täuschte ich mich oder war er tatsächlich verunsichert, was er nun tun sollte? Widerstrebend seufzte er auf und trat näher. Ehe ich wusste, was geschah, zog er sein Messer hervor. Meine Augen konnten der Schnelligkeit, mit der er das tat, unmöglich folgen. Erst als ein kleiner Tropfen von silbernem Blut auf seiner Fingerkuppe zum Vorschein kam, wurde mir klar, dass er sich soeben selbst geschnitten hatte.

Nach einem kurzen Zögern ergriff er meine Hand, wobei mich seine Berührung völlig aus dem Gleichgewicht brachte.

Auch Jake schien das zu spüren. Seine Armmuskeln spannten sich augenblicklich an und sein gesamter Körper wirkte wie erstarrt. Als würde es ihn enorme Kraft kosten, strich er mit seinem blutenden Finger über meine Hand, bis der silberne Tropfen in meiner klaffenden Wunde verschwand.

Und dann ...

Es fühlte sich an, als würde Jake einen warmen Impuls auf mich übertragen. Ein Kribbeln breitete sich in meiner Hand aus, wanderte meinen Unterarm nach oben und versenkte mich dann vollkommen in einer immer weiter anschwellenden Hitze. Völlig verwirrt schreckte ich zurück – oder war es Jake?

Hastig wich er vor mir zurück. Als sich unsere Blicke trafen, bemerkte ich den seltsam frustrierten Ausdruck in seinen tiefblauen Augen. Es kam mir so vor, als könnte er bis in die Tiefe meiner Seele in mich hineinsehen. Seine Hände hatte er neben seinem Körper zu Fäusten geballt, als ob er gegen etwas ankämpfte.

Wie von einem unsichtbaren Band, das sich immer fester um uns zuschnürte, wurde ich von ihm angezogen. Wieder ergriff mich dieses übermächtige Gefühl der Vertrautheit, das ich bei unserer ersten Begegnung schon empfunden hatte. Konnte er es auch spüren? Ich machte einen Schritt auf ihn zu.

Doch er schüttelte abwehrend den Kopf und wandte sich von mir ab. Er flüchtete regelrecht von der kleinen Lichtung und ließ mich allein. Ich war verloren ...

Von meiner Hand strahlte eine Hitze aus, die mein Fleisch zu verbrennen drohte. Aber die Glut war nichts im Vergleich zu der allumfassenden Leere, die mit solcher Wucht in mein Herz zurückkehrte, dass ich voller Schmerz zu Boden ging.

Grimmt stand immer noch in sicherer Entfernung. Er bewegte sich nicht. Er sagte kein Wort.

Ich wusste nicht, wie viel Zeit vergangen war, bis Dexter zu uns zurückkehrte. Fragend schaute er Grimmt und mich abwechselnd an. »Ist was passiert?«

Grimmt stand nach wie vor in einiger Entfernung, wirkte irritiert und beunruhigt. Er räusperte sich und kraulte sich seinen Bart, anstatt zu antworten.

Ich saß auf dem Boden und hatte die Knie so weit es ging an meinen Körper gezogen. Meine Hand hatte aufgehört zu bluten und tat überhaupt nicht mehr weh. Trotzdem fühlte ich mich schlecht.

»Na, wenn ihr nicht darüber reden wollt …« Dexter zuckte mit den Schultern. »Dann kümmere ich mich jetzt um deine Hand.«

Er kramte aus seiner Gürteltasche allerlei Utensilien hervor und breitete sie auf einem Tuch vor mir aus. »Säubern brauchen wir deine Wunde eigentlich nicht mehr«, sprach er, während er seine Hände in Jod tränkte. »Das hat Jake schon erledigt. Aber was soll's, doppelt hält besser.«

»Ich könnte dir in der Zwischenzeit eine Geschichte erzählen, um dich abzulenken«, sagte Grimmt und setzte sich neben mich.

Dankbar nickte ich ihm zu.

»Kennst du die Legenden der Unsterblichen?«, fragte er, ohne auf meine Antwort zu warten. »Es herrschte lange Zeit Krieg zwischen den unsterblichen Clanführern. Du weißt, dass nur die Unsterblichen dazu in der Lage sind, ihresgleichen zu töten. Der Kampf um Macht und Land forderte damals viele Opfer, da sie sich gegenseitig die Köpfe abschlugen. In den Wirren des Krieges schenkten sie der Tatsache, dass immer weniger unsterbliche Kinder auf die Welt kamen, erst gar keine Beachtung. Erst als es überhaupt keine schwangeren, unsterblichen Frauen mehr gab, sich der Bestand der Unsterblichen durch die Kämpfe aber immer weiter verringerte, wurde ein Clanoberhaupt darauf aufmerksam. Dougal McGavyns Clan ist der Ursprung aller Unsterblichen. Ich weiß von keinem Älteren als ihm. Er rief alle Clans zu einer historischen Versammlung zu sich, da er befürchtete, dass die Menschen sich ihnen schon bald nicht mehr unterordnen würden, wenn sie sich weiter vermehrten, der Bestand der Unsterblichen durch den Krieg aber immer mehr zurückging. Von einem Tag auf den anderen unterzeichneten die Unsterblichen einen Friedensvertrag. Sie mussten umdenken, um das Aussterben ihrer Art zu verhindern.«

»Ich kenne die Vergangenheit der Unsterblichen. Meine Tante hat mir die Geschichten schon von klein auf erzählt«, ließ ich Grimmt wissen. Aber er sprach trotzdem weiter.

»Dann weißt du auch, dass sie noch am selben Tag beschlossen, keine menschlichen Schwangerschaften mehr zuzulassen. Dougal McGavyn erließ ein Gesetz, das nur auserwählten Menschen gestattete, eine Familie zu gründen. Allen anderen, die sich dagegen verwehrten, erklärte er den Krieg. Er ließ Frauen öffentlich hinrichten, die ohne die Erlaubnis eines Clanführers schwanger geworden waren.«

»Das ist so ein Irrsinn. Ich könnte mich unentwegt darüber aufregen«, stieß ich aus.

»Am Anfang versuchten wir uns gegen dieses Gesetz zu wehren. Es kam zu einem Aufstand, bei dem mindestens die Hälfte der Menschheit ihr Leben ließ. Doch wir hatten nie auch nur den Hauch einer Chance. Die Tatsache, dass wir sterblich waren und unsere Feinde nicht, erstickte die Rebellion schon bald im Keim. Die meisten Menschen fügten sich ihrem Schicksal.«

»Wer oder was gibt ihnen eigentlich das Recht, über uns bestimmen zu dürfen?«

»Wusstest du, dass die Unsterblichen mit ungefähr dreißig Menschenjahren aufhören zu altern und daraufhin ewig weiterleben?«

Ich lachte spöttisch. »Ja, es sei denn, sie schlagen sich gegenseitig die Köpfe ab.«

Grimmt musterte mich kurz, als überlegte er, wie viel er mir erzählen durfte. »Mithilfe ihrer eigenen Betäubungspfeile sind wir auch dazu in der Lage, sie zu enthaupten, benötigen dafür aber einige Zeit und Anstrengung.«

Während Grimmt erzählte, beobachteten wir Dexter bei der Arbeit. Dieser hatte begonnen, meine Wunde zu vernähen. Dabei legte er die Hautränder aneinander und zog mit einer gebogenen Nadel einen Seidenfaden hindurch, den er an den Enden miteinander verknotete.

Ich hatte keinerlei Schmerzen ...

»Die Unsterblichen haben auch noch eine andere Möglichkeit, ihr Dasein zu beenden. Sie können für sich selbst die Entscheidung treffen zu sterben. Sie legen sich zum Schlafen hin und wachen nicht mehr auf – sie hören einfach auf zu atmen. Allerdings ist das nicht so einfach, wie es sich anhört. Voraussetzung dafür ist der bedingungslose Wunsch nach dem Tod.«

Grimmt sah mich eindringlich an. »Samantha ... Ich glaube, einer von den Unsterblichen, der diesen Weg des Todes gewählt hat – war dein Vater!«

Ich war so von seiner Erzählung gefesselt, dass ich die Bedeutung seiner letzten Worte erst gar nicht begriff. »Was?« Mir fiel die Kinnlade herunter. War das ein schlechter Scherz?

»Deine Mutter Samantha und ihr Bruder James kamen uns früher oft besuchen. Dabei lernte sie dann auch ... Ich will verflucht sein, wenn er nicht dein Vater war!« Er klopfte sich auf die Knie, stand auf, und raufte sich die Haare.

Dexter legte gerade ein mit Jod getränktes Tuch auf meine Hand. »Ja, das glaube ich auch«, stimmte er Grimmt zu.

»Könntet ihr bitte damit aufhören? Mein Vater war kein Unsterblicher, sondern ein

Mensch. Ihr irrt euch!«

Grimmt schüttelte resigniert den Kopf. »Ich weiß einfach nicht mehr, was ich glauben soll.«

»Erzähle ihr alles!«, forderte Dexter und begann, über dem feuchten Tuch einen Verband anzulegen.

»Mein Vater war ein sehr gebildeter Mann. Durch seinen Wissensdurst getrieben, reiste er an viele Orte. So wollte es das Schicksal wohl auch, dass er eines Tages zum Clan von Jakes Vater gelangte. Silas McAlasters Ländereien liegen weit abgelegen inmitten eines großen Waldgebietes. Noch nie war ein Mensch bis dorthin vorgedrungen. Silas wusste, dass die Menschen auf den Ländereien der anderen Clans lebten, für diese arbeiteten und Steuern zahlten. Er hatte die Menschen beim Besuch einiger Clanführer auch schon gesehen, aber noch nie mit einem von ihnen gesprochen. Silas hatte sich nicht für die Menschen interessiert, war nun aber fasziniert von der Klugheit meines Vaters. Folglich lud er ihn ein, eine Weile zu bleiben und ihn alles über die Menschen zu lehren. Im Gegenzug gewährte er meinem Vater einen Einblick in das Leben seines Clans. Mein Vater und Silas McAlaster wurden Freunde, genau wie ihre Kinder. Ich bin daher teilweise mit Jake zusammen aufgewachsen.«

Grimmt trank einen großen Schluck aus

seiner Wasserflasche.

»Und was hat das jetzt alles mit mir zu tun?«

»Deine Mutter war ungefähr zwanzig Jahre alt, als sie mit ihrem Bruder bei uns zu Gast war. An diesem Tag kam Silas mit einem Freund aus einem anderen Clan zu Besuch. Er hoffte, dass auch sein Begleiter seine Meinung im Bezug auf die Menschen ändern würde.«

»Ich bin fertig«, sagte Dexter. »Wir sollten den Verband jeden Tag wechseln. In ungefähr zwölf Tagen können wir dann die Fäden ziehen.«

Ich bat Grimmt ungeduldig: »Und weiter?«

»Ähm ... Wo war ich? Ah ja ... Silas Freund Dageus trat uns aufgeschlossen gegenüber. Letztendlich passierte dann etwas, mit dem keiner gerechnet hätte. Dageus schloss nicht nur Freundschaften mit den Menschen, sondern verliebte sich sogar in eine menschliche Frau – in deine Mutter.«

»Aber ist das denn überhaupt möglich?«, brach es aus mir heraus. »Ihre Frauen sind doch viel ...« Ich suchte nach der richtigen Beschreibung. »Sie sind doch so ganz anders als wir Menschen.«

»Es ist möglich!«, erwiderte Grimmt. »Doch diese Verbindung wurde von allen Clanführern verboten. Es half nichts, dass Silas sich für sie einsetzte. Im Gegenteil: Drohungen wurden gegen ihn ausgesprochen und er wurde mit seinem Clan aus dem Bündnis der Unsterblichen ausgeschlossen. Seine Familie musste in dieser Zeit viel ertragen.«

»Was ist passiert?«

»Silas McAlaster zog sich zurück und verhielt sich ruhig, um seinem Clan nicht noch mehr zu schaden. Doch dann brannte Dageus mit deiner Mutter durch. Sie wurden von sämtlichen Truppen verschiedener Clans gesucht, waren aber unauffindbar. Man beschuldigte Silas, sie irgendwo versteckt zu halten, und erklärte ihm den Krieg.«

Grimmt nahm erneut einen Schluck aus seiner Wasserflasche. »Bis heute weiß keiner, ob er ihnen wirklich Unterschlupf gewährt hatte. Bevor es jedoch wirklich zum Äußersten kam, tauchten beide wieder auf. Dougal McGavyn erließ ein Gesetz, das den Unsterblichen jeden freundschaftlichen Kontakt mit den Menschen verbot. Würde es jemand wagen, sich nicht daran zu halten, so wurde er mit dem Tod bestraft.«

»Es war eine ausweglose Situation«, warf Dexter ein.

Grimmt nickte. »Dageus kehrte zu seinem Clan zurück und deine Mutter suchte Unterschlupf bei ihrem Bruder James. Niemand durfte darüber reden.« Grimmt räusperte sich. »Und dann bemerkte deine Mutter, dass sie schwanger war. Über Nacht verließ sie mit ihrem Bruder und seiner Frau ihr Heimatdorf, um sich Rebellen anzuschließen. Wenn die Unsterblichen etwas von ihrer Schwangerschaft bemerkt hätten, so wäre das ihr Todesurteil gewesen.«

Ich stand auf. »Aber ... Mein Vater war ein Fischer aus dem Nachbardorf. Er war ein Mensch.«

»Als die Rebellen deine Mutter fragten, wer als Kindesvater in Betracht kam, gab sie einen Mann aus dem Nachbarort an. Dieser war zufälligerweise ein paar Tage zuvor ertrunken. Man konnte ihn also schlecht dazu befragen.«

Ich konnte das alles nicht glauben. »Warum sollte meine Mutter lügen?«

»Um dich zu beschützen, Samantha. Sie konnte nicht einschätzen, wie die Menschen darauf reagieren würden, wenn sie erfahren sollten, dass sie das Kind eines Unsterblichen unter dem Herzen trug.«

Ich wusste nicht, was ich darauf erwidern sollte. Hatte sich meine Mutter wirklich in einen Unsterblichen verliebt?

»Wir waren auf dem Weg zu eurer Siedlung, um noch einmal mit James und Maggi zu reden. Sie hatten die Aussage deiner Mutter bekräftigt, damit niemand auf die Idee kam, du könntest kein normaler Mensch sein. Ich wollte dich kennenlernen und mit eigenen Augen sehen, wie du dich entwickelt hast. Bei der Beerdigung deiner Mutter hatte ich dich das letzte Mal gesehen. Das war einen Tag nach deiner Geburt.«

»Was ist mit Dageus?«, fragte ich. »Wusste er von der Schwangerschaft?«

»Jakes Vater überbrachte ihm die Nachricht vom Tod deiner Mutter. Dich verschwieg er jedoch. Silas und sein Clan glaubten nicht daran, dass du tatsächlich Dageus' Tochter bist. Sie hielten die Tatsache, dass ein Unsterblicher eine menschliche Frau schwängern kann, für unmöglich. Daher hielten sie sich an die Behauptung deiner Mutter und sahen in dem ertrunkenen Fischer deinen Vater.«

»Doch dann entschied sich Dageus in seinem unendlichen Schmerz für den Tod«, flüsterte Dexter. »Er ist einfach eingeschlafen und nie wieder erwacht. Erst danach hat Silas erkannt, dass du tatsächlich Dageus' Tochter sein könntest. Denn deine Eltern mussten eine ganz besondere Verbindung zueinander gehabt haben, sonst hätte Dageus deiner Mutter niemals einfach in den Tod folgen können.«

»Seit dieser Zeit verachtet Dougal McGavyn die Menschen«, sagte Grimmt. »Dageus war sein einziger Sohn ...«

»Dougals Sohn?«, schrie ich.

»Ja, Samantha! Dougals einziger, geliebter Sohn! Wenn auch nur die geringste Chance besteht, dass du Dageus' Tochter bist, so halte ich daran fest. Denn dann bist du unsere letzte Hoffnung für das Überleben der Menschen – eine letzte Hoffnung auf Frieden.«

»Du bist es, darauf verwette ich meinen Arsch!« Dexter klatschte aufgeregt in die Hände. »Dougals Hass gegen die Menschen hat die Gesellschaft der Unsterblichen in einen Abgrund gestürzt. Womöglich wird er sich besinnen, wenn er erfährt, dass er eine menschliche Enkeltochter hat.«

Grimmt legte eine Hand auf meine Schulter. »Silas McAlaster möchte dich kennenlernen. Er wird dich zu Dougal bringen und ihn davon überzeugen, dass du Dageus' Tochter bist.«

Ich schluckte. »Aber ich habe rotes Blut, ich bin verletzbar. Ich bin sterblich!«

Geheilt

Entlang des Waldrandes hatten Grimmts Männer inzwischen Zelte aufgeschlagen, deren Stoffwände im Wind flatterten. Dunkle Wolken zogen über die schneebedeckten Berge zu uns herüber. Es würde wohl eine stürmische Nacht werden. Der Himmel war in eine violette Farbe getaucht und spendete uns nur noch gedämpftes Licht.

Ich musste an meine Tante und an meinen Onkel denken. Was sie wohl gerade durchleben mussten? Es war so erniedrigend, dass wir ihnen nicht helfen konnten. Vielleicht wusste Jake einen Rat? Ob er eine Möglichkeit kannte, wie man sie retten konnte? Ich wollte Grimmt gerade darauf ansprechen, als Sally uns aufgeregt entgegenkam.

»Sam, wo warst du denn so lange? Ich habe mir schon Sorgen gemacht«, flüsterte sie mir zu und schaute vielsagend zu den Unsterblichen hinüber, die ihr Lager neben dem der Menschen aufgeschlagen hatten.

Jake war nicht unter ihnen.

»Es geht mir gut«, erwiderte ich.

Aber in diesem Moment bemerkte sie meinen Verband. »Was ist denn mit deiner Hand passiert?«

Ich sah Grimmt flehend an, doch der lächelte nur und zuckte entschuldigend mit den Schultern. »Komm, Dexter! Die anderen brauchen gewiss noch etwas Hilfe.« Damit zog er Dexter mit sich fort.

»Lass uns zu Conner und Matt gehen! Ich habe keine Lust, alles doppelt zu erzählen«, sagte ich und hakte mich bei Sallys Arm ein.

Sie hatten die beiden schon in einem der Zelte untergebracht, welches für uns bestimmt war. Conner sah deutlich besser aus. Das Fieber war gesunken und sein Gesicht hatte wieder etwas Farbe bekommen. Er setzte sich sogar auf, als wir ins Zelt gekrochen kamen.

»Sam, da bist du ja. Wir wussten nicht, wo du steckst.« Conner betrachtete meine verbundene Hand. »Hast du dich verletzt?«

Ich erzählte ihnen, was vorgefallen war, und berichtete von dem Gespräch mit Grimmt. Die Schwere meiner Verletzung schwächte ich allerdings mehr als ab.

»Der spinnt doch!«, fiel Sally mir ins Wort. »Dieser Jake kann dir doch nicht einfach in die Hand schneiden!«

Ich sprach einfach weiter, ohne ihren Einwand zu beachten.

Als ich an der Stelle angekommen war, an

der ich beschrieb, was Grimmt über mich zu wissen glaubte, brach Matt in schallendes Gelächter aus. »Du – eine halbe Unsterbliche?« Er ließ sich auf den Rücken fallen und hielt sich vor Lachen den Bauch. Auch Sally sah mich an, als hätte ich den Witz des Tages erzählt, nur Conner musterte mich nachdenklich.

Draußen war es in der Zwischenzeit dunkel geworden. Der stürmische Wind blies unbarmherzig gegen unser Zelt. Matt kuschelte sich an Sally, um sie zu wärmen. Sie protestierte, ließ es sich aber letztendlich trotzdem gefallen. Ich musste schmunzeln. Auf der einen Seite konnten die beiden sich meistens nicht ausstehen – auf der anderen Seite suchten sie immer wieder ihre Nähe. Sie mochten sich wohl mehr als ihnen lieb war. Aber das würden sie natürlich niemals zugeben.

Es entging mir auch nicht, dass Conner mich in letzter Zeit immer sehr intensiv ansah. Doch ich wusste nicht so recht, wie ich damit umgehen sollte. Deshalb legte ich mich auf die andere Seite neben Matt und Sally und tat so, als würde ich seinen einladenden Blick nicht bemerken.

Conner rutschte immer wieder unruhig hin und her. Es gab anscheinend keine geeignete Position, in der er Ruhe fand. Schlecht gelaunt atmete er mehrfach tief durch. Sally und Matt schliefen bereits, wobei sie ziemlich viel

Platz für sich beanspruchten.

Ich konnte einfach nicht abschalten. Die Ereignisse des Tages gingen mir nicht aus dem Kopf. Grimmt konnte doch nicht wirklich annehmen, dass ich die Tochter eines Unsterblichen war? Das war absurd.

Und was war da eigentlich mit Jake und mir geschehen, als ich mit seinem Blut in Berührung gekommen war? Mein Herz begann schon schneller zu schlagen, wenn ich auch nur daran dachte, auf welche Art und Weise er mich angesehen hatte. Er übte eine Anziehungskraft auf mich aus, die mir fast schon Angst machte. Allerdings hatte seine Gegenwart vermutlich auf alle Frauen diese Wirkung.

Jake verunsicherte mich, brachte mich dazu, all meine Überzeugungen und Ansichten infrage zu stellen. Allein seine bloße Nähe erweckte etwas tief in mir drinnen zum Leben. Es war wie ein Rausch, der meine Sorgen verdrängte, die Einsamkeit auslöschte und die quälende Zerrissenheit durch Hoffnung ersetzte. Ich musste aufpassen, dass ich mich nicht völlig an diesen Unsterblichen verlor.

Leise setzte ich mich auf und verließ das Zelt. Solange dieser Unsterbliche in meinen Gedanken herumspukte, würde ich sowieso nicht schlafen können.

Draußen begann ich augenblicklich zu frösteln. Ich zog mir die Decke über die Schultern und sah mich um. Es hatte etwas Gespenstisches an sich, wie der Vollmond durch die schnell vorüberziehenden Wolken hindurchschien. Die Umgebung ruhte in seinem weißen Licht, die außer dem Rauschen des Flusses und des belaubten Waldes in einer tröstenden Stille eingehüllt war.

Da erblickte ich Grimmt, der abseits des Lagers auf einer kleinen Anhöhe stand und in die Ferne schaute. Ich machte mich in seine Richtung auf den Weg. Er konnte mir sicherlich sagen, ob Jake unseren Familien helfen konnte.

Ich hatte ihn fast erreicht, als ich den Reiter bemerkte, der auf ihn zuritt. Vielleicht sollte ich einfach umkehren und unser Gespräch auf den morgigen Tag verlegen?

»Wo warst du?«, hörte ich Grimmt fragen. Der Wind trug seine Worte laut und deutlich zu mir herüber. Ich wollte mich schon abwenden, um nicht ungewollt zu lauschen. Doch dann erkannte ich den Reiter und ging stattdessen in die Knie, damit man mich nicht bemerkte.

Jake stieg von seinem schwarzen Hengst und setzte sich neben seinen Freund ins Gras. »Ich musste nachdenken.«

»Über Samantha nehme ich an?«

»Hm ...«

»Was genau ist da vorhin mit euch beiden passiert?«

Jake antwortete nicht. Er sah einfach nur in die Dunkelheit.

»Würdest du bitte mit mir reden! Ich war schließlich dabei und habe es mit meinen eigenen Augen gesehen.«

Ich hatte unbewusst die Luft angehalten. Es würde mir sicherlich eine Menge Ärger einbringen, wenn sie mich hier entdeckten. Aber für ein schlechtes Gewissen war es nun zu spät.

»Ist Samantha deine Seelenverwandte?«, fragte Grimmt.

»Nein!« Jake stand auf.

»Nein?«

»Das ist unmöglich. Sie ist eine Sterbliche! Nur meinesgleichen kann ...«

»Für einen wie dich bestimmt sein?« Jetzt stand auch Grimmt auf.

»... sich auf diese Weise aneinander binden.«

»Ich kenne die Seelenverwandtschaft der Unsterblichen. Und außerdem bin ich nicht blind, Jake!«

»Lass es gut sein, Grimmt!« Er streichelte die Mähne seines Hengstes, bevor er sich auf dessen Rücken schwang. »Ich reite noch ein Stück.«

»Du hast wohl heute noch nicht lange genug auf deinem Pferd gesessen? Auch wenn du noch die ganze Nacht darüber nachgrübelst, an deiner Situation wird sich dadurch nichts ändern. Samantha wird morgen noch die gleiche Wirkung auf dich haben wie heute – ob du es nun wahrhaben willst oder nicht«, rief Grimmt ihm hinterher.

Jake galoppierte so schnell davon, dass er ihn unmöglich noch verstehen konnte. Er wollte es offensichtlich nicht hören.

Grimmt sah ihm noch lange nach. Glücklicherweise bemerkte er nicht, wie ich mich still und heimlich hinter ihm davonschlich.

Was hatte es wohl mit dieser Seelenverwandtschaft auf sich? Ich konnte mich nicht daran erinnern, dass meine Tante mir jemals davon erzählt hätte. So wie ich es aus dem Gespräch der beiden herausgehört hatte, musste es eine besondere Verbindung zwischen den Unsterblichen sein. Jake hatte es abgestritten, als Grimmt mich in diesem Zusammenhang erwähnt hatte. Ich wurde das Gefühl nicht los, dass die Seelenverwandtschaft von großer Bedeutung war. Daher ärgerte ich mich über Jakes ablehnende Reaktion.

Leise kroch ich ins Zelt zurück, in dem alle tief und fest schliefen. Ich war völlig durchgefroren. Dankbar für die Wärme, die die drei ausstrahlten, legte ich mich wieder neben Sally und Matt. Ich sah Jake vor mir, bevor ich in einen unruhigen Schlaf fiel.

Es war noch früh am Morgen, als wir erwachten. Nach den Geräuschen zu urteilen, waren schon alle auf den Beinen.

Conner streckte sich aus und stieß dabei Matt unbeabsichtigt in die Rippen.

»Ah ... Kannst du nicht aufpassen! Da versucht man die ganze Nacht, sich nicht aus Versehen auf dich drauf zu legen und das ist der Dank. Als wäre es nicht schon schlimm genug, mit euch ein Zelt von der Größe eines Fingerhuts zu teilen. Nein, dann muss man eben auch noch ...«

»Halt die Klappe, Matt.« Conner sah mich an und verdrehte die Augen.

»Dir auch einen wunderschönen guten Morgen, Matt!«, sagte ich, während ich aus dem Zelt kroch.

Draußen saßen die Männer gruppenweise und frühstückten. Grimmt aß mit Jake und Dexter zusammen. Sie unterhielten sich so angeregt miteinander, dass ich nicht stören wollte – oder vielleicht war ich auch einfach nur zu feige. Ich beobachtete Jake, wie er ein Stück vom Brot abbrach, es sich in den Mund steckte und kauend Dexters Worten lauschte. Bisher hatte ich mir nie darüber Gedanken gemacht, von was die Unsterblichen sich ernährten. Trotzdem war ich überrascht, als ich Jake nun einfaches Essen zu sich nehmen sah. Er trug heute ein cremefarbenes Leinenhemd, in dem er meiner Meinung nach einfach nur verboten gut aussah.

Sally stieß mich von der Seite an, griente mir zu und folgte meinem Blick. Sie hatte mich tatsächlich dabei ertappt, wie ich Jake anschmachtete. Betont teilnahmslos ließ ich meinen Blick nun über die atemberaubende Landschaft schweifen. Der strahlend blaue Himmel spiegelte sich im See, der von den Sonnenstrahlen silbrig schimmerte. Da fiel mir ein: Dexter hatte uns gestern Abend noch Wechselsachen und Seife gegeben. Ich kroch ins Zelt zurück, um die Sachen zu holen.

»Was hast du vor?«, fragte Sally.

»Ich will zum See und mich endlich wieder richtig waschen.«

»Das ist eine gute Idee. Ich komme mit.«

Wir wollten uns gerade auf den Weg machen, als lautes Jubeln unsere Aufmerksamkeit erregte. Matt und dieser Widerling Marlon wälzten sich raufend über den staubigen Boden. Dabei wurden sie von neugierigen Zuschauern begeistert angefeuert.

»Das nimmst du zurück!«, herrschte Matt ihn an.

Doch da boxte Marlon ihm auch schon seine Faust in die Magengrube. »Gar nichts nehme ich zurück. Von dir kleinen Ratte lasse ich mir doch nichts vorschreiben«, schrie er ihn an.

Matt stöhnte vor Schmerz auf.

In der Zwischenzeit hatte sich eine Traube von Menschen um sie gebildet. Wenn ich es richtig mitbekam, schlossen sie Wetten ab, wobei die meisten auf Marlon setzten.

Die Unsterblichen beobachteten das Geschehen aus einiger Entfernung. Auf sie machten die zwei Kampfhähne wohl eher einen lächerlichen Eindruck. Sie schüttelten nur amüsiert die Köpfe. Jake setzte sich gerade zu ihnen. Er lehnte sich an einen Felsen und streckte lässig die Beine nach vorn aus. Einer seiner Männer gab einen Kommentar zu den zwei Raufbolden ab, worüber er herzlich lachte.

Oh ... dieses Lachen. Sein Anblick hatte mich vollkommen von dem regen Treiben abgelenkt. Er hatte eine unbeschreibliche Wirkung auf mich.

»Au ... Ah ...!« Matt schrie schmerzerfüllt auf. Marlon hatte ihn in die Knie gezwungen und verdrehte ihm den Arm hinter dem Rücken.

Ich schaute mich um. Grimmt schien sich bestens zu unterhalten. Keiner machte Anstalten einzugreifen. Doch das hier war kein Spaß mehr. Marlon war kurz davor, Matt den Arm zu brechen, indem er diesen in einen unmöglichen Winkel von seinem Rücken wegdrehete.

»Aufhören! Hört auf!«, schrie ich. Aber niemand beachtete mich.

Ohne weiter zu zögern, tat ich das Erste, was mir in den Sinn kam. Ich bückte mich nach einem kleinen Stein und warf ihn auf

Marlon, um ihn von Matt abzulenken. Als ich ihn im Nacken traf, ließ er unwillkürlich von Matt ab und drehte sich wütend nach mir um.

Ein kühles Lächeln, das seine Augen nicht erreichte, breitete sich auf seinem Gesicht aus. »Ach, sieh mal einer an. Wer kommt denn hier auf dumme Gedanken?« Er schnalzte mit der Zunge.

Alle hatten ihre Rufe eingestellt. Matt war aufgestanden und kam auf mich zu gestolpert. Jedoch stellte er sich nicht beschützend vor mich, sondern ging hinter mir in Deckung. Na, vielen Dank auch.

»Geh zur Seite!«, forderte Marlon mich auf. »Ich bin noch nicht mit ihm fertig.«

»Warum suchst du dir nicht jemanden, der deiner Größe entspricht, statt deine Kräfte an dem Kleinen auszulassen?«

Nun lachten alle.

»Was soll das denn heißen?«, zischte Matt hinter mir.

»Ich versuche hier nur deinen Arsch zu retten«, sagte ich. »Und meinen gleich mit.«

»Wenn du ihn noch weiter in Rage bringst, erreichst du das genaue Gegenteil«, tadelte er mich.

Matt machte mich wahnsinnig. »Hast du eine bessere Idee? Dann nur zu!«

Marlon kam näher. »Ich zerquetsche dich wie eine Wanze«, drohte er Matt.

Schnell bückte ich mich erneut nach einem

Stein. »Benimm dich, Marlon!« Ich warf den Stein in die Luft und fing ihn wieder auf, um meinen Worten etwas Nachdruck zu verleihen.

Ein Grölen ging durch die Menge. Sie genossen das Schauspiel, das ihnen etwas Abwechslung verschaffte.

»Bist du dir sicher, dass du dich mit mir anlegen willst?«, fragte Marlon.

»Schluss jetzt!« Jake stand auf, woraufhin es augenblicklich still wurde. Alle warteten gespannt darauf, was als Nächstes passieren würde. Doch sie wurden enttäuscht.

Obwohl Jake noch mindestens zehn Schritte von Marlon entfernt war, wich dieser schon vor ihm zurück. Beschwichtigend hob er die Hände. »Ist ja schon gut. Wir hatten alle unseren Spaß.« Er verließ eilig den Platz.

Die Menge der Schaulustigen löste sich auf und alle gingen wieder ihrer Wege.

»Ach Mensch, gerade als es spannend wurde«, stieß Grimmt in Jakes Richtung aus.

Dieser griente ihn an und richtete dann seinen Blick auf mich. Einen kurzen Moment hatte ich das Gefühl, so etwas wie Faszination in seinen Augen lesen zu können. Er nickte mir zu und wandte sich dann wieder an seine Männer.

»Ha ... Wie haben wir das gemacht?« Matt baute sich vor mir auf und hob seine Hand, damit ich einschlug. Ich schüttelte jedoch nur den Kopf und ließ ihn stehen.

Sally und ich liefen zum See. Sie regte sich die ganze Zeit darüber auf, wie feige Matt gewesen war. »Das ist doch nicht zu fassen. Er hat sich einfach hinter dir verkrochen«, schimpfte sie. »Was meinst du, ob sein Arm verletzt ist? Vielleicht sollte Dexter ihn sich mal anschauen.«

»Höre ich da einen kleinen Anflug von Sorge mitschwingen?«, zog ich sie auf.

Sally tat empört. »Was? Wie kommst du denn darauf?«

Ich schmunzelte. »Ach, nur so ...«

Sie verdrehte die Augen. »Matt raubt mir den letzten Nerv.«

»Aber irgendwie passt er auch zu dir.«

Sally sah mich überrascht an. »Wie bitte?« Sie blieb stehen und stemmte die Hände in die Hüften.

Lachend zog ich sie weiter. »Hast du eigentlich schon mal etwas über die Seelenverwandtschaft der Unsterblichen gehört?« Ich wechselte bewusst das Thema. Außerdem ging mir das Gespräch zwischen Grimmt und Jake nicht mehr aus dem Kopf und ich wollte herausfinden, ob Sally etwas darüber wusste.

»Findest du wirklich, dass Matt zu mir passt?«, erkundigte sie sich. Anscheinend hatte sie meine Frage gar nicht mitbekommen.

Spätestens jetzt war ich mir ihrer Zuneigung gegenüber Matt sicher. Und ich zweifelte nicht daran, dass auch er etwas für sie übrig hatte. Allerdings konnte ich noch nicht richtig zuordnen, ob mir dieser Gedanke gefiel oder doch eher Angst machte.

Wie wunderschön es hier am See war. Man hatte jedoch keine Möglichkeit, sich unbeobachtet zu entkleiden. Rings um den See stand kein Baum, nicht einmal ein Strauch. Ich sah zum Lager zurück. Sie konnten uns alle zusehen, wenn sie nur wollten.

Marlon stand doch tatsächlich da und gaffte zu uns herüber.

Das Wasser sah aber so einladend aus, dass es regelrecht nach mir rief. Kurz entschlossen ging ich in voller Bekleidung, mitsamt dem Badetuch hinein. Sally schaute mir stirnrunzelnd nach, bevor sie mir schließlich folgte.

Wir liefen weit genug ins Wasser, um einigermaßen geschützt unsere Sachen loszuwerden. Es war umständlich und stellte sich als ziemlich schwierig heraus. Nach einiger Zeit, verbunden mit großem Kraftaufwand und gegenseitiger Hilfe, hatten wir es aber geschafft. Nachdem wir unsere Haare gewaschen hatten, machten wir uns mit der Seife über unsere Kleider her. Schließlich verließen wir, nur mit den Badetüchern bekleidet, das kalte Wasser.

Marlon beobachtete uns immer noch. Er war so widerlich.

So mussten wir also unsere sauberen Wechselsachen mühsam unter dem Badetuch anziehen. Die Männerkleider, die Dexter für mich vorgesehen hatte, waren mir viel zu groß. Aber immerhin waren sie sauber. Ich schnürte die braune Leinenhose mit einem Strick fest und krempelte die viel zu langen Hosenbeine nach oben. Dass die langen Ärmel des Hemdes meine Hände vollständig verdeckten, ignorierte ich. Mir blieb nur zu hoffen, dass mein Kleid schnell trocknete.

Als wir uns auf den Rückweg zum Lager machten, kamen uns Jake und seine Männer auf halber Strecke entgegen. Sie schlenderten gemütlich zum Wasser, während ihre Pferde gehorsam neben ihnen herliefen.

Mir rutschte das Herz in die Hose. Man konnte sich der geheimnisvollen Wirkung der Unsterblichen einfach nicht entziehen. Sally und ich sprachen kein Wort, sondern schauten ihnen respektvoll entgegen.

Sie hingegen schienen uns nicht einmal wahrzunehmen. Im letzten Moment, als sie schon fast an uns vorbei waren, blickte Jake auf. Nur ganz flüchtig sah er mir in die Augen, doch es reichte schon aus, um mich völlig aus der Fassung zu bringen. Ich musste mich zusammenreißen, mich nicht nach ihm umzudrehen und einfach weiterzulaufen.

»Wie geht es deiner Hand?«, hörte ich ihn hinter mir fragen, bevor ich mich so gelassen wie möglich zu ihm umdrehte.

Jake war stehengeblieben. Seine Männer

liefen weiter zum Wasser, nur sein Pferd stand hinter ihm und wartete.

»Danke, gut«, erwiderte ich.

Sally himmelte Jake offenkundig mit großen Augen an. Er musste blind sein, wenn er es nicht bemerkte.

Doch er ignorierte sie und deutete stattdessen auf meinen vor Nässe triefenden Verband. »Bist du sicher?«

Ich musste lachen. »Ja, ganz sicher. Du hast dich gut darum gekümmert. Es tut nicht einmal mehr weh.«

»Vergiss nicht, dass er der Verursacher war!«, tadelte Sally mich und sah ihn dabei missmutig an.

Jake entwaffnete sie mit einem einzigen kurzen Blick. »Vorsicht! Ich könnte gerade wieder Langeweile haben!«

Sally blieb der Mund offen stehen. Sie wich ein paar Schritte zurück. »Ich schaue mal nach Conner«, rief sie mir noch zu und lief davon.

Jake und ich lachten gleichzeitig los.

»Dir ist also langweilig?«, neckte ich ihn. »Du solltest dir zur Abwechslung mal eine andere Beschäftigung suchen, als mit verletzbaren Menschen deine Spielchen zu treiben.«

»Vielleicht macht es mir aber Spaß, mit dir zu spielen?« Er hatte aufgehört zu lachen. Sein intensiver Blick nahm mich gefangen.

Sofort war dieses Knistern zwischen uns.

Bei meinem rasenden Herzschlag konnte es ihm unmöglich verborgen bleiben, dass er mich um den Verstand brachte.

»Soll das eine Drohung sein?«, fragte ich, um Gelassenheit bemüht. »Nun, unter diesen Umständen, sollte ich es darauf ankommen lassen.«

»Forderst du mich heraus?« Amüsiert verschränkte er seine Arme vor der Brust. »Das finde ich ziemlich leichtsinnig.«

Machte er sich über mich lustig? »Ich bin nicht leichtsinnig – aber ich liebe Herausforderungen.«

Wie ein Raubtier kam er langsam auf mich zu, bereit, jeden Augenblick anzugreifen. »Ich glaube, du wirst mich noch anbetteln, dass ich mit dir spiele.«

Ich holte tief Luft. »Wahrscheinlich freue ich mich sogar darauf.« Mit erhobenem Kinn trat ich ihm entgegen.

Jake wirkte überrascht. Er lächelte mich an, wandte sich dann aber seinen Männern zu und machte sich auf den Weg zu ihnen, da sie nach ihm riefen.

Völlig durcheinander schaute ich ihm nach. Gestern war er so verschlossen und unnahbar gewesen. Heute hingegen trat er mir freundlich und offen gegenüber. Er würde wohl immer ein Rätsel für mich bleiben.

Als ich zum Lager zurückkehrte, kam Dexter

auf mich zu. »Na Kleine, gut geschlafen?«

»Es ging so«, antwortete ich.

»Pass auf, dass du dich mit deinen nassen Haaren nicht erkältest!«

»Kann ich mich denn als halbe Unsterbliche überhaupt erkälten?«

Sally tauchte neben mir auf und lachte. »Du warst mindestens doppelt so oft erkältet wie ich.«

»Siehst du!«, sagte ich zu Dexter. »Wieder etwas, was gegen eure Theorie spricht!«

Dexter wollte gerade etwas erwidern, doch in diesem Moment bemerkte er meinen nassen, losen Verband. »Was hast du denn damit angestellt?«

Ich lächelte ihn unschuldig an. »Nichts, ich war nur baden.«

»Komm, das sollten wir schnellstmöglich wieder in Ordnung bringen! Conner kann auch gleich mitkommen, damit ich ihn frisch verbinden kann.«

Conner war nicht besonders begeistert. Er wollte gerade frühstücken und folgte uns deshalb nur widerwillig auf die kleine Lichtung, wo Dexter meine Wunde genäht hatte. Er schaute sich gelangweilt um, fragte sich offensichtlich, warum Dexter uns nicht gleich im Lager die Verbände wechselte.

»Hier können die anderen nicht so gaffen«, erklärte Dexter seine Platzwahl. Wieder breitete er seine Utensilien auf einem Tuch vor sich aus. »Wer will zuerst?«

»Ladys First!«, sagte Conner mit einer ausladenden Geste.

»Nein, danke. Mach du lieber zuerst! Ich will schließlich nicht dafür verantwortlich sein, dass du verhungerst.«

Conner zog sich mit schmerzverzerrtem Gesicht sein Hemd über den Kopf, damit Dexter die Verbände an seinem Arm und seiner Brust vorsichtig entfernen konnte. Es sah schrecklich aus. Jetzt konnte ich mir vorstellen, warum er Conner die Blicke der anderen ersparen wollte. Eine dicke, genähte Wulst lief quer über seine Brust. Sie war feuerrot und entzündet. Die Wunde auf seinem Arm sah nicht ganz so schlimm aus. Als Dexter sie mit Jod betupfte, biss Conner vor Schmerz die Zähne zusammen. Wie würde es ihm erst gehen, wenn Jake ihm nicht geholfen hätte? Vermutlich hätte er nicht überlebt.

»Hat es sehr wehgetan, als du mit Jakes Blut in Berührung gekommen bist?«, fragte ich, während ich Dexter bei der Arbeit beobachtete. »Im Vergleich zu deinen Wunden war mein Schnitt gar nichts. Doch ich hatte ganz schön damit zu kämpfen, dieses Brennen auszuhalten.«

Conner wirkte irritiert. »Welches Brennen?«

Er hatte keine Ahnung, wovon ich sprach. Aber wie war das möglich? Jake hatte ihn doch auch mit seinem Blut geheilt. Wirkte es bei mir anders? Nachdenklich schaute ich auf seinen frischen Verband, während Dexter ihm dabei half, sein Hemd wieder anzuziehen.

»Ich bin dann mal weg – frühstücken«, sagte Conner, der sichtlich erleichtert darüber war, dass er die Prozedur überstanden hatte. Er bedankte sich bei Dexter und winkte mir zu, bevor er davon eilte.

Wir schauten ihm kurz nach, bis Dexter nach meinem Arm griff. »So, jetzt bist du dran.« Er schüttelte seinen Kopf über das, was von meinem Verband noch übrig war, bevor er ihn entfernte. Und dann hielten wir beide die Luft an ...

Meine Hand sah vollkommen gesund aus. Keine Narbe, kein Schorf, ja nicht einmal eine leichte Rötung war zu sehen. Die Fäden, mit der Dexter meine Wunde genäht hatte, ragten deplatziert aus meiner gesunden Haut.

Dexter gewann zuerst seine Sprache wieder. »Siehst du!«, sagte er. »Wieder etwas, was für unsere Theorie spricht.«

Ich starrte auf meine Hand, drehte und wendete sie. »Aber ... Ich glaube ... Meine Wunde war noch ganz frisch, noch keine Stunde alt, als Jake sich darum gekümmert hat.« Ich bemühte mich um eine Erklärung. »Bei Conner waren die Wunden viel schlimmer und zusätzlich entzündet.«

Aber ich konnte jetzt sagen, was ich wollte. Dexter hatte sich seine Meinung schon gebildet.

»Kannst du mir diese sinnlosen Fäden ziehen!«, forderte ich ihn auf. »Bitte!«

Wir sprachen kein weiteres Wort. Er löste die Fäden etwas von meiner Hautoberfläche ab und schnitt sie dann mit dem kleinen Messer durch, um sie herauszuziehen.

»Fertig.«

»Danke.« Ich stand auf und lief davon, während sich Dexters Blick spürbar in meinen Rücken bohrte.

Entdeckt

So aufgewühlt wie ich war, wollte ich noch nicht zum Lager zurückgehen. Eine Weile lief ich am Flussufer entlang und folgte dem Pfad, den wir gekommen waren. Am liebsten hätte ich mich irgendwo verkrochen. Ich konnte mir ungefähr ausmalen, wie Grimmt reagieren würde, wenn Dexter ihm die Neuigkeit überbrachte.

Wieder und wieder betrachtete ich meine Hand. Die Wunde war so tief gewesen. Und jetzt? Absolut nichts ... Ich konnte das einfach nicht begreifen. Es musste daran liegen, dass Jake sich so schnell hatte darum kümmern können – im Gegensatz zu Conner. Oder nicht? Ich war völlig durcheinander.

Was, wenn ich tatsächlich ... Aber der Gedanke daran war absolut lächerlich. »Die Tochter eines Unsterblichen ...«, sagte ich zu mir selbst und schlug mir die Hände vors Gesicht.

Hatten mein Onkel und meine Tante mich mit einer Lüge großgezogen oder wussten sie es nicht besser? Vermutlich wollten sie mich tatsächlich nur beschützen. Die Welt, wie ich sie bisher kannte, brach wie ein Kartenhaus über mir zusammen.

»Heute muss mein Glückstag sein.« Marlon kam langsam auf mich zugelaufen. »Eine so schöne Frau ganz allein im Wald, ist das nicht gefährlich?«

Bei mir klingelten sofort sämtliche Alarmglocken. Es war bestimmt kein Zufall, ihn so plötzlich hier anzutreffen.

»Und so bekümmert. Soll ich dich ein wenig trösten?« Er streckte eine Hand nach mir aus, die ich allerdings zur Seite schlug.

Einen schlechteren Zeitpunkt hätte er sich wahrlich nicht aussuchen können. Ich hatte jetzt weit größere Probleme, als mich mit Marlon herumzuschlagen. Dougal McGavyn war der Älteste aller Clanführer. Von ihm ging die Unterdrückung der Menschen aus. Sein Hass auf uns war über weite Entfernungen hinweg berüchtigt. Und jetzt sollte ausgerechnet er einen menschlichen Nachkommen haben, der seine Blutlinie vergiftete? Ich war mir nicht sicher, ob meine Existenz ihn tatsächlich zur Besinnung bringen konnte. Was würde passieren, wenn er mich verleugnete?

»Ach, komm schon, stell dich doch nicht so an!«, bettelte Marlon.

»Was willst du von mir?«

»Ist das denn nicht offensichtlich?« Er leckte sich die Lippen. »Ich will dich!«

»Nein, danke. Ich habe keinen Bedarf.«

»Du weißt nicht, was du verpasst. Gib mir doch eine Chance! Ich bin kein übler Kerl.«

Ich tat gleichgültig und wollte an ihm vorbeilaufen. Doch er hielt mich zurück und riss mich in seine Arme, bevor er erstarrte und angstvoll hinter mich blickte.

Zögernd drehte ich mich um ... und sah in die schönen Gesichter von Unsterblichen. Doch das waren nicht Jakes Männer. Diese hier trugen weiße Waffenröcke, auf denen das Wappen des McGavyn-Clans prangte. Ich starrte auf die Abbildung des roten Schildes, auf dem ein weißer Falke zu sehen war.

Ich konnte mich nicht bewegen, geschweige denn nur den leisesten Ton von mir geben. Panik und Angst beherrschten mich. Was sollten wir tun? Wir mussten die anderen warnen! Aber wie? Hatten sie unser Lager schon entdeckt? Es waren fünf. Oder kamen gleich noch mehr von ihnen?

Marlon stieß mich plötzlich nach vorn. Wahrscheinlich sollte diese Aktion als Ablenkungsmanöver dienen, damit er selbst flüchten konnte. Aber er kam keine drei Schritte weit. Der Betäubungspfeil traf ihn direkt auf dem Rücken, wodurch er bewusstlos zu Boden ging.

Einer der Unsterblichen stieg vom Pferd und kam langsam auf mich zu. Sein eiskalter Blick jagte mir einen unangenehmen Schauer über den Rücken. Doch dann blieb er unvermittelt stehen und drehte sich überrascht zu seinen Begleitern um, die in einer erstarrten Haltung vom Pferd fielen. Er konnte nicht mehr verhindern, dass auch ihn ein Betäubungspfeil niederstreckte.

Grimmt und etwa zehn seiner Männer kamen aus dem umliegenden Wald gestürmt und fielen über die bewegungsunfähigen Unsterblichen her.

»Samantha!« Jake packte mich von hinten an den Schultern und drehte mich zu sich um. »Geht es dir gut? Bist du verletzt?« Seine Stimme klang sehr besorgt.

»Es geht mir gut, ... glaube ich.« Ich stand komplett neben mir. Schockiert schaute ich mich um, beobachtete Grimmt dabei, wie er mit seinem Schwert weit ausholte, um einem der wehrlosen Unsterblichen den Kopf ...

»Nein, sieh dir das nicht an!« Jake stellte sich in mein Blickfeld. »Komm, ich bringe dich weg von hier!« Er nahm meine Hand, wodurch meine Haut bei seiner Berührung augenblicklich zu kribbeln begann. Jake atmete tief durch, verstärkte seinen Griff, als müsste er sich dazu zwingen, nicht gleich wieder loszulassen. Hastig führte er mich fort von diesem schrecklichen Schauplatz, vorbei an Marlon, der bewusstlos im Gras lag.

»Wir müssen ihn mitnehmen!« Ich versuchte, Jake zum Anhalten zu bewegen, was sich als völlig zwecklos herausstellte.

»Entweder die anderen bringen ihn mit oder er kommt später allein, nachdem er ausgeschlafen hat«, sagte er in einem gereizten Tonfall. Unbeirrt zog er mich weiter. War er wütend auf mich? Ich hatte große Mühe, mit ihm Schritt zu halten und kam immer wieder ins Stolpern. Deshalb war ich froh, als wir in sicherer Entfernung waren und Jake das Tempo verlangsamte. Er ließ mich los und war sichtlich erleichtert, dass er von der Bürde meiner Hand befreit war.

»Was habt ihr euch nur dabei gedacht, so weit vom Lager wegzugehen? Wenn ihr das nächste Mal ungestört sein wollt, dann sagt wenigstens Grimmt Bescheid, damit wir wissen, wo du steckst!«

»Wir wollten nicht ungestört sein!«

Jake atmete tief durch. »Wie dem auch sei, du solltest vorsichtiger sein!«

»Warum bist du denn so wütend auf mich?«

»Wütend? Du kennst mich noch nicht wütend!« Er sah zu Boden und wartete kurz, um sich zu mäßigen. »Möglicherweise waren diese Männer allein, aber sie könnten auch eine Vorhut von vielen anderen sein. Auf jeden Fall ist ihr Auftauchen kein gutes Zeichen. Wir müssen unser Lager sofort räumen und schnellstmöglich von hier verschwinden.«

Ein Sturm wütete in seinen dunkelblauen Augen. Ich musste meine ganze Selbstbeherrschung aufbringen, um nicht meine Hand nach ihm auszustrecken, musste dem Drang widerstehen, ihn berühren zu wollen.

Als wir uns zufällig am See begegnet waren, hatte er sich ganz entspannt mit mir unterhalten. Doch nun war da wieder diese undurchdringliche Mauer, die er in meinem Beisein um sich herum aufbaute. Wie gern würde ich ihm sein Haar aus der Stirn streichen, so wie er es gerade tat. Merkte er denn nicht, was er in mir auslöste? Warum war er so unfreundlich zu mir? Ich ließ traurig die Schultern sinken.

Augenblicklich veränderte sich seine Haltung. Für einen kurzen Moment glaubte ich, er würde mich gleich in den Arm nehmen.

»Was ist mit dir?«, fragte er stattdessen.

»Mein Leben ist das reinste Chaos. Ich weiß überhaupt nicht mehr, was hier eigentlich passiert und wer ich bin. Mir ist bewusst, dass meine Freunde und ich großes Glück hatten. Wenn wir nicht auf Grimmt gestoßen wären, dann ... Aber was ist mit unseren Familien? Wir können sie doch nicht einfach im Stich lassen? Auch wenn ihre Befreiung aussichtslos erscheint, so müssen wir es doch wenigstens versuchen!«

»Es ist unmöglich, eure Familien zu retten. Euer Versuch würde mit eurem Tod enden.«

Ich trat langsam an ihn heran. »Könntest du vielleicht ... Ich meine ... Hättest du eine

Möglichkeit, ihnen zu helfen?«, fragte ich mit zittriger Stimme.

Er seufzte. »Wenn ich dazu in der Lage wäre, ihnen zu helfen, dann hätte ich es schon längst getan, Sam.«

Seine Stimme klang ganz weich, als wollte er mich trösten. Er hatte mich liebevoll mit Sam angesprochen ...

»Es gibt drei dieser Arbeitslager«, erklärte Jake. »Sie werden Tag und Nacht überwacht, wobei sie alle so erschaffen sind, dass sie einer unüberwindbaren Festung gleichen. Niemand kommt dort hinein oder heraus, wenn Dougal es nicht befiehlt. Mein Clan ist seit zwanzig Jahren mit Dougal verfeindet. Dazu kommt noch, dass Dougal die Aufsicht der Arbeitslager seinem Ziehsohn übertragen hat. Er hatte Esca nach dem Tod seines leiblichen Sohnes adoptiert, da er einen zukünftigen Erben brauchte, der ihm Sicherheit einräumte und andere Clanoberhäupter davon abhielt, die Macht über seinen Clan an sich zu reißen. Mit Dougals Ziehsohn verbindet mich mehr als nur Feindschaft. Er hat sich Dougals Vertrauen erschlichen und den Platz deines Vaters, der mein Freund war, wie eine hinterhältige Natter eingenommen. Es ist leicht untertrieben, wenn ich behaupte, dass wir uns nicht besonders gut leiden können. Allein schon, wenn ich Esca sehe, könnte ich ihm an die Kehle gehen, und das beruht auf Gegenseitigkeit. Er würde mir unter keinen Umständen die Gnade gewähren, deine Tante und deinen Onkel freizukaufen. Eher würde meine Anfrage seine Aufmerksamkeit nur unnötig auf die beiden lenken.«

Die Verzweiflung schnürte mir die Kehle zu. Der Kloß in meinem Hals brannte und meine Augen füllten sich mit Tränen. »Dann besteht also gar keine Hoffnung mehr? Sie sind alle verloren?«

Jake erfasste mein Kinn und brachte mich dazu, ihn anzusehen. Sein Gesicht war mir nun so nah, dass ich seinen Atem spüren konnte. »Das versuchen wir gerade herauszubekommen. Womöglich gibt es einen Lichtblick, der dem ganzen Unheil ein Ende setzen könnte.«

»Was meinst du damit?« Meine Beine drohten unter seinem Blick nachzugeben. Seine unbewusste Annäherung schenkte mir in der Stille des Moments einen kurzen Seelenfrieden. Ich konnte seine Körperwärme spüren, konnte ihn riechen. Nur ein kleiner Schritt, dann könnte ich mich an ihn lehnen …

»Ich meine dich, Sam.«

»Mich?«

»Grimmt und ich sind uns noch nicht sicher, ob du tatsächlich Dageus' Tochter bist. Solltest du es aber sein und wir finden eine Möglichkeit, das zu beweisen … Ich glaube, dann wäre nicht nur dein Leben, sondern das

Leben aller Menschen gesichert.«

»Warum glaubst du das? Wenn Dougal erfahren sollte, dass ich von ihm abstamme, dann wird er alles daran setzen, mich aus dem Weg zu räumen«, flüsterte ich, da mir meine Stimme zu versagen drohte. Ich sprach diese Möglichkeit aus und fühlte mich wie gelähmt vor Angst. »Dougal hasst die Menschen. Womöglich würde er sich schämen, wenn diese Tatsache ans Licht käme. Ich denke, ich wäre eine Schande für ihn.«

Jake wurde sich unserer Nähe bewusst und ging hastig ein paar Schritte zurück.

Ich hätte ihn am liebsten zu mir zurückgezogen.

»Was macht ihr denn noch hier?«, fragte Grimmt, der sich mit seinen Männern näherte. Er blieb stehen. Die anderen liefen weiter, wobei zwei von ihnen Marlon trugen. »Ich dachte, ihr seid schon längst im Lager und packt zusammen.«

Jake atmete tief durch. »Samantha denkt, sie wäre eine Schande für Dougal.«

Aha, jetzt war ich also wieder Samantha. Jake hatte seinen Schutzschild wieder um sich aufgebaut.

»Wieso das denn?«

Ich seufzte. »Wegen dem klitzekleinen Umstand, dass ich ein Mensch bin.«

»Früher waren die unsterblichen Männer ein Mal während ihrer gesamten Existenz dazu in der Lage, ein Kind zu zeugen. Und unsere Frauen konnten nur ein Kind gebären«, erklärte Jake. »Die Natur hatte sich sicherlich etwas dabei gedacht. Schließlich leben wir ewig. Wenn wir uns in einer solchen Vielzahl hätten fortpflanzen können wie die Menschen, wären wir schon längst überbevölkert. Doch dann wurden plötzlich überhaupt keine Frauen mehr schwanger. In einer Welt, die von Krieg und Unterdrückung der Schwächeren geprägt ist, geht auch die Liebe verloren. Die Unsterblichen finden ihre Seelenverwandten nicht mehr. Je mehr Zeit verstreicht, desto wahrscheinlicher wird es, dass nie wieder ein unsterbliches Kind das Licht der Welt erblicken wird. Somit wird es keine dauerhafte Zukunft für uns geben.«

»Dougals einziger Sohn ist tot. Doch du könntest seine Enkelin sein – die letzte seiner Blutlinie«, sagte Grimmt. »Diese Tatsache wird auch einen herzlosen Holzklotz wie Dougal erweichen.«

Dann lag es also allein an mir, ob die Bedrohung der Menschheit gestoppt werden konnte. Aber ich war doch nur ein einfaches Mädchen. Die Verantwortung, die man mir auferlegte, erdrückte mich.

Ich ging in die Hocke und krallte die Hände in mein Haar. Das war einfach zu viel für mich.

»Ich werd verrückt!« Grimmt ging neben mir

in die Knie und nahm meine Hände in die seinen, als er den fehlenden Verband bemerkte. Er musste sich wohl aus nächster Nähe davon überzeugen und betrachtete nun meine beiden unverletzten Hände. »Na, wenn das kein Beweis ist!«

Jake stand regungslos da. Nach dem, was er mir eben alles offenbart hatte, wirkte er nun hoffnungsvoll.

»Wärst du nur ein normaler Mensch, so hättest du jetzt immer noch einen Verband um deine Hand«, sagte Grimmt.

»Aber sie brauchte trotzdem mein Blut für diese schnelle Heilung«, gab Jake zu bedenken.

Grimmt überlegte, bevor er sich mir erneut zuwandte. »Du bist sicherlich zur Hälfte eine Unsterbliche, aber doch überwiegend ein Mensch.« Er sah zu Jake.

»Ich bin verletzbar und habe menschliches Blut«, erinnerte ich die beiden. »Es ist nicht gerade offensichtlich, dass ich eine halbe Unsterbliche bin. Wie wollt ihr also Dougal einen Beweis liefern? Er wird nicht geduldig einen Tag lang warten, ob eine Verletzung bei mir schneller verheilt als bei einem normalen Menschen. Eher wird er mich mit dieser Behauptung eine Lügnerin schimpfen und nicht zögern, mich zu töten. Mir wird einfach nicht genug Zeit bleiben.«

Jake runzelte die Stirn. »Mein Vater hat

Grimmt und mir aufgetragen, dich zu ihm zu bringen. Er war bei deiner Geburt dabei und möchte sich nun ein Bild von dir machen.«

»Ja«, erwiderte Grimmt. »Silas wird Rat wissen.«

Aufbruch

Die Zelte wurden in Windeseile abgebaut, ohne dass man sich die Mühe machte, sie sorgfältig zu verstauen.

»Was ist denn eigentlich los?«, fragte Sally, während wir hektisch alle Sachen einpackten.

»Wir vermuten, dass sich Unsterbliche in der Nähe aufhalten«, erwiderte Dexter und sah mich dabei eindringlich an. Dies war also die offizielle Version.

Matt lachte. »Echt? Wie kommt ihr denn auf so eine blöde Idee?« Er schaute betont in Jakes Richtung, der mit seinen Männern gerade unmittelbar an uns vorbei ritt. »Definiert mir mal den Begriff *Nähe*«, fuhr Matt fort. »*Nähe* bedeutet für mich, wenn der Abstand zu einer Person oder einem Gegenstand sehr klein ist. Man könnte es auch als geringe Entfernung zwischen einem bestimmten Punkt ...«

»Halt die Klappe, Matt!« Sally war für seinen ausschweifenden Vortrag offenbar nicht in der passenden Stimmung. »Du nervst.«

Anstatt sich mit seinen Bemerkungen zurückzuhalten, lockte er Sally jedoch noch weiter aus der Reserve. Er baute sich dicht vor ihr auf, sodass sich ihre Nasenspitzen fast berührten. »An deiner Stelle würde ich aufpassen, wie du mit mir redest«, warnte er sie.

»Ach ja.« Sally hob wedelnd die Hände in die Höhe. »Jetzt habe ich aber Angst«, zog sie ihn auf.

Matt schnappte sie und zog sie an sich. »Das solltest du auch.« Sein Mund war dem ihren so nah, dass nicht nur Sally glaubte, er würde sie gleich küssen. Doch Matt lachte nur über ihren erwartungsvollen Gesichtsausdruck und wandte sich dann von ihr ab.

»Du elender ...« Sally schlug ihm auf den Rücken. Da hob er sie hoch, während sie mehr lachte als schimpfte.

»Für eure kindische Rauferei haben wir jetzt keine Zeit«, tadelte Dexter die beiden. »Spart euch das für später auf.« Er drängte sie auseinander.

Conner befestigte einen mit Proviant und Decken gefüllten Leinensack mittig hinter dem Sattelsitz, bevor er aufsaß. »Reitest du mit mir, Sam?« Er reichte mir auffordernd seine Hand.

Grimmt und Jake ritten voran, dicht gefolgt von Dexter. Auf Conners Bahre lag nun ein schlafender Marlon.

Drei von Jakes Männern waren voraus geritten, um die Umgebung, die vor uns lag, zu erkunden. Weitere drei blieben versteckt zurück und warteten, ob doch noch Männer von Dougals Clan aufkreuzten.

Ich schaute mich noch einmal um und versuchte mir jede Kleinigkeit der Landschaft einzuprägen. Niemals zuvor war ich an einem so schönen Ort gewesen. Ich wollte mich später an ihn erinnern.

Conner saß hinter mir und überließ mir die Zügel. Wir hatten den Wasserfall schon hinter uns gelassen und ritten nun dem Flussverlauf entlang. Aufgrund der Wassermassen, die sich in ihn ergossen, trieb der Fluss schnell voran. Die wilde Strömung brach sich an den Felsen, die steil aus dem Wasser herausragten. Es war eine beeindruckende Naturgewalt, die uns ihr Schauspiel darbot.

Unsere Pferde scheuten angesichts des tosenden Wassers und stellten sich immerzu auf die Hinterläufe. Die Pferde der Unsterblichen hingegen ließen sich nicht aus der Ruhe bringen. Im Unterschied zu unseren waren diese viel größer. Jakes Hengst Onyx wirkte unheimlich majestätisch, so stolz wie er uns anführte. Sein Fell war tiefschwarz und von einem bemerkenswerten Glanz. Die Mähne hing ihm wild in die Augen, wobei sein langer Schweif fast die Erde berührte. Ohne Sattel, sondern allein durch ihre Beinkraft und den festen Griff an der Mähne hielten sich die Unsterblichen sicher auf dem Rücken dieser unberechenbaren Tiere.

»Welcher Rasse gehören eigentlich diese Pferde an?«, fragte ich Dexter, der neben uns herritt. Ich deutete auf Jakes Hengst.

»Das sind die wilden Pferde des Ageless Forest«, antwortete er mir. »Dort, wo Jake zu Hause ist, liegt das älteste und eindrucksvollste Waldgebiet, das du dir vorstellen kannst. Auf einer weitläufigen Lichtung finden diese Pferde zu einer Herde zusammen, die tausende ihrer Art umfasst.« Dexter sah zu Onyx hinüber. »Man weiß nicht besonders viel über diese edlen Tiere«, erzählte er weiter. »Allerdings heißt es in den Geschichten der Unsterblichen, dass sie über hundert Jahre alt werden können. Einem Menschen würde es nicht gelingen, sie auch nur zu Gesicht zu bekommen. Es ist unmöglich für uns, sie einzufangen und zu zähmen. Selbst bei den Unsterblichen ist es nicht allen vergönnt, das Vertrauen eines Wildpferdes zu gewinnen. Hat sich ein solches Pferd aber letztendlich zu einem Reiter bekannt, dann steht es ihm sein Leben lang treu zur Seite.«

»Du meinst, sie geben dann ihre Freiheit auf?«

»Nein. Sie kehren immer wieder zu ihrer Herde zurück. Diese Pferde sind in der Lage, über sehr weite Entfernungen hinweg den Ruf ihres Reiters wahrzunehmen.«

Ich hatte gehört, wie Jake seinen Hengst durch einen ganz bestimmten Pfiff herbeirief und dieser dann wie aus dem Nichts auftauchte. Also schien es zwischen jedem Unsterblichen und seinem Pferd einen ganz eigenen Zuruf zu geben.

»Faszinierend ...« Ich streichelte unserem Pferd beruhigend den Hals, um es von dem lauten Fluss abzulenken. Es ließ sich nur schwer von mir zügeln, als ich es nach vorn zu Grimmt und Jake trieb.

»Wir sollten zuerst Sams Freunde in Sicherheit bringen, bevor wir zu Silas aufbrechen«, sagte Grimmt gerade zu Jake. »In etwa vier Tagen sollten wir bei meinem Zuhause ankommen. Dort werden sie auf jeden Fall unentdeckt bleiben.«

»Bis dahin werden wir alles daran setzen, keine Spuren zu hinterlassen«, erwiderte Jake. »Der Fluss ist zu tief und aufgewühlt, um darin zu reiten. Deshalb bleibt uns nur eine Wahl: Ab morgen werden wir uns in Gruppen aufteilen, um viele Fährten in verschiedene Richtungen zu legen. Das sollte uns etwas Zeit verschaffen.« Er warf einen kurzen Blick auf Conner, der mir gerade ein Blatt aus dem Haar entfernte.

Ab diesem Moment machte er es sich zur Aufgabe, mich zu ignorieren.

Wir ritten den ganzen Tag, während wir stets dem Flussverlauf folgten. Wieder hüllte uns der Wald ringsherum ein und bot uns dadurch etwas Schutz. Erst als die Sonne langsam unterging, stiegen wir von unseren Pferden.

Marlon war inzwischen zu sich gekommen, machte aber immer noch einen benommenen Eindruck. Ich wusste, wie er sich jetzt, da die Wirkung der Betäubung nachließ, fühlte. Diese entsetzlichen Kopfschmerzen wünschte ich nicht einmal ihm.

Es wurden keine Feuer entfacht und keine Zelte aufgebaut. Wir würden die Nacht unter freiem Himmel verbringen.

Alle ließen sich zwischen den Bäumen nieder und stärkten sich. Jake saß wie immer mit Grimmt und Dexter zusammen. Sie diskutierten angeregt miteinander. Fast wirkte es, als würden sie streiten. Wie gern hätte ich mich einfach zu ihnen gesetzt, um in Jakes Gesellschaft zu sein. Nach unserem überstürzten Aufbruch hatte er sich mir gegenüber sehr distanziert verhalten. Ich fühlte mich seltsam ausgeschlossen.

Sally setzte sich zu mir. So saßen wir zusammen und teilten uns unser Obst, während sie mich die ganze Zeit neugierig musterte.

»Was läuft da eigentlich zwischen dir und diesem Jake?«

Ich zuckte mit den Schultern und biss in meinen Apfel.

»Komm schon, Sam! Ich habe euch schon den ganzen Tag beobachtet. Das sieht doch ein Blinder, dass ihr scharf aufeinander seid.«

Mir blieb der Bissen im Hals stecken. Einige schauten zu uns herüber, da ich mich vor lauter Husten gar nicht mehr einkriegte.

»Was ...? Wie ...?«

»Jetzt tu doch nicht so! Jake beobachtet dich ständig und du suchst immer wieder seine Nähe. Glaubst du ernsthaft, ich bekomme das nicht mit?«

»Jake beachtet mich nicht im Geringsten. Er hat mich heute den ganzen Tag wie Luft behandelt.«

Sally musterte mich aus zusammengekniffenen Augen. »Wenn du nicht darüber reden willst, dann lass es bleiben!« Sie stand auf und ging beleidigt davon.

»Sally, warte!«

Als hätten wir nicht schon genug Probleme. Ich wollte mich nicht mit Sally streiten und bemühte mich daher, sie einzuholen. Doch da trat Conner mir in den Weg, legte seinen Arm um meine Schultern und drängte mich in eine andere Richtung. »Du kennst meine Schwester fast besser, als ich es tue. Deshalb solltest du selbst wissen, dass du ihr etwas Zeit geben musst, bis sie sich wieder beruhigt hat!« Er lachte über meinen frustrierten Gesichtsausdruck. »Willst du darüber reden? Worüber habt ihr denn gestritten?«

Ich schüttelte den Kopf. Eigentlich wollte ich jetzt nur meine Ruhe haben.

»Sag mal!« Er wirkte verlegen, sah zu Boden und biss sich auf die Unterlippe. »Läuft da was mir dir und diesem Jake?«

Das war doch jetzt nicht zu fassen ...

Wie befürchtet, wurde es eine unruhige Nacht. Der Fluss rauschte lautstark an uns vorüber, was noch nicht einmal mein größtes Problem war. Denn ich vermutete hinter jedem Schatten, den die Bäume im Mondlicht warfen, einen Angreifer.

Nach endlosem Hin- und Herwälzen gab ich es auf, in den Schlaf finden zu wollen, und ich stand auf, um mir die Beine zu vertreten.

»Wo willst du hin?« Jake stand plötzlich in der Dunkelheit vor mir.

Ich zuckte vor Schreck zusammen. Es hätte nicht viel gefehlt und ich hätte aufgeschrien.

»Tut mir leid. Ich hatte nicht vor, dich zu erschrecken«, entschuldigte er sich. »Du solltest dich nur vorsichtshalber nicht all zu weit vom Lager entfernen.«

Ich strafte ihn mit einem rügenden Blick. »Im ersten Moment dachte ich, du bist ...«

»Ein Unsterblicher?« Jake lachte voller Ironie. »Tja, da muss ich dich nicht enttäuschen, ich bin tatsächlich einer.«

»Du weißt, wie ich es gemeint habe!«, tadelte ich ihn.

Er lachte immer noch.

Ich betrachtete im Mondschein sein makelloses Profil. Selbst hier im Dunkeln lag diese gewisse Aura zwischen uns, die mir das Gefühl von Vertrautheit vermittelte.

»Nachdem du mich heute den ganzen Tag ignoriert hast, freue ich mich sehr darüber, dass ich nach wir vor dazu in der Lage bin, dich zu amüsieren.« Ich stemmte die Hände in die Hüften. »Wieso redest du überhaupt wieder mit mir? Ist dir gerade langweilig?«

Jake hörte augenblicklich auf zu lachen, als er meine Andeutung verstand. Er wandte sich mir nun vollkommen zu und kam langsam näher, was die Schlagkraft meines Herzens deutlich steigerte.

»Mal im Ernst, Jake! Ich werde aus dir einfach nicht schlau.« Ich versuchte, meine Nervosität zu überspielen. »Habe ich irgendetwas falsch gemacht?«

»Nein, du hast nichts falsch gemacht, rein gar nichts.« Er blickte zu Boden und zögerte, bevor er weitersprach. »Du bist anders als die Menschen, aber du bist auch nicht wie ich. Ich muss einfach an deine und meine Zukunft denken.«

Ich wollte ihm sagen, wie sehr ich mir wünschte, ich könnte seine Zukunft sein. Ich wollte alles für ihn sein. Doch ich blieb stumm.

In seinen Augen lag eine Traurigkeit, die ich nicht verstehen konnte, während sein Blick fast liebevoll über mein Gesicht glitt. Er trat ganz dicht an mich heran, achtete aber darauf, mich dabei nicht zu berühren. »Ich darf nicht vergessen, dass du nur ein Mensch bist. Zumindest ist ein sehr großer Teil von dir – Mensch. Der Teil, der dich von mir unterscheidet ... Du bist sterblich.«

Warum hatte ich das Gefühl, dass Jake sich gerade von mir verabschiedete? Die bedingungslose Endgültigkeit, die in seiner Stimme mitschwang, machte mir Angst. Ich wollte unter keinen Umständen, dass dieser Unsterbliche einfach wieder aus meinem Leben verschwand. Jetzt, da ich von seiner Existenz wusste, konnte ich mir einfach nicht vorstellen, dass er in meinem Leben keine Rolle mehr spielen sollte. Ich konnte und wollte diese besondere Anziehungskraft nicht verleugnen, die zwischen uns herrschte. Doch Jake hatte mir soeben unwiderruflich zu verstehen gegeben, wie naiv es von mir war, auf eine gemeinsame Zukunft mit ihm zu hoffen. Er würde sich niemals auf mich einlassen, denn eines Tages würde ich sterben.

Jake zog sich langsam von mir zurück. Wie versteinert stand ich da, war nicht dazu in der Lage, ihn aufzuhalten. Ich wollte seinen Namen rufen, wollte ihm hinterherlaufen. Doch ich schaute ihm einfach nur nach, bis die Umrisse seines Schattens in der Dunkelheit verschwanden. Allein blieb ich in der Finsternis zurück. Ich – ein kleiner, zerbrechlicher, sterblicher Mensch. Nichts und niemand hätte mich in diesem Moment trösten können.

Ertrinken

Es wurde langsam hell. Die schützende Dunkelheit, in der ich mich verstecken konnte, wich mehr und mehr dem Tageslicht. Ich saß noch immer an der Stelle, wo Jake mich vor Stunden verlassen hatte. Meine Tränen waren inzwischen vollkommen aufgebraucht, nur ihre salzigen Spuren brannten noch auf meinen Wangen. Ich fühlte mich schrecklich.

Nach und nach erwachte das Lager wieder zum Leben. Manche gingen ans Wasser und erfrischten sich, andere genehmigten sich ein Frühstück.

Ich blieb, wo ich war. Doch schließlich traf das Unvermeidliche ein: Ich wurde entdeckt.

Sally starrte mich erst eine Weile aus sicherer Entfernung an und kam dann zögerlich auf mich zu.

»Sam?«

Wo konnte ich mich nur verkriechen?

»Es tut mir leid, Sam! Ich habe es doch nicht so gemeint. Glaub mir, ich bin dir nicht mehr böse!«

Was? Oh ... Sally dachte doch tatsächlich,

ich wäre wegen unseres Streits von gestern Abend so am Boden zerstört. Ich tat nichts lieber, als sie in dem Glauben zu lassen.

Sie zog mich in ihre Arme, um mich zu trösten, während Grimmt mit gezielten Schritten auf uns zu kam. »Wir unterteilen uns heute in drei Gruppen«, ließ er uns wissen.

»Hm ...« Ich traute mich nicht, ihn anzusehen, und verbarg mein Gesicht dank Sallys Umarmung in ihren Haaren.

»Ist was passiert?«, fragte er.

»Wir haben uns gestern gestritten«, antwortete Sally. »Aber jetzt ist alles wieder gut.«

Wenigstens kam ich um eine Erklärung herum. Dank Sally!

Es blieb ruhig, sodass ich annahm, Grimmt wäre gegangen. Doch als ich ihm nachblicken wollte, sah ich direkt in sein nachdenkliches Gesicht.

Bevor er auch nur ansatzweise nachhaken konnte, stand ich auf. »Na, dann machen wir uns mal startklar.« Ich ließ Grimmt stehen und zog Sally mit mir fort.

»Wie siehst du denn aus?«, fragte Matt, als wir uns ihm näherten. Er war wie immer nicht gerade taktvoll. »Hast du mit dem Gesicht auf Brennnesseln geschlafen?«

Spätestens jetzt wusste ich, dass meine Augen so geschwollen waren, wie sie sich anfühlten. Ich hatte mich noch niemals zuvor in meinem Leben so schlecht gefühlt. Der spürbare Verlust nagte an mir wie eine Krankheit. Auch wenn ich bisher noch keinen Liebeskummer gehabt hatte, so war ich mir doch sicher, dass dieser unbekannte Schmerz, den ich jetzt verspürte, weit über diesen hinausging. Es zerriss mich innerlich ...

Etwas später saßen wir auf unseren Pferden und ich wurde das Gefühl nicht los, angestarrt zu werden. Dabei stand mir das Schlimmste noch bevor.

Ich sah Jake schon von Weitem. Wie gern hätte ich jetzt eine Kapuze oder irgendetwas, was ich mir ins Gesicht ziehen könnte. Vermutlich machte ich mir aber auch nur unnötig Sorgen. Jake hatte mich gestern bewusst ignoriert, es sei denn, ich hatte ihn direkt angesprochen. Wenn ich ihn heute also ebenfalls nicht beachtete, würde er mein Aussehen vielleicht gar nicht bemerken.

Als ich einen kurzen Blick in seine Richtung riskierte, wusste ich, dass dies ein Wunschgedanke war. Ich hatte mich schnellstmöglich wieder abgewandt, konnte aber deutlich sehen, wie er mich musterte.

Unsere Gruppe bestand aus zwölf Mann, inklusive Jake und Grimmt sowie Conner, Matt, Sally und mir. Jede Gruppe schlug einen anderen Weg ein, um am Abend wieder mit den anderen zusammenzutreffen. Ich hatte mich bewusst für das Pferd mit dem meisten Gepäck entschieden, da ich es deshalb mit niemanden teilen musste. Es hatte von allen die größte Last zu tragen.

Jake lenkte seinen Hengst neben mich und schaute mich unentwegt an. Ausgerechnet heute schenkte er mir seine volle Aufmerksamkeit.

»Was?« Ich war stinksauer.

»Knurrst du mich an?« Er amüsierte sich köstlich über mich.

»Und wenn es so wäre?«

Er lachte. »Hm ... Du solltest dich besser benehmen, sonst könntest du mich in Versuchung bringen.«

Ich sah ihm direkt in die Augen. »Dann bin ich lieber artig. Mein Herz würde das nicht verkraften.«

Jake hörte auf zu lachen. Er erwiderte meinen Blick so intensiv, dass ich mir große Mühe geben musste, ihm standzuhalten. Wie konnte man nur so unverschämt gut aussehen?

»Ich dachte, du liebst Herausforderungen?«, fragte er.

»Nur, wenn ich bei diesem Spiel auch etwas gewinnen kann.«

Er seufzte. »Bei diesem Spiel können wir beide nur verlieren.«

»Dann sollten wir damit aufhören und uns auf die gegenwärtigen Ereignisse konzentrieren!«, sagte ich.

»Dann höre du damit auf, mich abzulenken!«

Überrascht zog ich die Augenbrauen nach oben. »Tue ich das?«

»Ja, das tust du – mehr als dir bewusst ist.« Er trieb sein Pferd an und ritt wieder zu Grimmt.

Ratlos schaute ich Jake hinterher. Warum musste ich mich auch ausgerechnet in einen Unsterblichen verlieben?

Unsere Gruppe ritt weiter den Flussverlauf entlang, der uns immer weiter durch Wälder hindurchführte. Mal hielten wir uns in unmittelbarer Nähe des Flusses auf, dann entfernten wir uns wieder ein Stück von ihm. Es war ermüdend, auch weil ich die vergangene Nacht überhaupt nicht geschlafen hatte. Sollten wir nicht bald eine Rast einlegen, würde ich wohl oder übel auf dem Rücken meines Pferdes einschlafen. Ich würde sicherlich zur allgemeinen Belustigung beitragen, wenn ich dabei auch noch vom Pferd fiel.

Ich bemühte mich, munter zu bleiben, indem ich die Bäume zählte, an denen ich vorüberritt, eine Strähne der Mähne meines Pferdes flocht und schließlich beobachtete, wie sich der reißende Strom mit seiner schäumenden Gischt einen Weg durch die Landschaft bahnte. Dabei bemerkte ich eine Bewegung am Flussufer.

Um besser sehen zu können, stoppte ich mein Pferd und stellte mich im Sattel auf. Da erkannte ich, dass sich ein Reh in den Ästen eines umgestürzten Baumes verfangen hatte, der weit in das tosende Wasser hineinreichte.

Schnell trieb ich mein Pferd an und hielt auf das Ufer zu. Wenn ich mich beeilte, konnte ich dem Tier vielleicht noch helfen.

»Wo willst du hin?«, rief Conner mir nach. Da alle anderen weiter voranritten, wusste er anscheinend nicht, was er tun sollte. Sally war gegen seinen Rücken gelehnt eingeschlafen, erwachte jetzt aber durch seinen Ruf.

Ich drehte mich kurz zu ihnen um und zeigte mit dem Finger auf das entfernte Flussufer, an dem das Reh um sein Leben kämpfte. »Sagt Grimmt Bescheid!«, wies ich die beiden an, ohne mein Tempo zu drosseln.

Endlich am Ufer angekommen, stieg ich vom Pferd und bewegte mich langsam auf das Rehkitz zu. Ich wollte es nicht erschrecken. Es musste beim Trinken den Halt verloren haben. Sein Bein, mit dem es sich in den Ästen verfangen hatte, blutete.

Ich schaute mich um. Conner hatte die anderen gestoppt und alle sahen in meine Richtung. Von dem Muttertier war weit und breit nichts zu sehen.

Das Kitz fing plötzlich wie wild an zu zappeln, wodurch es fast komplett ins Wasser fiel.

Wieder schaute ich mich um. Die anderen machten sich gerade zu mir auf den Weg. Das dauerte einfach zu lange. Sein kleiner Kopf wurde von den Wellen überflutet. Vom Rand des Ufers aus konnte ich das erschöpfte Tier nicht erreichen. Daher kletterte ich vorsichtig auf den glitschigen, umgestürzten Baum, der bis zur Hälfte in dem Fluss eingetaucht war.

»Samantha! Mach, dass du von dem Baum herunterkommst!«, hörte ich Jake von hinten rufen. Er ritt jetzt den anderen im schnellen Tempo voraus.

Das Kitz schrie unvermittelt wie ein Baby auf, als es weiter abrutschte. Es hatte Todesangst. Das Kleine drohte zu ertrinken. Ich hielt mich mit einer Hand an einem Ast fest und streckte die andere nach dem Reh aus. »Ist ja gut. Ich tue dir nichts.« Als ich es zu fassen bekam, ließ es sich nur mühsam aus den Ästen befreien. Es bemerkte wohl, dass ich ihm helfen wollte, denn es verhielt sich nun ganz ruhig. Erleichtert drückte ich das erschöpfte Kitz an meine Brust. Jetzt musste ich es nur noch schaffen, einhändig zum Ufer zurück zu klettern.

»Pass auf!«, schrie Sally in der Ferne und zeigte mit dem Finger auf eine Stelle hinter mir.

Doch es war zu spät. Ein Baumstamm, der von dem reißenden Strom mitgetragen wurde, prallte ungebremst an den Baum, auf dem ich saß. Ohne zu zögern, fasste ich das Reh mit beiden Händen und warf es auf das rettende Ufer, während der Baum sich im selben Moment vom Land löste.

»Sam ... Nein!« Jake schrie mir nach, als ich von dem Fluss mitgerissen wurde und untertauchte.

Der Kälteschock übermannte mich gnadenlos, während ich von der wilden Strömung nach unten gezogen wurde. Es geschah so schnell, dass ich es nicht schaffte, die Luft anzuhalten. Stattdessen atmete ich durch meinen Mund und meine Nase Wasser ein.

Der brennende Schmerz brachte meinen Kehlkopf fast zum Zerbersten. In meiner Panik rang ich verzweifelt nach Luft, doch es gelang mir nicht zu atmen. Mein Herz raste.

»Sam!«

Ich sah Jake am Flussufer entlangreiten, aber das Wasser trug mich unbarmherzig mit sich fort. Immer wieder wurde ich von der Strömung unter die Wasseroberfläche gedrückt. Ich ertrank ...

Jake sprang im vollen Galopp von seinem Pferd und stürzte sich in den todbringenden Strom. Mit kräftigen Zügen holte er mich ein und schlang einen Arm um mich.

»Ich bin hier – ich bin bei dir!«

Mit der freien Hand bemühte er sich, an einem der großen Steine, die am Ufer aus dem Wasser ragten, Halt zu finden, was ihm beim vierten Anlauf gelang.

»Sieh mich an! Bitte, sieh mich an!«, forderte er mich auf.

Schlaff lag ich in seinem Arm. Ich schaffte es kaum, meine Augen aufzuhalten, doch ich tat, was er sagte.

Er war gesprungen. Er war mir hinterhergesprungen. Er war ...

Stoßweise schnappte ich ohne großen Erfolg nach Luft. Gleich würde ich das Bewusstsein verlieren.

»Hör mir jetzt gut zu!«, flehte er mich an. »Ich brauche beide Arme, um uns hier herauszuziehen. Du musst dich an mir festhalten. Hörst du, was ich sage? Halt dich an mir fest, so gut du kannst!«

Ich nickte ihm zu, aber ich hatte keine Ahnung, ob ich noch die Kraft dafür hatte.

Er erwiderte mein Nicken. »Dann los, schling deine Arme um meinen Brustkorb und halte dich fest!«

Ich gehorchte, krallte mich voller Angst an ihn.

»Lass mich ja nicht los, Sam! Wehe, du lässt los!«

Jake löste langsam seine Hand von mir, mit der er mich die ganze Zeit festgehalten hatte. Mit einer unvorstellbaren Kraft zog er uns entgegen der reißenden Strömung aus dem Wasser, ehe er erschöpft auf dem Bauch zum Liegen kam.

Ich hatte nicht losgelassen. Langsam rollte ich mich von ihm herunter, wobei mir jeder Atemzug Schmerzen bereitete. Ein krampfartiges Husten quälte sich aus meinem Brustkorb und beförderte das Wasser aus meiner Luftröhre.

Jake stützte mich und hielt mir die Haare aus dem Gesicht, als ich schließlich schwallweise erbrach. Nachdem ich endlich kein Wasser mehr spuckte, zog er mich in seine Arme und wir blieben am steinigen Ufer des Flusses liegen.

Meine Panik ließ allmählich nach. Ich öffnete die Augen und hob meinen Kopf, um Jake ansehen zu können.

Kleine glitzernde Wasserkugeln tropften aus seinem Haar, das ihm in Strähnen in die Stirn fiel. Wenn er nicht komplett nass gewesen wäre, so hätte ich geglaubt, er weinte. Seine tiefblauen Augen ruhten liebevoll auf meinen, bevor sie sich verdunkelten und Wut sich in ihnen widerspiegelte.

»Mach das nie wieder! Setze nie wieder dein Leben so leichtsinnig aufs Spiel!«

Ich ließ meinen Kopf zurück auf seine Brust fallen. »Danke ...«, war das Einzige, was ich erwidern konnte.

Abgegrenzt

Ich musste eingeschlafen sein, denn ich hörte Grimmts Stimme nur in meinem Unterbewusstsein.

»Jake! Geht es euch gut?«, rief er.

Meine Augenlider flatterten, als ich sie öffnete. Grimmt und die restliche Gruppe standen auf der anderen Seite des Flusses und schauten zu uns herüber.

Sally winkte mir zu und weinte.

»Ich denke schon«, antwortete Jake. Sie mussten sich über das laute Wasser hinweg regelrecht anschreien.

Vorsichtig hob Jake mich etwas von sich weg, um aufstehen zu können. Da seine Körperwärme mich nun nicht mehr umgab, begann ich augenblicklich zu frösteln. Der Wind blies durch meine nassen Sachen und hinterließ auf meiner Haut seine kalte Spur. Morgen hatte ich bestimmt eine ordentliche Erkältung. Ich zog die Knie an und schlang meine Arme um mich, als könnte ich so der Kälte trotzen.

»Geht es?« Jake sah auf mich herunter.

Ich nickte und schenkte ihm ein verkrampftes Lächeln. Bevor meine Unehrlichkeit zu offensichtlich wurde, wandte ich meinen Blick schnell von ihm ab. Da Conner mir etwas zurief, tat ich so, als würde ich ihm zuhören. Allerdings konnte ich nicht ein Wort von ihm wirklich aufnehmen. Ich fühlte mich entsetzlich. Mein erschöpfter Körper ließ mich spüren, wie knapp ich soeben dem Tod entkommen war.

Jake und Grimmt beratschlagten, wie wir weiter vorgehen sollten, indem sie sich über den Fluss hinweg etwas zuriefen. Wie ich mitbekam, waren wir bis auf Weiteres von unserer Gruppe abgegrenzt. Es gab keine Möglichkeit, den breiten Fluss zu durchqueren. Dazu kam noch, dass Jake und ich deutlich langsamer unterwegs sein würden, da wir ja nun keine Pferde mehr hatten.

Dafür waren wir beide aber schon auf der richtigen Seite. In etwa zwei Tagen schafften es die anderen Gruppen zu der Stelle, wo sie den Fluss überqueren konnten. Grimmt würde uns von dort aus entgegenreiten, um uns abzuholen.

Zwei Tage allein mit Jake ... Wie sollte ich seine ständige Nähe nur überstehen, ohne mich noch weiter an ihn zu verlieren?

Jake hatte mich gerettet. Die Angst und die Sorge um mich, waren deutlich in seinem Gesicht zu sehen gewesen. Ich wusste, ich war ihm nicht gleichgültig. Doch dieses Erlebnis hatte ihm wieder vor Augen geführt, dass ich sterblich war.

Nur gedämpft hörte ich Jakes Stimme, die sanft zu mir hindurchdrang. »Sam, wach auf!«

Er strich vereinzelte nasse Haarsträhnen aus meinem Gesicht, was mich mit einem Schlag hellwach werden ließ. Ich setzte mich ruckartig auf. Seine Berührung war zwar nur eine höfliche Geste, doch für mich war es so viel mehr. Eine verräterische Hitze stieg mir in den Kopf. Ich konnte nicht verhindern, dass ich rot anlief.

Jake lächelte mich verschmitzt an und half mir auf die Beine. »Wir sollten uns langsam auf den Weg machen! Hier können wir jederzeit entdeckt werden und ich habe keine Waffe bei mir. Das Beste ist, wir laufen etwas weiter in den Wald hinein. Dort bleibt unsere Anwesenheit am ehesten unbemerkt.«

Ich sah zum anderen Flussufer hinüber. Keiner von den anderen war mehr zu sehen. Sie mussten aufgebrochen sein, während ich geschlafen hatte.

Jake lief los, wartete dann aber, bis ich zu ihm aufgeschlossen hatte.

»Hat das Rehkitz überlebt?«, erkundigte ich mich.

»Dieses Reh hätte dich fast das Leben gekostet. Ich kann nicht glauben, dass du dich jetzt auch noch ernsthaft darum sorgst.«

»Das Kitz kann doch nichts dafür ...«

Jake ließ mich nicht ausreden. »Du hättest dich wegen ihm erst gar nicht in Gefahr bringen dürfen«, schimpfte er.

Ich ließ nicht locker. »Hast du gesehen, ob es meinen Wurf unbeschadet überstanden hat?«

»Ich denke schon. Zumindest ist es schnellstmöglich weggerannt.«

Er lief geduldig neben mir her, obwohl ich ziemlich langsam war. Der Überlebenskampf und der Schlafmangel forderten ihren Tribut.

»Sam, das wird so nichts. Wenn wir irgendwann ankommen wollen, müssen wir echt einen Zahn zulegen!«

Er hatte recht. »Entschuldige, ich versuche es ja!«

»Ich werde dich tragen«, sagte er und machte Anstalten, mich hochzuheben.

»Oh nein, das wirst du mit Sicherheit nicht tun!« Nervös entwand ich mich seinen Händen.

Jake runzelte die Stirn. »Warum nicht?«

»Weil du mich nicht den ganzen Tag herumtragen kannst.«

»Ach nein?« Er hielt mich zurück, als ich weiterlaufen wollte. »Um was wollen wir wetten?« Ohne auf meine Einwände zu achten, hob er mich auf seine Arme.

»Jake, nein!« Mein Herz überschlug sich fast. Jetzt, da es mir wieder besser ging, war ich mir seiner körperlichen Nähe nur allzu bewusst. Sein Gesicht und seine wohlgeformten Lippen waren mir so nah ... Wenn er mich nicht sofort runterließ, konnte ich für nichts mehr garantieren.

Ich holte tief Luft. »Jake, bitte lass mich runter! Ich halte das nicht aus!«

Er blieb sofort stehen. Seine tiefgründigen Augen versuchten in meinen zu lesen. Einen kurzen Moment verharrte er so, als wüsste er nicht recht, was er tun sollte. Dann setzte er mich ab, ohne meine Augen freizugeben.

»Was hältst du nicht aus?«, fragte er.

Na toll! Was sollte ich ihm darauf bloß antworten? Ich zupfte an meinen feuchten Sachen und überlegte krampfhaft, was ich sagen könnte.

»Sam?«

»Was willst du jetzt eigentlich von mir hören?«, brach es schließlich aus mir heraus. »Du stellst dich doch nur begriffsstutzig.«

»Ich tue was?«

»Du versuchst mich aus der Fassung zu bringen!«

»Tatsächlich? Also wenn ich das wirklich versuchen sollte, so ist es mir wohl auch gelungen.« Jake lachte laut. »Warum bist du eigentlich so wütend?«

»Ich bin nicht wütend! Du bringst mich einfach nur um den Verstand.« Oh nein, hatte ich das wirklich gesagt?

Jake hörte auf zu lachen. Seine blauen Augen musterten mich ratlos.

Ich entwand mich seinem Blick und ging weiter – so schnell, wie es mir möglich war. Wenn ich mich nicht um Kopf und Kragen reden wollte, musste ich schnell das Weite suchen.

Seit einer Ewigkeit lief ich vor ihm her. Ab und zu drehte ich mich um, ob er überhaupt noch hinter mir war. Wir sprachen die ganze Zeit kein Wort.

Der Wald war hier nicht ganz so dicht bewachsen. Die Nadelbäume ließen viel Sonnenlicht zu uns hindurchscheinen. Daher dauerte es nicht lange, bis meine Sachen einigermaßen getrocknet waren. Der Boden war sehr felsig und lag voller Nadeln. Ich musste aufpassen, wohin ich trat.

»Lass uns eine Pause machen!«, forderte Jake mich irgendwann auf.

»Nein, nein, es geht schon. Ich brauche keine Pause.« Auf keinen Fall wollte ich, dass er Rücksicht auf mich nahm.

»Du brauchst mir nichts zu beweisen, Sam!«

Ich blieb stehen und sah ihn herausfordernd an.

»Ich würde gern eine Pause machen.« Spielerisch legte er seine Handflächen aufeinander, als würde er mich anbetteln. »Bitte!«

Ohne meinen Blick von ihm abzuwenden und mit erhobenem Kinn setzte ich mich auf einen kleinen Felsen.

Sein Lächeln war entwaffnend. »Gut! Das war nämlich nicht mehr zum Aushalten. Wenn du noch länger mit deinem wohlgeformten Hintern vor meiner Nase herumgetanzt wärst, dann ...«

»Oh, wie kannst du nur ...« Ich stand auf und wollte ihn wegschubsen, aber er war schneller als ich. Ehe ich mich versah, hatte er mich mit dem Kopf nach hinten über seine Schulter geworfen und gab mir einen Klaps auf den Po. »Ah ...«

»Tut mir leid, aber ich konnte einfach nicht widerstehen.«

Ich schlug ihm mit meinen Fäusten auf den Rücken.

Jake lachte immer lauter. »Tu dir nicht weh, Sam!«

Mit all meiner Kraft, die ich aufbringen konnte, stemmte ich mich an seiner Schulter ab und drückte mich von ihm weg. Meine Bemühungen schienen ihn allerdings nicht sonderlich zu beeindrucken. Er legte seinen Kopf in den Nacken, um mich anzusehen.

Augenblicklich veränderte sich die Atmosphäre zwischen uns. Jetzt war es kein neckendes Spiel mehr, sondern pures Knistern. Nicht einen Moment länger konnte ich seiner übermächtigen Anziehungskraft widerstehen.

Ich schlang meine Arme um seinen Hals und umarmte ihn.

Jake erstarrte. Er setzte mich ab und löste mit den Händen die meinen von seinem Nacken, um dann langsam vor mir zurückzuweichen. Unruhig fuhr er sich mit der Hand durchs Haar.

»Wir müssen weiter!«, sagte er, ehe er mit großen Schritten vorausging. Er floh vor dieser Situation.

So einfach ließ ich ihn aber nicht davonkommen. Zu deutlich hatte ich gespürt, wie sehr auch ihn unsere plötzliche Nähe aus dem Gleichgewicht gebracht hatte. Mit einem Mal war ich mir sicher, dass ich ihm etwas bedeutete.

Ich blieb, wo ich war. »Wie es aussieht, bin ich wohl dran«, rief ich Jake hinterher.

Im Gehen drehte er sich um. Als er bemerkte, dass ich mich nicht von der Stelle gerührt hatte, blieb er stehen, vermied es aber, mich anzusehen.

»Jetzt muss ich es also aushalten, deinen knackigen Hintern die ganze Zeit vor mir zu haben.«

Jake blickte nach wie vor zu Boden, doch ich konnte deutlich sehen, wie er ein Lächeln unterdrückte.

»Was, wenn ich nicht widerstehen kann?«, fragte ich. »Ich könnte dich von hinten anfallen.«

Nun galt mir seine volle Aufmerksamkeit. Ich schenkte ihm mein schönstes Lächeln, während er langsam zu mir zurückkam.

»Du könntest dich verletzen!«, warnte er mich.

»Hm ...« Ich rümpfte die Nase, als würde ich angestrengt überlegen. »Damit könnte ich leben.«

Schlagartig wurde er wieder ernst. »Ich aber nicht, Sam! Ich kann nicht damit leben, dass du dich jederzeit verletzen, ertrinken oder einen anderen Tod sterben kannst!« Er stand mit hängenden Schultern da. Fast wirkte er zerbrechlich, menschlich.

Wie sollte ich auf diese Offenbarung reagieren? Mein Herz hatte komplett seinen Rhythmus verloren. Es wusste nicht, ob es rasen oder stehenbleiben sollte.

Ich ging zögernd auf ihn zu und streckte meine Hand nach ihm aus.

Jake schüttelte den Kopf. »Tu das nicht, Sam!« Er wich vor mir zurück. »Komm nicht näher!«

Doch ich konnte einfach nicht mehr anders. Mit all meinen Sinnen wurde ich von ihm angezogen. Ich trat so dicht an ihn heran, dass ich zu ihm aufsehen musste.

Er stand regungslos vor mir, während wir beide den Atem anhielten. Ich musste ihn einfach berühren. Meine Hand legte sich von ganz allein auf seine Brust, bevor ich meine

Stirn an seinen Hals schmiegte. Er roch so gut ...

Jake holte tief Luft. Gleich würde er mich von sich stoßen. Doch im nächsten Moment verbarg er sein Gesicht in meinen Haaren und zog mich an sich. Er nahm mich beschützend in seine Arme und schenkte mir diesen wertvollen Augenblick am schönsten Platz der Welt. Wir hielten uns einfach aneinander fest. Das unsichtbare Band, das ich schon bei unserer ersten Begegnung gespürt hatte, fesselte uns mehr und mehr aneinander. Noch nie hatte ich mich so glücklich, geborgen und sicher gefühlt. Es war überwältigend ...

Ich gehörte genau hierher – zu ihm. Mir wurde klar, dass ich niemals ohne ihn glücklich werden könnte. Wir waren einfach füreinander bestimmt.

Jake gab seine angespannte Haltung langsam auf. Er fasste in mein Haar und zog meinen Kopf nach hinten. Seine blauen Augen nahmen mich vollkommen in sich auf. Dann senkte er ganz langsam seinen Kopf, um seine sinnlichen Lippen auf meinen Mund zu legen.

Der Kuss übertraf alles, was ich mir je hätte vorstellen können. Es war nur ein Hauch ..., ganz sanft und irgendwie abwartend ..., doch ich war verloren.

Ich wünschte, er würde niemals damit aufhören, mich zu küssen. Niemals würde ich davon genug bekommen.

Seelenverwandte

Viel zu schnell gab er meine Lippen wieder frei. Ich wollte ihn zu mir zurückziehen, doch er ließ es nicht zu. Dabei hätte ich ihn am liebsten angefleht, mich nie wieder loszulassen.

»Ich habe mich in dich verliebt!«, flüsterte ich.

Jake sah mich mit einem undefinierbaren Ausdruck an.

»Sam ...!« Er schüttelte den Kopf. »Wir müssen jetzt wirklich weiter!« Er drehte sich um und lief los.

Warum wandte er sich wieder von mir ab? Konnte er nicht einfach akzeptieren, dass wir zusammengehörten? Enttäuscht sah ich ihm nach, als ein plötzliches Brennen meine Kehle durchfuhr. Es fühlte sich eigenartig an. Fast wie an dem Tag, an dem Jake mich mit seinem Blut geheilt hatte. Doch damals ging die Hitze von meiner Hand aus, während sie jetzt in meinem Hals loderte. Ich hielt mir die Hand an die Kehle und schluckte. Vielleicht hatte Jakes Kuss etwas damit zu tun?

Es dauerte eine Weile, bis ich ihn eingeholt hatte. Ohne Rücksicht gab er nun ein hohes Tempo vor, da er die Zeit wieder aufholen wollte, die wir verloren hatten. Auf meine gelegentlichen Seitenblicke ging er auch nicht ein. Er war sehr distanziert.

Mir wurde immer komischer zumute. Das Brennen wich einer ansteigenden Hitze, die in meinem Inneren wütete. Unter meiner Haut begann es zu kribbeln. Mein Herz schlug in einem unregelmäßigen Rhythmus und schmerzte. Unwillkürlich wurde ich langsamer.

»Was ist los?«, fragte Jake.

»Ich weiß nicht. Irgendetwas stimmt nicht mit mir.«

Er legte eine Hand auf meine Wange. »Du glühst, Sam!«

»Vermutlich bekomme ich eine Erkältung«, erwiderte ich.

»Es wird noch gut zwei Tage dauern, bis wir wieder auf Grimmt treffen. Wenn du wirklich krank wirst, kann ich es ehrlich gesagt nicht erwarten, ihn zu sehen.« Er blickte sich um. »Wir müssen weiter! Sobald es dunkel wird, kannst du dich ausruhen.«

Ich hatte nicht vor zu protestieren. Allein schon der Gedanke, ich könnte ihm zur Last fallen, war mir unangenehm. Deshalb gab ich mein Bestes, mit dem Tempo, das er vorgab, mitzuhalten. Allerdings wartete ich sehnsüchtig auf die Abenddämmerung. Die Kühle der Nacht würde mir vielleicht etwas Linderung verschaffen.

Als Jake endlich einen geeigneten Platz für unser Nachtlager gefunden hatte, ließ ich mich erleichtert auf dem moosbedeckten Waldboden nieder. Hier wuchsen aneinandergereiht verschiedene Sträucher, unter denen wir uns bei Nacht verbergen konnten. Jake machte sich über die in Bodennähe hängenden Ästen her, um uns ausreichend Platz für unseren Unterschlupf zu schaffen. Er brach das starke Holz vom Stamm, als handelte es sich dabei nur um kleine Zweige. Es war unnatürlich, wie schnell er sich dabei bewegte. Ich wusste so wenig von den Unsterblichen und fragte mich, worin sie sich noch von uns unterschieden. Bis auf Jake hatte ich mit noch keinem von ihnen gesprochen, da seine Freunde sich immer im Hintergrund hielten.

Doch ich hatte sie beobachtet und festgestellt, dass sie unfassbar stark, schnell und geschickt waren. Ihr attraktives Äußeres und ihre enorme Intelligenz waren unbestreitbar. Schaute man aber über diese Merkmale und ihre enorm ausgeprägten Sinne hinweg, dann waren sie uns Menschen auch sehr ähnlich. Sie schätzten die gleichen Werte wie wir. Die Familie und ihre Heimat waren ihnen heilig. Eigentlich waren sie nichts anderes als perfekte Menschen. Der einzige entscheidende

Unterschied war ihre Unsterblichkeit.

»Wie fühlst du dich?«, erkundigte Jake sich.

Die Hitze in meinem Inneren hatte nachgelassen. Doch unter meiner Haut spürte ich noch immer dieses Kribbeln, das meine Glieder lähmte.

»Es geht mir schon etwas besser«, antwortete ich. Doch Jake trat an mich heran und legte seine Hand erneut auf meine Stirn.

»Du hast bestimmt Fieber«, stellte er fest. Er musterte mich eindringlich. Es war offensichtlich, dass er sich Sorgen machte. »Sam? Würdest du vielleicht ...?« Er stockte.

»Was?«

»Du sollst mir hier mitten in der Wildnis nicht krank werden. Ich meine, ich weiß nicht, ob ...« Er seufzte.

Ich trat näher an ihn heran, damit er weitersprach.

»Wir können eure Wunden durch unser Blut heilen. Vielleicht besteht ja die Möglichkeit, auch Krankheiten damit abzuwenden.«

Neugierig hob ich die Augenbrauen. »Wie?«

»Du musst nicht, wenn du nicht willst – aber könntest du dich unter Umständen dazu überwinden, einen Tropfen meines Blutes zu dir zu nehmen?«

Es machte mir bestimmt nichts aus, von Jakes Blut zu kosten. Es war sein Blut. Ich fand es unglaublich, dass er es mir überhaupt anbot.

»Wir können es ja versuchen.« Zuversichtlich lächelte ich ihn an.

»Wirklich? Bist du sicher?«

Ich nickte.

Jake löste einen großen Holzsplitter aus einem Ast und stach sich damit in den Finger. Er drückte die Stelle zusammen, bis ein silberner Tropfen Blut zum Vorschein kam.

Ich ergriff seine Hand und nahm seine Fingerkuppe ohne zu zögern in den Mund. Es war anders als erwartet. Mein eigenes Blut hatte einen metallischen Geschmack, während dieses hier ... Hm ... Irgendwie kam mir der Geschmack bekannt vor. Ich saugte etwas mehr an Jakes Finger, um noch einmal kosten zu können.

Es hatte eine leichte Ähnlichkeit mit dem Holunderblütentee, den meine Tante Maggi immer zubereitete. Aber es schmeckte süßer. Da ich vollkommen mit der Geschmacksfindung beschäftigt war, bemerkte ich erst gar nicht, dass Jake mich mit großen Augen anschaute und erstarrte.

»Ich habe keine Ahnung, was du da gerade mit meinem Finger anstellst. Aber wenn du nicht sofort damit aufhörst, falle ich über dich her wie ein wildes Tier.«

Mein Herz machte einen Salto. Ich hörte auf, an seinem Finger zu saugen, und biss ihm stattdessen leicht hinein.

»Samantha! Das ist mein Ernst!«

Nach der Unregelmäßigkeit meines Herzschlages zu urteilen, befand ich mich kurz vorm Herzflattern. Ohne meine Augen von den seinen zu lösen, begann ich, herausfordernd seine Handinnenfläche zu küssen.

Jakes Augen verdunkelten sich. Er zog mich schwindelerregend schnell an sich. »Sam ...« Seine Stimme klang heiser. Zärtlich zeichneten seine Finger die Konturen meines Gesichts nach, wobei sein Blick ihnen folgte.

Ich lächelte ihn an, als er mit seinem Daumen über meine Unterlippe streichelte.

»Was soll ich bloß mit dir machen?«, sagte er wie zu sich selbst.

Statt ihm zu antworten, zog ich sein Gesicht langsam zu mir herunter und strich ganz sanft mit meinen Lippen über die seinen.

Jake nahm mein Gesicht in seine Hände, lehnte seine Stirn kurz gegen meine und senkte dann ganz langsam den Kopf, um mich zu küssen.

Ich konnte keinen klaren Gedanken mehr fassen. Da war nur noch ... Jake. Ich brauchte ihn, wollte ihn. Wie sollte ich mein Leben jemals ohne ihn leben? Er war der Sinn ... Er war alles ...

Jake hob mich hoch, wobei ich besitzergreifend meine Beine um ihn schlang. Erst war er ganz zärtlich, aber dann wurde sein Kuss schnell leidenschaftlicher. Seine Lippen fühlten sich unglaublich weich an und waren doch hart und fordernd.

Ich hatte aufgehört zu atmen. Da setzte Jake mich so plötzlich ab, dass ich fast auf dem Boden landete.

»Habe ich etwas falsch gemacht?«, fragte ich.

Er schüttelte so heftig den Kopf, als müsste er zu sich kommen. »So weit dürfen wir nie wieder gehen!« Er drehte mir den Rücken zu, fast als könnte er meinen Anblick nicht mehr ertragen.

So weit? Wir hatten doch gerade erst angefangen.

Ich schaute zum Mond empor, dessen volle Kugel zwischen den Baumkronen hindurchschien. Was war nur passiert? Hatte er sich besonnen, dass er sich hier auf einen Menschen einließ? Hielt er es vielleicht für einen Fehler oder machte er sich wegen des gesetzlichen Verbotes Sorgen? Der Gedanke daran, er könnte sich wieder von mir abwenden, jetzt, da ich wusste, wie es sich anfühlte, ihm nah sein zu dürfen ... Das durfte einfach nicht passieren! Je mehr ich darüber nachdachte, desto unsicherer wurde ich.

Als Jake sich mir irgendwann wieder zuwandte, blickte ich auf meine Hände, um ihn nicht ansehen zu müssen.

»Hier wachsen Beeren«, sagte er. Er pflückte einige vom Strauch.

»Sind sie wenigstens giftig?« Sofort, nachdem ich es ausgesprochen hatte, ärgerte ich mich darüber.

Jake atmete hörbar durch und hielt mir auffordernd eine Handvoll Beeren hin. Er achtete darauf, mir dabei nicht zu nahe zu kommen. »Du musst etwas essen, Sam!«

Mir war der Appetit vergangen. »Iss du sie!«

»Ich will sie aber nicht.«

»Ich auch nicht.«

Wütend schmiss er sie im hohen Bogen weg.

Eine Weile saßen wir schweigend da. Wir mussten über die Sache reden, doch ich hatte keine Ahnung, wie ich es anfangen sollte.

Er wirkte fast schon menschlich, wie er da so saß – zu schön, aber menschlich. Seine Gesichtszüge waren perfekt geformt, seine Haut vollkommen rein und ebenmäßig. Ich musste mich zusammenreißen, nicht einfach zu ihm zu gehen und ihm über die Wange zu streicheln. Die Angst war einfach zu groß, wieder zurückgewiesen zu werden.

Mir wurde klar, dass ich niemals mit ihm mithalten konnte – nicht äußerlich, nicht körperlich, nicht geistig ... Ich wünschte, er wäre ein Mensch.

Jake zeichnete mit einem Ast irgendwelche Symbole in den Waldboden. Dann zerbrach er ihn und sah mich an. »Weißt du noch? Der Moment, als Grimmt uns einander vorgestellt hat?«, fragte er leise.

»Wie könnte ich den vergessen ...«

»Du hast mich umgehauen, Sam. Du warst so schön und faszinierend und unschuldig. Du hattest mich völlig in deinen Bann gezogen.«

Konnte ich hoffen? Würde alles gut werden, oder war dies nur die Einleitung für den bevorstehenden Abschied? Ich fühlte mich hilflos.

»Und du dachtest, ich wäre wie du. Tut mir leid, dass ich dich enttäuscht habe.« Ich verschränkte die Arme vor der Brust. »Tut mir leid, dass ich nur ein kleiner, primitiver Mensch bin.«

Jake beachtete meine Sticheleien nicht. »Du hast keine Ahnung, was für eine Wirkung du auf mich hast.«

»Dann erkläre es mir!«, forderte ich ihn auf.

»Es ist sehr kompliziert.« Er sah zu Boden und strich sich durch die Haare. »Dass die Unsterblichen früher nur einmal dazu in der Lage waren, ein Kind zu bekommen, weißt du ja. Dazu kommt, dass die beiden füreinander bestimmt sein mussten. Sie mussten Seelenverwandte sein.«

»Worauf willst du hinaus?«

»Sie waren von Geburt an füreinander bestimmt. Doch weil die Gesellschaft der Unsterblichen sich dem Krieg zugewandt hatte, wurden viele von uns ausgelöscht. Es ist eine Tatsache, dass es die Seelenverwandten nicht mehr gibt oder dass es zu wenige sind, um die passende Seele zu finden. Daher kommen keine Kinder mehr zur Welt.« Er stand auf. »Im letzten Jahrhundert wurden bei uns nur drei Neugeborene registriert und ich bin einer von ihnen.«

»Woran können sich die Seelenverwandten denn erkennen?«

»Diese Art der Begegnung lässt sich mit keiner anderen vergleichen. Sie spüren einfach die tiefe, naturgegebene Verbundenheit. Zwischen ihnen herrscht eine unwiderrufliche Anziehungskraft.«

Ich bekam von seinem eindringlichen Blick ganz weiche Knie. Seine Augen fesselten mich.

»So wie bei uns, Sam! Auf genau diese Art und Weise ziehst du mich an.«

Ich stand ebenfalls auf. »Mir geht es genauso. Ich ...«

Er hob die Hand, bevor ich weitersprechen konnte. »Wenn sich die Seelenverwandten miteinander vereinen, folgen sie ihrer Bestimmung. Die Unsterblichen, die diesen Bund eingegangen sind, verbringen ihr gesamtes Dasein miteinander und ich rede hier nicht von euren kurzen Menschenjahren. Sie teilen ihre Sinne, ihre Gefühle, ihre Seele. Sie können nach ihrer Vereinigung kein glückliches Leben mehr ohne einander führen.«

Jake kam langsam auf mich zu. »Sam, wenn du dich mir hingibst, gehörst du den

Rest deines Lebens zu mir. Es ist eine Art Bündnis, das wir dann eingehen – ähnlich eurer Ehe. Aber es ist so viel mehr.«

»Und was ist, wenn ich genau das will?«

Er schaute bedrückt zu Boden. »Du weißt nicht, was du da sagst.«

»Oh doch, ich weiß genau, was ich sage und denke und fühle! Du willst es nur nicht hören.« Ich packte ihn an den Schultern und rüttelte ihn. »Das hier ist kein Spiel, Jake. Ich liebe dich und ich kann mir ein Leben ohne dich nicht mehr vorstellen.«

Jake nickte traurig. »Und das ist der Punkt, Sam! Ich will nämlich auch nicht mehr ohne dich sein. Doch der Tag wird kommen, an dem du mich verlassen wirst – du wirst sterben!«

Erst jetzt bemerkte ich, wie verzweifelt und aufgelöst er war. Das Licht des Mondes spiegelte sich in seinen Augen und verlieh ihnen etwas Geheimnisvolles.

»Ich weiß schon jetzt nicht mehr, wie ich ohne dich weiterleben soll, ohne dass ich mich an dich gebunden habe. Du wirst mich verlassen, Sam!« Er streckte seine Arme nach mir aus und zog mich an sich. »Du wirst mich verlassen!«, flüsterte er immerzu.

Ich hielt ihn so fest ich konnte, als ich das Ausmaß seiner Worte begriff. Jetzt wurde mir klar, was es für ihn bedeuten musste, sich in mich zu verlieben – in eine Sterbliche. Wie konnte ich nur so egoistisch sein.

Jake umfasste mein Kinn, damit ich zu ihm aufsah. »Wärst du eine Unsterbliche, so würde ich nicht zögern! Denn du bist mein Gegenstück, meine Bestimmung! Ich habe keine Ahnung, warum das Schicksal dieses Spiel mit mir treibt, dich mir zu schicken, die Liebe meines Lebens, meine Seelenverwandte, in Gestalt eines Menschen ...«

Ich klammerte mich an die einzige Hoffnung, die mir blieb – meinen einzigen Gedanken, der uns noch trösten konnte.

»Ich bin aber kein normaler Mensch. Mein Vater war ein Unsterblicher!«

VERÄNDERUNG

Jake lag hinter mir und wärmte mich, aber es gelang mir einfach nicht, in den Schlaf zu finden. Es ging mir einfach zu viel durch den Kopf. Nach dem, was Jake erzählt hatte, mussten meine Eltern auch Seelenverwandte gewesen sein. Mein Vater hätte mich sonst nicht zeugen können. Ob er deshalb auch dazu in der Lage gewesen war, selbst zu sterben? »Wenn Seelenverwandte sich vereinigt haben, können sie ohne einander kein glückliches Leben mehr führen«, hatte Jake gesagt. Die beiden lebten monatelang getrennt, bevor meine Mutter starb. Möglicherweise hatten sie die Hoffnung einfach nicht aufgegeben, sich eines Tages wiedersehen zu dürfen. Aber warum war mein Vater die Verbindung mit meiner Mutter überhaupt erst eingegangen? Er hatte doch gewusst, dass sie eine Sterbliche war.

»Jake?«

»Hm ...«

Ich drehte mich zu ihm um, damit ich ihn ansehen konnte. Meinen Kopf legte ich wieder auf seinen Arm, während er meine Hand ergriff, sie an seine Lippen führte und küsste.

»Warum hat mein Vater sich so an meine Mutter gebunden? Ich meine ... Warum hat er das nur getan?«

»Dein Vater hatte schon immer gegen Dougal rebelliert. Er teilte dessen Ansichten nicht. Bis er deine Mutter traf, führte er sein Dasein in Trübsal und Langeweile. Dougal ist nicht besonders talentiert darin, seine Gefühle zu zeigen. Ich glaube, Dageus hatte keine Ahnung, wie sehr ihn Dougal liebte. Deine Mutter war sein Rettungsanker, sein Lichtblick.«

»Konnte er deshalb sterben, weil er sich mit ihr vereint hatte?«

Jake nickte. »Aber Dougal glaubt nicht daran, dass sie füreinander bestimmt waren. Er verschwendet keinen Gedanken daran, dass die Seelenverwandtschaft zwischen einem Menschen und einem Unsterblichen möglich ist.«

Er spielte nachdenklich mit meinen Haaren und streichelte mir mit meiner Haarsträhne übers Gesicht. »Ich darf meiner Familie das nicht antun, Sam. Sie haben mich voller Liebe großgezogen. Meine Bindung zu ihnen ist sehr tief, anders als es bei Dageus und Dougal war. Es würde meinem Vater das Herz brechen, wenn sein einziger Sohn sterben würde. Eines Tages werde ich unser Clanführer sein. Dies ist meine Bestimmung, meine Pflicht.«

Ich legte ihm meine Finger auf den Mund. »Du brauchst dich nicht zu rechtfertigen, Jake. Ich werde diese Verbindung niemals von dir verlangen, auch wenn ich dir dabei womöglich ein Kind schenken könnte.«

Jake erstarrte. »Hör auf!«, schimpfte er.

»Was habe ich denn ...?«

Er löste sich von mir und stand auf. »Lass es gut sein, Sam!« Unruhig begann er umherzugehen.

»Womit soll ich denn aufhören?«, fragte ich.

»Deine Mutter ist bei deiner Geburt gestorben. Vergiss das nicht!«

Ich stand wütend auf. »Oh nein, das habe und werde ich nicht vergessen.« Jetzt konnte ich die Tränen nicht länger zurückhalten.

»Gut, dann weißt du ja auch, was mit dir passieren würde, wenn ...«

»Das ist doch Unsinn, Jake! Auch bei einer menschlichen Beziehung kann es passieren, dass ...«

»Aber vielleicht seid ihr einfach nicht dafür geeignet unsere Kinder auszutragen und es ist von vornherein dein Todesurteil.«

Ich wollte etwas erwidern, doch Jake hob einhaltend die Hand.

»Selbst wenn es nicht so ist, besteht doch die Möglichkeit. Du könntest dabei umkommen – und dieses Risiko würde ich niemals eingehen!«

»Mir ist klar, dass es ein Risiko sein könnte,

aber ...«

»Nichts aber, Sam!«

»Aber mein Tod ist irgendwann unausweichlich und so könnte ich dir etwas von mir hinterlassen.«

»Du hast den Verstand verloren. Glaubst du, es hätte deinen Vater glücklich gemacht, dich großzuziehen, nur um dich dann ebenfalls nach Jahren an den Tod zu verlieren?«

»Weißt du, welche Frage mich ein Leben lang begleiten wird?«, stieß ich aus. »Ob mein Vater meiner Mutter auch in den Tod gefolgt wäre, wenn er von meiner Geburt gewusst hätte.«

Jake zog mich in seine Arme und küsste mich lange auf die Stirn.

»Als noch Krieg zwischen den Unsterblichen herrschte, ließen viele Männer ihr Leben. Die Frauen, die ihre Gefährten dabei verloren hatten, folgten ihnen freiwillig in den Tod, da sie nach der Vereinigung kein glückliches Dasein mehr ohne ihren Seelenverwandten führen konnten. Ich weiß nur von einem Mann, der es schafft, ohne seine Seelengefährtin weiterzuleben. Und das ist Dougal McGavyn.«

Ich wusste nicht, was ich darauf erwidern sollte. Jake wartete auf irgendeine Reaktion von mir. Doch ich war einfach nur sprachlos.

»Deine Großmutter hat den schmerzlichen Verlust ihres Sohnes nicht verkraftet«, erzählte er schließlich weiter. »Ihr unnachgiebiger

Wunsch nach dem Tod war so groß, dass es ihr nach wenigen Tagen gelang, für immer einzuschlafen.«

Meine Großmutter ... Es machte mich traurig, von ihrem Schicksal zu erfahren. Was für eine Frau sie wohl gewesen war? Sprach es gegen sie, in einem so herzlosen Mann wie Dougal McGavyn ihren Seelengefährten gefunden zu haben? Was musste in ihr vorgegangen sein, dass sie ihn im Stich gelassen hatte?

Die Eltern meiner Mutter waren gestorben, bevor ich auf die Welt kam. Ihr Vater starb an Wundbrand und seine Frau erlag einem fiebrigen Husten. Von den Erzählungen meiner Tante wusste ich, dass es gutmütige, fleißige Menschen gewesen waren. Außer meinem Onkel James war Dougal nun der einzige Verwandte, den ich noch hatte.

»Also ist ein Leben ohne den eigenen Seelenverwandten möglich«, flüsterte ich.

»Für Dougal bedeutet die Existenz ohne die verwandte Seele eine Qual. Aber seine Macht erhält ihn am Leben. Er ist wahrscheinlich der älteste und einflussreichste Clanführer, den es je gab. Mein Vater sagt, dass Dougal seine Herrschaft nicht ohne Weiteres aufgeben will. Er ist zweifellos ein gebrochener Mann. Doch diese Tatsache macht ihn nur noch gefährlicher. Außer seiner Macht hat dieser Mann nichts mehr einzubüßen. Er hat bereits alles verloren.«

Ich legte mich wieder unter die schützenden Sträucher. Als Jake sich neben mir niederließ, kuschelte ich mich dankbar an ihn. Die Hitze in meinem Körper hatte noch nicht ganz nachgelassen. Allerdings war es erträglicher. Das unangenehme Gefühl auf meiner Haut machte mich hingegen wahnsinnig.

Wir schauten durch die blättrigen Zweige zum Nachthimmel hinauf. Die Sterne funkelten hell in dieser Nacht. Selbst sie schienen sich zu fragen, was das Schicksal sich unter den gegebenen Umständen dabei gedacht hatte, Jake und mich zusammenzuführen.

Irgendwann fiel ich in einen unruhigen Schlaf.

Als ich am nächsten Morgen erwachte, lag Jake nicht mehr neben mir. Ich kroch unter dem Strauch hervor und schaute mich beunruhigt um. Doch dann überkam mich eine Gewissheit, die ich mir selbst nicht erklären konnte. Ich wusste einfach, dass Jake in der Nähe war. Ich spürte ihn.

Erleichtert schloss ich die Augen, atmete tief durch und streckte meine Glieder. Irgendwie fühlte ich mich eigenartig. Meine Kopfhaut juckte, als würde eine ganze Ameisenarmee darüber hinwegkrabbeln, während mein Körper mir ganz und gar zu entgleiten schien. Von einer Erkältung war ich verschont geblieben und doch fühlte ich mich erbärmlich. Es gab keinen Körperteil, der nicht schmerzte. Obwohl es eigentlich kein Schmerz war, der mich beherrschte. Ich wusste mit dem unbekannten Gefühl einfach nichts anzufangen.

Als ich zu dem kleinen Bach lief, kam mir jeder Schritt so anstrengend vor, als wäre ich noch nie zuvor gelaufen. Meine Muskeln krampften bei der kleinsten Bewegung. Doch am schlimmsten war dieses unnachgiebige Jucken auf meiner Kopfhaut. Es trieb mich in den Wahnsinn. Ich kniete mich am Rand des Baches nieder und tauchte den Kopf in das kalte Wasser, das meine Haut angenehm kühlte.

Anschließend warf ich mein langes Haar wie jeden Morgen über Kopf und kämmte es mit den Fingern durch. Einen kurzen Moment war ich wie erstarrt, als ich bemerkte, dass zwischen meinen Fingern ganze Haarbüschel hingen. Was bei allen Göttern ging hier vor?

Ich betrachtete im Wasser mein unscharfes Profil und tastete meine Kopfhaut nach kahlen Stellen ab, die ich zu meiner Erleichterung nicht fand. Wurde ich jetzt verrückt?

»Sam?«

Oh nein! Jake durfte mich auf keinen Fall so sehen! Hastig band ich meine Haare mit einer Haarsträhne zusammen und verknotete sie.

»Frühstück ist fertig«, rief er mir zu, während er Beeren, Wurzeln und eine Art Frucht, die ich nicht kannte, auf einem flachen, großen Stein ausbreitete. Er hob entschuldigend die Arme. »Für eine schnelle Jagd habe ich keine Waffen – und für eine Jagd ohne Waffen habe ich keine Zeit.«

Ich lachte. »Na gut, dann sei dir verziehen.«

Er setzte sich und deutete auf den Platz neben sich, woraufhin ich zu ihm ging und mich bei ihm anlehnte.

»Na dann, guten Appetit.« Jake steckte mir eine Beere in den Mund. Wir reichten uns gegenseitig das Essen, wobei Jake sich sehr zurückhielt. Er achtete eher darauf, dass ich genug zu mir nahm, bis nichts mehr übrig war.

»Du hast deine Haare heute zusammengebunden.« Er begann, an meinem provisorischen Haarknoten herumzuspielen.

Mir blieb fast das Herz stehen. »Müssen wir nicht langsam weiter?« Ich stand abrupt auf.

Jake kniff abschätzend die Augen zusammen. »Klar. Wir müssen langsam weiter.« Er blieb jedoch abwartend sitzen.

»Gut.« Ich klatschte in die Hände. »Worauf warten wir dann noch?«

Jake streckte seine Beine aus und verschränkte die Arme vor der Brust. Er ließ sich kein bisschen aus der Ruhe bringen. »Keine Ahnung? Vielleicht darauf, dass du mir sagst, was los ist!«

Wie konnte ich auch nur für einen Moment glauben, ich könnte ihm etwas vormachen. Nach einer Ausrede suchend, sah ich nervös auf meine Hände. Ich fuhr mit dem Daumen über den Leberfleck auf meinem Handrücken, wie ich es als Kind schon immer getan hatte, als ich versuchte, ihn mir wegzuwischen. Doch er war nicht mehr da. Zweifelnd hob ich meine Hand vors Gesicht und starrte auf die Stelle, wo mein Leberfleck sein musste. Er war weg.

»Das gibt's doch nicht.« Wieder und wieder rieb ich mir mit dem Daumen über die Stelle, als könnte ich ihn dadurch wieder herbeizaubern.

»Hättest du die Güte und würdest mir endlich sagen, was los ist!« Jake hatte die Ellenbogen auf seine Beine gestützt und sah mich ungeduldig an.

»Ich weiß nicht ... Keine Ahnung!« Ich zuckte mit den Schultern. »Er ist einfach weg.«

Seufzend kam Jake auf mich zu. »Wovon redest du?«

»Mein kleiner Leberfleck ...« Noch bevor ich ausgesprochen hatte, ließ mich eine Vorahnung innehalten. Ich ging in die Hocke und begann mein Hosenbein hochzukrempeln, um nach dem Muttermal an meinem rechten Schienbein zu schauen. Doch auch das war verschwunden.

Ich schlang meine Arme um meinen Körper,

um mich irgendwie zusammenzuhalten. Aber so sehr ich mich auch bemühte, ich konnte das Zittern meiner Glieder einfach nicht unter Kontrolle bringen. Keine Anomalie war auf meiner glatten, feinporigen Haut zu sehen oder zu fühlen. Nicht einmal ein einziges Haar konnte ich auf meinem Schienbein oder Arm ausmachen.

Jake war vor mir in die Knie gegangen. Er beobachtete mich, während ich aufstand und meinen Haarknoten löste, aus dem sogleich Haarbüschel herausfielen. Doch jetzt bemerkte ich, dass meine Haare dichter geworden waren. Meine alten Haare machten neuen Haaren Platz, die mir statt wie bisher zu den Schulterblättern nun in seidigen Wellen bis zur Taille reichten.

Jake sah zu mir auf. Er streckte seine rechte Hand nach mir aus, streichelte über mein Bein und betrachtete dabei meine Haut. Dann stand er auf und wickelte sich eine dicke Strähne meines Haares um die Finger.

»Ich bin gespannt, was mein Vater und Grimmt dazu sagen werden«, sprach er.

»Und Dexter!«, vervollständigte ich.

Jake lächelte mich an. »Und deine Freunde …«

Wie sollte ich den anderen mein Aussehen erklären, wenn ich es selbst nicht verstand? Ich konnte all die Gefühle, die sich in mir aufbauten, gar nicht richtig deuten. Es waren einfach zu viele. Angst, Zweifel, Unsicherheit, Aufregung, Freude, Hoffnung.

»Du hast es bis jetzt jeden Tag geschafft, mich aufs Neue zu überraschen, aber das hier ist eindeutig nicht mehr zu toppen.« Jake rieb sich nachdenklich übers Kinn. »Obwohl ... Bei dir kann man nie wissen.«

Lachend hob er mich hoch. »Ich habe nicht die geringste Ahnung, was hier eigentlich mit dir passiert. Du warst mehr Mensch als Unsterbliche. Doch ich habe das Gefühl, das ändert sich gerade.«

Gefahr

Nach dem rätselhaften und ereignisreichen Morgen hatten wir uns wieder auf den Weg gemacht. Wir achteten darauf, dass wir uns weitestgehend im dicht bewachsenen Wald aufhielten, da er uns vor neugierigen Blicken Schutz bot. Als wir unterwegs an einem Teich vorbeikamen, ließ Jake die Gelegenheit nicht ungenutzt. Er verharrte regungslos mit hochgekrempelter Hose im Wasser und fing mit bloßen Händen einen Fisch, wonach er Kräuter sammelte, die er für die Zubereitung nutzen wollte.

Wir kamen gut voran. Ich ertappte Jake immer wieder dabei, wie er mich musterte. Nachdem ich den ersten Schock über meine Veränderung überwunden hatte, fühlte ich mich inzwischen bedeutend besser. Immerhin hatte ich nun eine Erklärung, warum meine Haut so gebrannt hatte. Die innerliche Hitze war vollkommen verflogen. Allerdings machten mir meine schmerzenden Muskeln zu schaffen. Ich konnte nicht sagen, ob mein Körper einfach gegen den gestrigen Überlebenskampf rebellierte oder ob noch immer eine Veränderung mit mir vorging. Je länger wir jedoch auf den Beinen waren, desto erträglicher wurde letztendlich auch das Reißen in meinen Gliedern. Und so schafften wir es an diesem Tag, eine große Strecke zurückzulegen.

Immer wieder suchte ich Jakes Nähe. Ich liebte es, durch sein Haar zu streicheln und seine weiche Haut zu fühlen. Wenn ich es schaffte, mir einen Kuss zu stehlen, achtete ich darauf, nicht zu weit zu gehen. Ich hatte Angst davor, dass er sich sonst wieder vor mir zurückzog.

An diesem Abend lagerten wir an einer großen Felsformation. Jake hatte den Fisch ausgenommen und mit den Kräutern gefüllt. Zu meiner Überraschung ging er das Risiko ein, ein Feuer zu entfachen, um den Fisch darüber zu grillen. Er war der Ansicht, dass eine kleine Feuerstelle unbemerkt bleiben würde und ich unbedingt eine richtige Mahlzeit brauchte. Es war köstlich. Tatsächlich fühlte ich mich seit Langem wieder richtig satt.

Jake legte Moos in eine Einbuchtung des Felsens. Wir hatten gerade genug Platz, um nebeneinander in die Höhle hineinzupassen. Das Moos machte das Liegen erträglich, obwohl mir selbst der harte Stein nichts ausgemacht hätte, solange ich bei Jake sein konnte.

Wir lagen von Angesicht zu Angesicht. Es fiel mir schwer, meine Lider noch offen zu halten, so müde war ich. Doch ich wusste auch, dass unsere Zweisamkeit zu Ende ging. Wenn alles gut lief, würden wir schon morgen früh auf Grimmt treffen. Deshalb wollte ich die verbleibende Zeit mit Jake so lange wie möglich für mich beanspruchen.

Womöglich hatte Grimmt eine Erklärung dafür, was mit mir vorging? Was wohl meine Tante und mein Onkel dazu sagen würden? Ich hoffte so sehr, dass Jakes Vater irgendeine Möglichkeit einfiel, wie wir sie vielleicht doch noch retten konnten.

»Warum quälst du dich so, Sam?« Jake war nicht entgangen, dass ich gegen die Müdigkeit ankämpfte.

»Du schläfst doch auch noch nicht.« Ich gähnte. »Bist du denn gar nicht müde?«

Er lachte leise. »Ich habe nicht einmal eine Ahnung, wie es sich anfühlt, müde zu sein.«

»Aber irgendwann musst du doch auch mal schlafen.«

»Muss ich das?«

»Etwa nicht?«

Jake überlegte kurz, bevor er mir antwortete. »Zumindest nicht so wie die Menschen. Wir brauchen keinen Schlaf. Für uns ist es eher eine Art Zeitvertreib. Wir begeben uns zur Ruhe, um zu träumen.«

Ich sah ihn überrascht an.

»Unsere Träume können von uns beeinflusst werden«, flüsterte er und küsste mich dabei auf die Stirn.

»Du meinst, ihr könnt planen, was ihr träumt?«

Jake nickte. »Schlaf jetzt, Sam! Ich werde über dich wachen.« Er zog mich in seine Arme. Mein Kopf ruhte auf seiner Brust, wobei ich dem gleichmäßigen Klopfen seines Herzens lauschte.

In dieser Nacht schlief ich tief und fest, ohne Albträume.

Der Gesang der Vögel hallte durch den gesamten Wald und weckte mich. Jake lag noch neben mir. Er stützte seinen Kopf mit der Faust und beobachtete mich.

»Hey!«, murmelte ich.

Er antwortete mit seinem unwiderstehlichen Lächeln.

Ich stützte mich auch auf und erwiderte seinen Blick. Mal sehen, wer zuerst blinzelte.

Plötzlich setzte er sich ruckartig auf. Seine Kiefermuskeln spannten sich an. Er signalisierte mir mit einer Hand, dass ich mich ruhig verhalten sollte und lauschte.

»Da kommen Reiter.« Er stand hastig auf.

Ich konzentrierte mich, und versuchte etwas zu hören, aber da war nichts außer Vogelgezwitscher. Die Felswände gaben das Echo ihres Gesangs zusätzlich noch zurück.

»Bist du sicher?«, fragte ich.

Jake legte den Kopf schief und verzog den

Mund, als hätte er jetzt keine Lust, mit mir zu diskutieren.

»Vermutlich ist es schon Grimmt«, flüsterte ich, um mich selbst zu beruhigen.

Doch Jake raubte mir meine stille Hoffnung umgehend. »Nein, dafür sind es zu viele.«

Mit seinen Händen begann er, die teilweise noch glühende Asche unseres Feuers zu zerbröseln. Es war unmöglich, sich dabei nicht zu verbrennen. Doch er schien keine Schmerzen zu haben und seine Hände blieben unverletzt. Wann würde ich mich eigentlich daran gewöhnen, dass ich es hier mit einem Unsterblichen zu tun hatte?

Ich stand auf und half ihm, Moos über die schwarze Erde unserer Feuerstelle zu verteilen, während ich mich abermals bemühte, irgendetwas außer den Vögeln wahrzunehmen.

»Ich höre nichts.«

»Es sind ungefähr achtzig oder neunzig Reiter«, erwiderte Jake. »Sie kommen von Westen, aus dem Gebiet, wo mein Clan zu Hause ist.« Er kletterte die Felsformation hinauf.

»Wo willst du hin?« Ich fühlte mich unbehaglich.

»Halte dich am Felsen versteckt!« Er schaute zu mir herunter. »Wir können nur hoffen, dass es Mitglieder meines Clans sind.«

Jetzt hatte ich Angst. Ich setzte mich nah an den Felsen und spitzte die Ohren. Konnten die Vögel nicht mal ihren Schnabel halten!

Ich ließ meinen Blick umherschweifen. Hinter jedem einzelnen Baum vermutete ich jemanden. Da bemerkte ich eine Rauchschwade, die sich aus dem verstreuten Moos ihren Weg bahnte.

Oh nein! Zögernd stand ich auf und sah mich abermals um. Ich rannte panisch zu der Stelle, um den verräterischen Rauch auszutrampeln. In diesem Moment wurde ich so plötzlich von hinten gepackt, dass ich nicht die geringste Chance hatte. Mein Mund wurde hart von einer Hand umschlossen. Ich konnte nicht schreien und wurde rücksichtslos nach hinten gezerrt. Verzweifelt versuchte ich, mich zu befreien, bis man schließlich kurz von mir abließ, nur um mich dann mit dem Rücken gegen die harte Felswand zu stemmen.

Ich schlug meinen Angreifer mit voller Kraft. Bevor er mich wieder richtig im Griff hatte, landete ich so viele Treffer wie möglich. Doch er drückte mich unbeeindruckt mit seinem Körper gegen den Felsen, wobei ich ihm ins Gesicht schauen konnte.

Jake ... Er hielt mir eindringlich den Mund zu und deutete mit dem Kopf nach oben.

Ich atmete stoßweise in seine Hand. Mein Herz drohte voller Panik aus meinem Brustkorb zu springen – es hatte einfach nicht genug Platz in mir drin.

Jake legte den Zeigefinger auf seinen Mund, um mir aufzuzeigen, dass ich leiser atmen sollte. Das war jedoch leichter gesagt, als getan. Langsam lockerte er seinen Griff, ließ jedoch seine Finger auf meinen Lippen liegen. Er schaute mich flehend an. Noch nie hatte ich ihn so beunruhigt erlebt. Daher nickte ich fast unmerklich, denn ich hatte ihn verstanden. Und hören konnte ich sie nun auch.

Die Hufe ihrer Pferde dröhnten über unseren Köpfen, als die Reiter im hohen Tempo über die Felsformation hinwegritten, an deren hohen Wänden wir uns versteckten. Erdbrocken und Steine hagelten unablässig auf uns herunter.

Jake presste sich noch weiter gegen mich. Schützend breitete er einen Arm über mir aus. Er hatte immer noch seinen Daumen auf meinen Mund gelegt, während er dabei mein Gesicht mit seiner Hand umfasste. Ich gab nicht mehr den leisesten Ton von mir.

Es dauerte eine gefühlte Ewigkeit, bis die Reiter vorübergezogen waren. Das war knapp. Ich ließ meinen Kopf erleichtert gegen Jakes Brust sinken. Doch er spannte sich an und hielt mir erneut mit der Hand den Mund zu.

Da hörte ich auch schon das nahe Schnauben eines Pferdes über uns. Ich wagte es nicht mehr zu atmen, als der Reiter absaß und an den Abhang trat, unter dem wir uns verbargen. Hätte Jake mich mit seinem Körper nicht gegen die Felswand gedrückt, so hätten meine zitternden Knie unter mir nachgegeben. Ich hatte Todesangst. Wir hatten keine einzige Waffe. Wie sollte Jake sich gegen einen bewaffneten Unsterblichen verteidigen. Würden wir jetzt beide sterben?

Unser Feind war in die Hocke gegangen und beugte sich gerade nach vorn. Offensichtlich hatte er etwas gehört. Er wollte einen Blick in die Tiefe werfen und der Sache auf den Grund gehen.

In diesem Augenblick stieß Jake sich von mir ab und schnellte nach oben. Er packte den Unsterblichen am Kragen, um ihn im hohen Bogen über Kopf zu uns in den Abgrund zu schleudern.

Jake konnte seinen Überraschungsangriff dazu nutzen, dem völlig überrumpelten Mann das Schwert zu entwenden, das dieser bei seinem Sturz verloren hatte.

Das alles passierte so schnell, dass ich es kaum erfassen konnte. Nachdem Jake von mir abgelassen hatte, gaben meine Beine nun unter mir nach. So saß ich mit dem Rücken an den Felsen gelehnt und hielt mir unter Tränen mit meinen beiden Händen den Mund zu, um nicht aufzuschreien. Ich schaffte es gerade noch, die Augen zu schließen, als Jake zu seinem tödlichen Schlag ausholte. Ohne zu zögern, trennte er dem Unsterblichen den Kopf ab, bevor dieser überhaupt in der Lage war aufzustehen.

Unter Schock ließ ich mich von Jake hochziehen und kletterte ihm hinterher, den Felsen hinauf. Als er oben angekommen war, lehnte er sich zurück und half mir, während das Pferd des toten Mannes davongaloppierte, sobald es uns erblickte. Ich erinnerte mich an Dexters Worte, dass diese Pferde nur ihrem eigenen Reiter dienten. Wie sollten wir jetzt schnellstmöglich von hier fliehen?

Jake ergriff meine Hand und rannte los. Wie lange würde es wohl dauern, bis die Abwesenheit des Reiters bemerkt wurde? Möglicherweise hatten sie unsere Verfolgung schon aufgenommen! Ich schaute mich immer wieder besorgt um.

Als ein kleiner Bach unseren Weg kreuzte, lief Jake geradewegs in das Wasser hinein, da er unsere Spuren so gut wie möglich verwischen wollte. Das Wasser spritzte an uns hoch und machte meinem Empfinden nach einen unüberhörbaren Lärm.

Mein Blick blieb an dem Schwert hängen, das Jake sich durch den Gürtel gesteckt hatte. Die scharfe Klinge war befleckt mit silbernem Blut und zeugte vom Tod des Unsterblichen, den Jake ohne einen Funken Mitleid hingerichtet hatte.

Wir liefen und liefen, bis ich an meine Grenzen stieß. Es war mir unmöglich, noch weiterzulaufen. Mein Brustkorb brannte, während ich mühsam um Atem rang. Deshalb blieb ich stehen, um Jake aufzuhalten.

Er blickte sich um und lauschte. »Ich glaube, wir haben sie abgehängt«, sagte er. »Aber wir müssen noch ein Stück weiter! Du musst noch ein bisschen durchhalten!«

»Ich kann nicht mehr, Jake.« Vollkommen erschöpft setzte ich mich an den Rand des Baches. »Ich habe einfach keine Kraft mehr.«

Jake sah mich prüfend an, ehe er mich kurzerhand über seine Schulter warf. Es war schon anstrengend genug, allein durch das Wasser zu waten. Jetzt musste er auch noch meinen Ballast mit sich herumschleppen. Ich fühlte mich schrecklich, weil ich ihm eine Bürde war.

Nach einer Ewigkeit verließ er den Bach und ließ mich herunter. Wieder konzentrierte er sich auf unsere Umgebung, bevor er mich unvermittelt in seine Arme zog. Wir hatten es tatsächlich geschafft zu entkommen. Die Erleichterung fiel mir wie ein Stein vom Herzen. Er war hier bei mir ... Es ging uns beiden gut ...

Jake hob mein Kinn an, sodass ich ihn ansehen musste. Sein Blick berauschte mich, nahm mich vollkommen in sich auf. Langsam senkte er den Kopf, bis seine Lippen auf meine trafen. Mit allem, was ich in diesem Moment geben konnte – geben durfte – gab ich mich ihm hin ... und ich nahm alles, was er mir zu geben bereit war. Sein Kuss war voller Leidenschaft, unglaublich zärtlich und tiefgründig.

Aber irgendetwas stimmte nicht ...

Als er mich von sich wegschieben wollte, klammerte ich mich weiterhin an ihm fest.

»Ich brauche dich!« Meine Stimme zitterte.

Jake sah zu Boden, so als könnte er mir nicht ins Gesicht sehen, bei dem, was er mir jetzt zu sagen hatte.

»Wir hatten mehr Glück als Verstand«, sagte er.

Ich war mir nicht sicher, ob er zu sich selbst oder zu mir sprach.

»Das war Dougal mit seinen Männern. Dougal höchstpersönlich! Du kannst dir sicherlich vorstellen, dass er nicht besonders erfreut gewesen wäre, einen Unsterblichen mit einer menschlichen Frau allein im Wald vorzufinden.« Jake rieb sich die Stirn. »Er muss bei meinem Clan gewesen sein. Das hat nichts Gutes zu bedeuten.«

»Was ist mit Grimmt? Kann er ihm begegnet sein?«, fragte ich.

»Nein. Sie kamen von meinem Zuhause und das war mit Sicherheit kein freundschaftlicher Besuch. Sie waren bis an die Zähne bewaffnet und trugen das Kriegswappen.«

Was würde ich dafür geben, wenn ich ihm seine Sorgen auslöschen könnte. Ich strich ihm liebevoll das Haar aus der Stirn, wollte ihn umarmen. Doch er wich mir aus.

»Nein, Sam!« Er schaute mich eindringlich an. »Wir müssen damit aufhören! Es ist nicht nur für dich gefährlich, was wir hier tun, sondern wir bringen damit auch die in Gefahr, die wir lieben.« Er seufzte. »Es darf einfach nicht sein. Wenn wir zusammenbleiben, beschwören wir hier etwas herauf, dessen Konsequenzen auch Unschuldige mit uns tragen müssen. Ich könnte nicht damit leben, wenn meiner Familie etwas zustoßen würde, und ich denke, dir geht es genauso.«

Statt mich in die Arme zu nehmen und zu trösten, drehte er mir den Rücken zu. Er hatte sich dazu entschieden, mich zu verlassen.

Innerlich schrie ich. Ich war vollkommen verloren. Alles, was mich ausmachte, schien gerade zu zerbrechen.

Doch er hatte recht, auch wenn ich es nicht wahrhaben wollte. Ich könnte nicht damit leben, meine Freunde in Gefahr zu bringen ... Ich könnte nicht damit leben, wenn Jakes Familie meinetwegen in Gefahr war ...

Aber ohne Jake konnte ich auch nicht mehr leben. Er war mein Leben.

Wiedersehen

Die Stille zwischen uns war unerträglich. Einen Teil des Weges liefen wir noch Hand in Hand, doch als die Wahrscheinlichkeit zunahm, dass wir jederzeit auf Grimmt treffen konnten, ließ Jake mich los. Sichtlich bemüht bewahrte er einen Sicherheitsabstand. Es tat so weh. Nicht einmal meine flehenden Blicke erwiderte er.

Wir waren wieder zu dem großen Strom zurückgekehrt, in dem ich fast ertrunken war. Eine Weile liefen wir stromaufwärts, bis Onyx schließlich auf uns zu galoppierte. Dieser Hengst bestand nur aus Muskeln. Er kam kurz vor uns abrupt zum Stehen und wieherte Jake zur Begrüßung zu.

Jake saß auf und zog mich hinter sich. Wir ritten den Fluss entlang. Ich hatte meine Arme fest um ihn geklammert und presste mich von hinten an ihn, voller Angst, bei dieser Schnelligkeit herunterzufallen.

Ich empfand es fast schon als Erleichterung, als Grimmt und Dexter nach einer Weile mit einem weiteren reiterlosen Pferd auf uns zukamen. Jake brachte Onyx zum Stehen, sobald er die beiden erblickte, und half mir vom Pferderücken herunter. Er wandte sich mir noch einmal zu und schaute mich traurig an. »Es darf einfach nicht sein.«

Noch ehe ich protestieren konnte, hatten die beiden uns erreicht. Dexter sprang vom Pferd und umarmte mich erleichtert. »Was machst du denn für Sachen, Kleine?«, fragte er mich. »Wie geht es dir?«

Grimmt lachte und klopfte Jake auf die Schulter. »Na, wenn du mich fragst, scheint ihr die Gesellschaft von Jake gut bekommen zu sein.« Er zwinkerte mir zu. »Du hast hier draußen direkt ein bisschen Farbe bekommen.«

Ich hatte meine Haare wieder zu einem Knoten zusammengebunden. Man konnte also unmöglich erkennen, wie lang sie geworden waren. Dass meine Haut so gesund aussah, schob Grimmt auf die frische Luft und die Sonne. Mir konnte es nur recht sein.

»Ich muss so schnell wie möglich zu meinem Vater«, sagte Jake und stieg aufs Pferd. »Dougal war bei ihm.«

Während wir ritten, erzählte Jake den beiden, was vorgefallen war. Er war sich unsicher, wie er nun weiter vorgehen sollte.

»Du kannst ruhig schon mit deinen Männern vorausreiten, Jake! Ich werde Sam zu euch in den Ageless Forest bringen, sobald ich die anderen in unserem Versteck abgeliefert habe«, schlug Grimmt vor.

Doch Jake schüttelte den Kopf. »Nein! Wenn Dougal tatsächlich im Ageless Forst war, dann sollten wir abwarten, ob wir Sam weiterhin zu meinem Vater bringen sollen. Ich werde meine schnellsten Männer losschicken, damit sie ihm von den neuesten Begebenheiten berichten. Vielleicht wäre es besser, wenn er uns in deinem Versteck aufsucht. Wir dürfen Sam auf keinen Fall in Gefahr bringen.« Er sah mich für einen kurzen Augenblick an, der nicht einmal für einen Wimpernschlag ausreichte.

Grimmt blieb diese Geste allerdings nicht verborgen. »Verstehe!« Er warf Dexter einen vielsagenden Blick zu.

Am späten Nachmittag erreichten wir die anderen Gruppen, die sich alle wieder zusammengefunden hatten.

Sally kam mir entgegengelaufen. »Mach so etwas nie wieder! Ich dachte, du stirbst!« Sie boxte mich in die Seite.

Jake nickte mir kurz zu und ritt dann zu seinen Männern.

Conner zog mich aus Sallys Umarmung und wirbelte mich durch die Luft. »Schön, dass es dir gut geht. Du hast uns einen ganz schönen Schrecken eingejagt.« Er küsste mich auf die Wange und lächelte mich verlegen an.

»Das kannst du laut sagen!«, stimmte Matt ihm zu.

Es war schön, wieder bei ihnen zu sein, aber so richtig freuen konnte ich mich dennoch nicht.

Ich wollte mitbekommen, was Jake und seine Männer vorhatten. Deshalb näherte ich mich ihnen unauffällig an, als Jake ihnen gerade die Anweisung gab, dass sie die Umgebung aufmerksam überwachen sollten. Einige seiner Männer würden vorausreiten, um die Gegend zu sichern, während andere uns von hinten abschirmten.

Drei von ihnen machten sich umgehend auf den Weg zum Ageless Forest, um zu erkunden, warum Dougal ihre Heimat aufgesucht hatte. Außerdem sollten sie Silas zu Grimmts Versteck führen. Sie jagten an uns vorbei und waren in Windeseile verschwunden.

Auch wir brachen sofort auf, wobei Jake uns mit seinem schwarzen Hengst anführte. Grimmt hatte unterwegs ein menschliches Dorf besucht und hatte dort noch ein paar weitere Pferde für uns aufgetrieben. Es war schön, den Sattel mit niemandem teilen zu müssen. Es würde noch einen ganzen Tag dauern, bis wir Grimmts Zuhause erreichten.

Der Himmel hing heute voller Wolken und ließ die Sonne nur selten hindurchscheinen. Dadurch war es bedeutend kühler als die letzten Tage. Sally rieb sich fröstelnd die Arme, woraufhin Matt ihr bereitwillig seine Jacke reichte. Sie machte jedoch keine Anstalten, sie zu ergreifen. Es war nicht zu übersehen, dass sie von der Tatsache, dass Matt auch eine höfliche Seite hatte, völlig überrumpelt war. Da legte er die Jacke einfach über den Hals ihres Pferdes und ritt weiter.

Ich lachte über Sallys Gesichtsausdruck, als sie ihm ungläubig hinterher sah. »Was ist denn mit dem passiert? Habe ich irgendetwas verpasst, als ich nicht in eurer Nähe war?«, zog ich sie auf.

Sally zuckte nur mit den Schultern. »Keine Ahnung. Vielleicht geschehen ja doch noch Wunder.«

Wir lachten, bis Marlon sein Pferd zwischen uns trieb. »Du hast mir gefehlt, Süße.« Er zwinkerte mir zu.

Ich verdrehte in Sallys Richtung die Augen. »Nun, Marlon, das beruht nicht auf Gegenseitigkeit.«

»Ach, tatsächlich? Womöglich bist du nur zu schüchtern, um es zuzugeben.«

Jetzt verdrehte Sally die Augen.

Marlon packte mein Pferd bei den Zügeln und hielt es an. »Ich weiß, welche Wirkung ich auf Frauen habe. Du brauchst dich also nicht zu verstellen, Samantha!«

Sally schüttelte fassungslos den Kopf. »Ich glaube, ich muss gleich kotzen«, stieß sie in Marlons Richtung aus.

Er warf ihr einen vernichtenden Blick zu. »Du bist doch bloß neidisch, weil ich an dir nicht interessiert bin.«

»Bei dir piept's wohl!« Sie schnappte empört nach Luft.

Ich trieb mein Pferd gerade wieder an. Da bemerkte ich, dass auch Jake angehalten hatte und uns von vorn skeptisch beobachtete. Doch bevor ich seinen Blick deuten konnte, war er schon weitergeritten. Er fehlte mir so ...

»Der hat doch ein Rad ab«, schimpfte Sally vor sich hin.

Marlon schien sich nicht sonderlich über sie zu ärgern. »Wir sehen uns später noch, Samantha!« Er schnalzte mit der Zunge und ritt voraus.

»Wird sich ja leider nicht vermeiden lassen«, sagte ich.

Wir hatten den Fluss inzwischen weit hinter uns gelassen und ritten nun durch ein großes Tal. Zu unseren beiden Seiten erstreckten sich in einiger Entfernung massive Berge, die zum Teil bewaldet waren.

Dexter gesellte sich zu uns. »Hast du Dougal eigentlich gesehen, als er mit seinen Männern an euch vorbeigeritten ist?«, fragte er mich.

»Nein«, erwiderte ich, ohne Sallys Aufschnaufen zu beachten. »Wir hatten uns versteckt.«

»Da habt ihr echt Schwein gehabt. Nicht

auszudenken, was geschehen wäre, wenn sie euch entdeckt hätten.«

»Wann hattest du denn vorgehabt, mir davon zu erzählen?«, blaffte Sally mich an.

»Ich wollte gerade damit loslegen.« Ich lächelte besänftigend.

Dexter hob schuldbewusst die Augenbrauen. »Ähm ... Ich lass euch dann besser mal alleine!« Er ritt davon.

Sally wollte gerade mit ihrer Standpauke anfangen, aber ich kam ihr zuvor.

»Also, das war so ...«, begann ich zu erzählen. Damit hatte ich ihre volle Aufmerksamkeit und ich war mir sicher, dass sie Conner und Matt jede Einzelheit erzählen würde.

Sie sah mich mit großen Augen an. »Du hattest bestimmt schreckliche Angst. Wenn Jake es nicht geschafft hätte, diesen Unsterblichen zu überwältigen ...«

»Er hat es aber geschafft«, sagte ich. »Du hättest ihn sehen sollen! Ich glaube, Jake ist im Kampf sehr erfahren.«

Was wusste ich eigentlich schon über diesen bemerkenswerten Unsterblichen? Ich hatte mich allein bei seinem Anblick Hals über Kopf in ihn verliebt. Ohne ihn zu kennen, hatte ich schon bei unserer ersten Begegnung gewusst, dass ich zu ihm gehörte. »Diese Art der Begegnung ist mit keiner anderen zu vergleichen«, hatte Jake gesagt. Und so war es auch: Ich hatte sofort unsere Verbundenheit gespürt.

Er ritt nur wenige Schritte vor mir her und war doch so unendlich weit weg, so unnahbar. Würde er sich irgendwann wieder ganz aus meinem Leben zurückziehen? Mein Herz schmerzte bei diesem Gedanken.

Als wir das Ende des Tals erreichten, holten uns Jakes Freunde wieder ein. Sie waren ein ganzes Stück zurückgeritten und hatten die Gegend nach Dougals Reitern abgesucht. Glücklicherweise wurden wir aber von niemandem verfolgt.

Ich ritt weiterhin neben Sally, Conner und Matt. Da Jake nicht einmal annähernd in meine Richtung sah, wollte ich ihm meine Gesellschaft nicht zumuten. Wie konnte er mich nur so gleichgültig behandeln? Ich wünschte mir in diesem Moment nur, von ihm wahrgenommen zu werden.

»Verstehe mich jetzt bloß nicht falsch!«, sagte Conner und riss mich somit aus meinen Gedanken. »Aber irgendwie siehst du verändert aus.«

»Ja«, mischte Matt sich ein. »Ich überlege auch schon die ganze Zeit, aber ich komme einfach nicht darauf, was es ist.«

Sally kicherte und machte eine abwertende Handbewegung. »Typisch Männer! Sie erkennen einfach nicht, wenn eine Frau verliebt ist. Ich habe es gleich gesehen. Du strahlst vor Glück.«

»Ach echt?«, erwiderte Matt. »Nein, das ist es nicht. Sie sieht irgendwie ... Ach, ich weiß doch auch nicht.«

Conner zog die Stirn in Falten. »Sam ist verliebt?«

So viel also dazu. Dabei hatte ich gehofft, es wäre nun nicht mehr zu übersehen, dass ich wenigstens zum Teil von den Unsterblichen abstammte. Es hätte mir bei einer Begegnung mit Dougal zumindest etwas Zeit verschafft.

Jake behandelte mich wie Luft. Ich ärgerte mich maßlos darüber und wurde richtig wütend auf ihn. Er brauchte mir ja nicht ständig um den Hals fallen, aber ein klitzekleines bisschen Aufmerksamkeit konnte ich doch erwarten.

Ohne großartig zu überlegen, ritt ich nach vorn, lenkte mein Pferd zwischen Jake und Grimmt und schaute ihn von der Seite provozierend an.

Er bemerkte es sicherlich, ignorierte mich aber nach wie vor.

Grimmt lachte. »Wenn du einen Unsterblichen aus der Reserve locken willst, musst du dir schon etwas anderes einfallen lassen!«, sagte er mehr zu Jake als zu mir.

Dieser tadelte ihn mit einem wütenden Blick.

»Nun, du hast da viel mehr Erfahrung als ich«, erwiderte ich Grimmt, sah dabei aber weiterhin Jake an. »Kannst du mir vielleicht einen Rat geben?«

»Das könnte ich schon«, antwortete Grimmt. »Aber dann würde ich wohl den morgigen Tag nicht mehr erleben.« Er fuhr sich mit dem Zeigefinger quer über den Hals und zwinkerte mir zu.

»Schade! Dann muss ich mir wohl oder übel selbst etwas einfallen lassen.« Ich zwinkerte zurück.

Wir mussten uns beide das Lachen verkneifen.

»Hm ... Was haltet ihr von einem Wettrennen?«, schlug ich vor.

»Untersteh dich!« Jake gab einen knurrenden Laut von sich.

Er sah so umwerfend aus, dass ich mich schnell an Grimmt wandte. Fast hätte er mich mit seinem Blick eingeschüchtert.

»Jake hat keine Lust«, sprach ich betont gleichgültig zu Grimmt. »Wie sieht's mit dir aus?«

»Grimmt!«, warnte Jake.

Doch dieser lächelte mich an. »Wie könnte ich einer schönen Frau diesen einen Wunsch abschlagen?«

Jake war fassungslos. »Grimmt, du bist der mieseste, hinterhältigste Freund ...«

»Wer zuerst da vorn am Wald ist ...«, ich startete mit meinem Pferd durch, »... hat gewonnen!«

Grimmt jubelte auf und setzte mir nach.

Wir jagten gleichauf dem Wald entgegen, bis ich mich aus dem Sattel stemmte und mein Pferd noch weiter anheizte.

»Übertreib es nicht, Sam!«, hörte ich Grimmt ein ganzes Stück hinter mir rufen.

Ich freute mich, als Jake mich plötzlich überholte, da ich annahm, dass er nun doch an unserem kleinen Wettrennen teilnahm. Er ritt jedoch direkt vor mich, stellte sein Pferd quer und bremste mich somit aus. Ich hatte ihn noch nie so wütend gesehen.

»Was genau hast du vor, Sam? Willst du dir den Hals brechen?«, schrie er mich an.

Grimmt hatte uns in der Zwischenzeit eingeholt. »Kann sie das denn überhaupt?« Er starrte mich mit offenem Mund an, bevor er sich zu Jake umdrehte. »Was zum Teufel ist mit ihr passiert?« Seine Stimme überschlug sich.

Da bemerkte ich, dass meine Haare sich beim Reiten gelöst hatten. Sie fluteten in weichen Wellen über meine Schultern und meinen Rücken bis hinunter zur Taille.

Jake seufzte, als er Grimmt antwortete. »Sam hat sich etwas verändert.«

»Na, das ist mir inzwischen auch aufgefallen«, tadelte Grimmt ihn. »Aber warum? Wie?« Er musterte mich.

Ich zuckte mit den Schultern. »Keine Ahnung. Mir war heiß und meine Haut brannte irgendwie. Ich kann das nicht so richtig beschreiben.«

»Einfach so? Ich meine ... Was war der Anlass? Was habt ihr da allein im Wald getrieben?«

Ich merkte, wie ich rot anlief.

Jake fuhr sich nervös mit der Hand durchs Haar. »Sam hatte noch nie zuvor in ihrem Leben Kontakt zu einem Unsterblichen, bis sie auf mich traf«, sagte er.

»Das wäre eine Möglichkeit«, bestätigte Grimmt. »Sie trägt beides in sich, hatte aber seit ihrer Geburt nur Kontakt zu Menschen. Dann traf sie auf dich und sie ist mit deinem Blut in Berührung gekommen.«

Jake wandte sich mir zu. »Deine unsterbliche Seite wurde immer unterdrückt. Du hattest nicht einmal eine Ahnung davon, dass du zur Hälfte eine Unsterbliche bist. Vermutlich hat dein Körper erst beim Kontakt mit meinem Blut erkannt, was in ihm steckt«, sprach er zu mir.

Ich wusste nicht, was ich sagen sollte. Ich wusste gar nichts mehr.

»Aber warum hat sie sich nicht gleich verändert?«, fragte Grimmt. Augenblicklich breitete sich ein Grinsen in seinem Gesicht aus.

»Was für Körperflüssigkeiten habt ihr eigentlich noch ausgetauscht, als ihr allein wart?«

Er verschränkte amüsiert die Arme vor der Brust.

Jake und ich sahen uns nachdenklich an. Grimmt bekam keine Antwort.

Das Versteck

Inzwischen hatten alle anderen wieder zu uns aufgeschlossen. Sie starrten mich ausnahmslos an, wobei die Verwirrung deutlich in ihren Gesichtern abzulesen war.

»Hab ich es doch gewusst!«, sagte Matt. »Ich wusste gleich, dass mit dir etwas nicht stimmt. Aber mir hört ja wie immer keiner zu. Sally lag mit ihrer Theorie ja wohl völlig daneben.«

»Halt einfach die Klappe!«, stieß Sally aus. Traurig schaute sie mich an. Ich hatte keine Ahnung, was gerade in ihr vorging. Sie wirkte irgendwie ... enttäuscht.

»So, jetzt ist aber Schluss mit der Vorstellung!«, rief Grimmt. »Wir müssen weiter!« Er trieb sein Pferd an und ritt voraus.

Doch keiner machte Anstalten weiterzureiten. Ich fühlte mich mehr als unbehaglich, senkte eingeschüchtert den Kopf und wollte mich am liebsten in Luft auflösen. Im Gegensatz zu den anderen verunsicherte mich Grimmts Gebrüll dieses Mal nicht, sondern hallte erlösend in meinen Ohren.

»Sing ich, oder was? Seht zu, dass ihr in Bewegung kommt, sonst mach ich euch Beine!«, brüllte er. Hätte er vor Wut Feuer schnauben können, dann hätte er es getan.

Jake wurde von seinen Männern umlagert, die aufgeregt auf ihn einredeten. Immerzu schauten sie sich zu mir um und diskutierten miteinander. Ich verstand kein Wort von dem, was sie sagten. Jedoch war es offensichtlich, dass jeder von ihnen seine Meinung über mich kundtat.

Ich nahm es Jake nicht übel, als er letztendlich einfach losritt, um den neugierigen Fragen seiner Männer zu entgehen. Doch es enttäuschte mich maßlos, dass Sally nicht auf mich wartete.

Was hatte ich mir nur bei dieser sinnlosen Aktion gedacht? Ich wollte unbedingt Jakes Aufmerksamkeit auf mich ziehen, weil ich ihn so sehr brauchte – und jetzt ... hatte ich die Aufmerksamkeit von allen, außer von denjenigen, die mir am Herzen lagen.

Sally hatte mich angesehen als wäre ich eine Fremde, während Matt und Conner den Eindruck machten, dass sie die Neuigkeit erst einmal verarbeiten mussten. Die beiden hatten sich Sally wortlos angeschlossen, nicht wissend, wie sie sich mir gegenüber nun verhalten sollten.

Und Jake? Jetzt ignorierte er mich nicht nur, sondern war auch noch stinksauer.

Hastig band ich meine Haare wieder zusammen. Ich ärgerte mich maßlos über mich.

»Mach dir nichts draus, Kleine!«, sagte Dexter, der neben mir herritt. »Die müssen das erst einmal verdauen. Du wirst schon sehen, bis heute Abend haben sich alle wieder eingekriegt.«

Ich lächelte ihn dankbar an. Wer fragte mich eigentlich, wie ich das Ganze verdaute? Noch nie hatte ich mich so einsam, so alleingelassen gefühlt.

Als es schon längst dunkel geworden war, ließ Grimmt uns für das Nachtlager absitzen.

Ich wusste nicht, wo ich hin sollte, wohin ich gehörte. Zu meinen Freunden wollte ich mich nicht setzen, denn Sally hatte mir mit ihrem Verhalten deutlich zu verstehen gegeben, dass ich nicht willkommen war. Jake saß wie immer mit Grimmt und Dexter zusammen. Die restlichen Menschen saßen gruppenweise, genau wie die Unsterblichen. Ich gehörte zu keinen von ihnen.

Ich war kein Mensch ... Ich war keine Unsterbliche ... Ich war allein ...

Jake sah in dem Moment zu mir, als ich mich traurig abwandte und davonging. Ich setzte mich weit abseits von den anderen an einen Baum, blieb aber in Sichtweite. Auf keinen Fall wollte ich Jake noch mehr verärgern.

Es war Vollmond in dieser Nacht. Die Sterne konnte man nur undeutlich erkennen, da es so hell war. Kleine Wolken streiften die silberne Kugel beim Vorüberziehen. Je länger ich den Mond betrachtete, desto größer erschien er mir. Ich lehnte meinen Kopf an den Baumstamm und beobachtete die wankenden Äste über mir. Außer dem Wind, der mit den Blättern spielte, war nichts zu hören.

Als wäre ich heute nicht schon genug gestraft, tauchte Marlon plötzlich hinter mir auf und setzte sich neben mich. Das hatte mir jetzt gerade noch gefehlt. Es war der krönende Abschluss des Tages.

»Ich mag Frauen mit Geheimnissen«, sagte er.

Puh ... Schlimmer ging es wirklich nicht mehr. »Lass mich in Ruhe, Marlon!«, forderte ich ihn auf, ohne ihn anzusehen.

»Sei doch nicht so zickig!« Er begann eine gelöste Strähne meines Haares um seinen Finger zu wickeln.

Ich stand auf. »Verzieh dich endlich!«, schrie ich ihn an.

»Gibt es hier ein Problem?« Jakes Stimme brachte mein Herz sofort in Aufruhr. So sehr ich mich darüber freute, ihn zu sehen, so sehr versetzte mir sein Anblick aber auch einen schmerzhaften Stich. Er war so umwerfend – und so unerreichbar. Ich würde ihn verlieren, hatte ihn irgendwie schon verloren.

Er sah Marlon warnend an, doch dieser schien es nicht zu bemerken.

»Nein, hier gibt's kein Problem. Wir amüsieren uns nur ein bisschen.« Er griente Jake unverschämt an.

Ich seufzte und setzte mich wieder hin. Mir war einfach alles zu viel.

»Könntet ihr mich bitte einfach allein lassen!« Ohne noch weiter auf die beiden zu achten, legte ich mich hin und drehte ihnen den Rücken zu. Ich war todmüde.

»Darf ich dich ein wenig wärmen? Du könntest in meinen Armen schla ... Ah ... Au ...« Marlon schlug wild um sich, als Jake ihn wegschleppte.

Ich schlief augenblicklich ein.

»Hey, du Schlafmütze, wach auf!« Conner rüttelte mich vorsichtig wach. »Du solltest noch etwas essen, bevor wir aufbrechen!«

Ich setzte mich auf und streckte mich. »Ich habe keinen Hunger.«

Conner verzog den Mund. »Komm schon!« Er hielt mir einen Apfel hin, den ich entgegennahm und dann wieder beiseitelegte.

»Sally weiß einfach nicht, wie sie damit umgehen soll«, entschuldigte er sich für sie. »Ihr kennt euch von klein auf und jetzt bist du auf einmal anders.«

»Ich bin nicht anders!«, sagte ich. »Ich sehe nur etwas anders aus!«

»Sehr hübsch, wohlgemerkt!« Er zwinkerte mir zu und hob gleichzeitig abwehrend die

Hände.

»Trotzdem bin ich doch noch die Gleiche! Oder?« Ich ließ die Schultern sinken.

Er legte seinen Arm um meine Schultern. »Sally ist bestimmt nur neidisch auf deine schönen Haare«, neckte er mich.

Ich machte mich wütend von ihm los. Ehe er bemerkte, was ich vorhatte, schnappte ich mir das Messer, das er an seinem Gürtel trug. Ich hatte mir einen Zopf geflochten und legte ihn mir nun nach vorn über die Schulter. Schockiert schaute Conner mir zu, wie ich mein Haar mühsam mit dem stumpfen Messer abschnitt.

Als ich fertig war, hielt ich ihm mein langes Haar entgegen. »Viele Grüße an Sally! Sie kann es haben!«

»Oh, Sam!« Er zog mich in seine Arme und spendete mir Trost. »Es tut mir leid!«, flüsterte er.

Ich spürte seinen Blick, noch bevor ich ihn wirklich sah. Jake stand in einiger Entfernung regungslos da und schaute zu uns herüber. Er wirkte irgendwie benommen, wandte sich schließlich ab und verschwand im Wald.

Conner nahm mich an die Hand. »Komm! Lass uns zu Sally und Matt gehen!«

Nur widerwillig folgte ich ihm. Noch immer sah ich Jakes trauriges Gesicht vor mir. Warum hatte er so verzweifelt gewirkt? Ich musste ihn unbedingt suchen, um mit ihm zu reden.

Matt und Sally starrten uns ungläubig entgegen. Erst jetzt bemerkte ich, dass ich den abgeschnittenen Zopf immer noch in meiner Hand hielt, und ließ ihn achtlos fallen.

Sally kam zögernd auf mich zu und strich dann durch mein Haar, das mir nur noch bis zu den Schultern reichte.

»Warum hast du das getan?«, fragte sie.

Ich antwortete ihr nicht.

»Es tut mir leid!«, entschuldigte sie sich. »Aber ich habe mein gesamtes Leben mit dir verbracht und plötzlich bist du nicht mehr die Sam, die ich kenne.«

»Ich glaube, das war jetzt nicht unbedingt das, was Sam hören wollte«, mischte Conner sich ein. »Fang lieber noch mal an!«

Sally lächelte versöhnlich, bevor sie mich in ihre Arme zog und auf die Wange küsste.

»Sam, hast du Jake gesehen?« Grimmt kam auf uns zugeritten. Er wirkte bei meinem Anblick leicht irritiert.

Nun wurde ich noch nervöser. »Ist er denn nicht bei dir?«

Grimmt schüttelte den Kopf. »Nein. Aber mach dir keine Sorgen, der taucht schon wieder auf!«

»Warum sollte sie sich denn Sorgen machen?«, fragte Matt.

»Wir reiten jetzt trotzdem weiter«, sagte Grimmt, ohne auf ihn zu achten.

»Nein, wir müssen noch auf Jake warten!«, protestierte ich. »Wir müssen ihn suchen.«

Grimmt trieb sein Pferd an. »Er kennt unser Ziel. Vielleicht ist er schon vorausgeritten oder er kommt nach.« Damit war das Thema für ihn durch und er rief alle zum Aufbruch.

Dexter zog mich hinter sich aufs Pferd. Er schien der Einzige zu sein, der meine Verzweiflung bemerkte. Ich konnte rein gar nichts daran ändern, dass sich alle in Bewegung setzten. Ständig drehte ich mich um und hielt nach Jake Ausschau. Aber er blieb verschwunden ...

Je mehr Zeit verstrich, desto unerträglicher wurde es. Warum hatte Jake nicht wenigstens Grimmt Bescheid gegeben? Wieso hatte er uns so plötzlich verlassen?

Der Wald wurde immer unzugänglicher. Daher verwunderte es mich nicht, als Grimmt alle absitzen ließ, um zu Fuß weiterzulaufen. »Bringt die Pferde weg und sichert die Gegend!«, wies er einige seiner Männer an, bevor er uns durch das Dickicht einen Weg bahnte.

Schließlich erreichten wir eine Lichtung, auf der sich hohe Felswände dem Himmel entgegenstreckten. Die Felsen bauten sich breit und massiv wie eine unüberwindbare Mauer vor uns auf. Durch den dichten Wald, der uns ringsherum einschloss, konnte man nur erahnen, dass dieser Berg ein Brocken eines ganzen Gebirges war. Ein riesiger Wasserfall stürzte zu uns in die Tiefe, wo sich die Wassermassen in einen Fluss ergossen, der entlang des Gebirges verlief.

Grimmt drehte sich zu uns um. »Könnt ihr schwimmen?«, fragte er, ohne auf unsere Antwort zu warten. »Kommt! Wir gehen baden.«

Er lief ins Wasser und schwamm auf den Wasserfall zu. Was hatte er bloß vor?

Nach anfänglichem Zögern taten wir es ihm nach und folgten ihm bis kurz vor die herunterprasselnden Wassermassen. »Jetzt müssen wir tauchen!«, schrie er über das Getöse hinweg.

»Was?«, stieß Matt aus. »Von tauchen war keine Rede!«

Grimmt verdrehte die Augen. »Was bist du bloß für ein Weichei!« Er tauchte unter.

Wir warteten, aber er kam einfach nicht wieder hoch.

Matt fluchte. »Jetzt ist der auch noch ersoffen!«

»Halt die Klappe, Matt!«, sagte Conner.

Dexter lachte und schüttelte über Matts Verhalten den Kopf. »Ihr müsst unter dem Wasserfall durchtauchen!«, forderte er uns auf.

»Durchtauchen? Unter dem da?« Matt wurde regelrecht hysterisch. Seine Stimme hörte sich an wie die eines Kleinkindes.

»Du kannst auch gern hier bleiben!«, antwortete Dexter. Ohne den immer noch schimpfenden Matt weiter zu beachten, nickte er mir aufmunternd zu und verschwand dann unter Wasser.

Ich tauchte ihm augenblicklich nach. Es war schwierig, unter dem aufgepeitschten Wasser etwas zu erkennen. Also behielt ich einfach Dexters Füße im Blick und folgte ihm.

Wir tauchten hinter dem Wasserfall wieder auf und kletterten auf einen Felsvorsprung. Ohrenbetäubend schallte das Prasseln des Wassers an den Felsen zurück. Es war beeindruckend, mit welcher Kraft es sich vor uns ergoss. Man konnte unmöglich hindurchsehen. Nach und nach kamen Grimmts Männer wie aus dem Nichts zum Vorschein und stiegen aus dem Wasser.

»Was ist jetzt? Kommt ihr?« Dexter stand in der hintersten Ecke des Felsens. Ich musste blinzeln, um ihn in der Dunkelheit überhaupt zu erkennen. Vorsichtig bewegte ich mich auf dem glatten Boden zu ihm hin, als er plötzlich verschwand. »Dexter?«

»Taste dich einfach an der Wand entlang!«, hallte es aus der Dunkelheit zurück.

Sally ergriff ängstlich meine Hand.

»Und zieht den Kopf ein!« Jetzt war er nur noch ganz leise zu hören.

Ich tastete mich mit einer Hand vor und verschwand mit Sally im Schlepptau in der Finsternis. Gebeugt arbeiteten wir uns Schritt für Schritt weiter. Es war beängstigend. Jederzeit befürchtete ich, in ein tiefes Loch zu fallen oder von irgendetwas angefallen zu werden.

Als die Dunkelheit kein Ende nahm, wurde ich langsam panisch.

»Dexter?«, schrie ich ins Nichts.

Ich bekam keine Antwort.

Sally wimmerte hinter mir und quetschte mir fast die Hand ab.

»Einfach immer weitergehen!«, hörte ich Conners Stimme hinter uns.

Ich atmete tief durch, obwohl ich nicht das Gefühl hatte, dass es hier drin genügend Sauerstoff gab. Trotz der Dunkelheit schloss ich die Augen, um mich etwas zu beruhigen, und tastete mich dann weiter vorwärts.

»Da vorn ist Licht!«, rief Sally aus.

Ich öffnete die Augen. Nun gab es kein Halten mehr. Ich vergaß meine Deckung und rannte los, wobei ich mir prompt den Kopf stieß. »Ah ...« Sally stolperte, als ich unvermittelt stehen blieb und mir die Stirn rieb.

»Wo bleibt ihr denn so lange?« Grimmt und Dexter warteten schon ungeduldig auf uns.

Wir befanden uns nun in einer riesigen Höhle, deren gigantische Tropfsteinformationen mich in Staunen versetzten. In der hohen Decke waren ein paar Löcher, durch die Tageslicht zu uns hereinschien.

»Du blutest!« Sally deutete auf meine Stirn.

»Ist nicht weiter schlimm. Ich habe mir nur etwas den Kopf gestoßen.«

Dexter trat zu mir und strich mir über die Haut. »Bist du sicher, dass das dein Blut ist?«, fragte er. Dann sah er Grimmt an. »Ich kann keine Verletzung feststellen.«

Sie tauschten einen vielsagenden Blick.

»Hier entlang!«, forderte Grimmt uns schließlich auf.

Wir folgten ihm, darauf bedacht, nicht wieder den Anschluss zu verlieren.

Den Anblick, der sich uns bot, als wir die Höhle verließen, werde ich niemals vergessen. Vor uns lag ein kleines Tal, in dessen Mitte ein See im Sonnenlicht glänzte. Nur ein Teil des Sees lag im Schatten eines Wäldchens. Die zu allen Seiten schroff aufsteigenden Felswände gaben diesem Ort einen eigenen, besonderen Zauber. In dem Stein gewachsene kleine Höhlen dienten als Behausungen. Zu einigen etwas höher gelegenen Wohnhöhlen führten in die Felsen geschlagene Treppen hinauf, was dem Ganzen einen imposanten Eindruck verlieh.

Eine Scheune und ein Stall standen inmitten einer grünen, blühenden Wiese, auf der Kinder spielten und vergnügt lachten. Als zwei kleine Zwillingsmädchen mit langen, dunklen Zöpfen unsere Ankunft bemerkten, kamen sie aufgeregt auf uns zugerannt. »Papa ... Papa!«

Grimmt lief ihnen laut lachend und mit

ausgebreiteten Armen entgegen, um sie aufzufangen.

Ich stand mit offenem Mund da und versuchte zu begreifen, was ich sah. Der große, einschüchternde Grimmt saß dort im Gras mit seinen Töchtern und war zahm wie ein Lamm. Er herzte die beiden, bevor er seiner Frau entgegenlief und sie leidenschaftlich küsste.

Grimmt hatte eine Familie.

»Das glaube ich jetzt nicht!« Matt stand plötzlich neben mir und starrte in Grimmts Richtung. »Nun sieh sich einer diesen handzahmen Brummbären an!«

Alle lachten über Matts Kommentar. Nur ich stand schweigend neben ihnen und schaute mich suchend um.

Wo war Jake?

Heimat

Es war das perfekte Versteck. Niemand draußen im Wald konnte vermuten, dass sich hinter dem Wasserfall eine menschliche Siedlung befand. Wie eine Festung mauerten die steilen, unerklimmbaren Felsen dieses idyllische Fleckchen Erde ein. Sie hatten sich ihre eigene kleine Welt geschaffen, wo sie unentdeckt und in Frieden leben konnten.

Es gab einen großen Gemüsegarten, in dem sie Möhren, Radieschen, Kohlrabi sowie Salat angepflanzt hatten und der von allerlei Kräutern abgerundet wurde. Ein kleines Getreide- und Maisfeld war neben dem kleinen Wäldchen zu erkennen. Im See trieb ein Fischernetz auf der Wasseroberfläche, das gerade in ein kleines Boot gezogen wurde. Zusätzlich gab es noch Schweine, Schafe und Ziegen, die sich auf den Wiesen frei bewegten, von den Hühnern und Gänsen mal ganz abgesehen. Sie konnten sich hier mit allem selbst versorgen.

Grimmts Marie war eine sympathische, rundliche Frau in den Vierzigern, die uns herzlich willkommen hieß. Sie hatte ihr dunkelblondes Haar zu einem dicken Zopf geflochten, der ihr lang über den Rücken fiel.

Seine fünfjährigen Zwillingsmädchen Nele und Ida hatten eindeutig das Temperament von ihrem Vater geerbt. Wie aufgezogen rannten sie um uns herum, wobei sie einen höllischen Lärm machten.

Und dann war da noch Will, Grimmts dreizehnjähriger Sohn. Er stand in sicherer Entfernung und beobachtete uns. Von Weitem sah er aus wie Grimmt im Kleinformat, nur eben ohne Vollbart.

Dexter hatte keine Familie. Ich glaube, Grimmts Kinder waren für ihn wie seine Enkel. So ausgelassen wie er mit ihnen herumtobte, merkte man ihm sein Alter fast nicht an.

»Komm!«, forderte Grimmt mich auf. »Ich zeige dir, wo du schlafen kannst.«

Inzwischen war die Nacht über uns hereingebrochen. Die trostlose Schwärze spiegelte meine momentane Verfassung genau wider. Grimmt wollte mich aufmuntern und machte Späße. Doch ich war gar nicht richtig anwesend. Meine Gedanken waren bei Jake. Die Ungewissheit zermürbte mich.

Da ausnahmslos alle Wohnhöhlen belegt waren, wurden meine Freunde und ich bei verschiedenen Familien untergebracht. Ich war froh, dass ich nicht zu Fremden musste, und folgte Grimmt daher erleichtert zu dessen Heim.

Es war eine bezaubernde, romantische Atmosphäre. Entlang der Treppen, die zu den einzelnen Höhlen hinaufführten, waren Fackeln an den Felsen angebracht. Ihr unruhiges Licht strahlte die hohen Felswände an und verlieh ihnen ein geheimnisvolles Aussehen.

Grimmts Höhle war gerade hoch genug, dass er sie aufrecht betreten konnte. Er führte mich in die hinterste Ecke, wo jedes Familienmitglied einen eigenen Schlafplatz hatte. Die Strohmatratzen wurden durch herabhängende Laken voneinander abgetrennt. Somit ermöglichten die provisorischen Stoffwände jedem einen eigenen Rückzugsort. Ich musste mich zusammenreißen, mich nicht einfach auf ein Lager fallen zu lassen, da die Daunenkissen und Decken so einladend wirkten. Zu lange hatte ich zum Schlafen schon mit dem kargen Waldboden vorliebnehmen müssen.

»Du schläfst hier neben Will!«, entschied Grimmt und nickte seinem Sohn zu, der plötzlich direkt hinter mir stand. Der Junge wusste vor Verlegenheit gar nicht, wo er hinschauen sollte.

»Falls ich schnarche, hau mir einfach eine drüber!« Ich versuchte, die Situation etwas zu entspannen. Es war mir unangenehm, dass ich hier so einfach in seine Privatsphäre hereinplatzte.

Er lächelte mich schüchtern an.

Grimmt zerzauste ihm die Haare. »Ich glaube, da musst du ihm eher eine drüberziehen. Er schnarcht, als würde er ganze Wälder zersägen.«

»Das ist nicht wahr«, protestierte Will.

Grimmt lachte sein brummiges Lachen. »Morgen früh werden wir es wissen. Haut euch jetzt aufs Ohr! Es war ein anstrengender Tag.«

Er wollte gehen, doch ich hielt ihn zurück.

»Was ist mit Jake?«

»Ich weiß es nicht, Sam. Es ist eigentlich nicht seine Art, einfach zu verschwinden. Er hat sich nicht verabschiedet.«

»Jake?« Will war ganz aufgeregt. »War er bei euch?«

Grimmt nickte nur, ohne mich aus den Augen zu lassen.

»Kommt er uns bald wieder besuchen? Er hat es mir doch versprochen!« Will war sichtlich enttäuscht, dass Jake nicht anwesend war.

Sein Vater seufzte. »Jetzt schlaft erst einmal! Morgen sehen wir weiter.«

Grimmt hatte gut reden. Als könnte ich jetzt seelenruhig schlafen ... Die Ungewissheit schnürte mir die Kehle zu. Ich legte mich hin und drehte Will den Rücken zu, damit er meine Tränen nicht bemerkte.

Marie erzählte Ida und Nele eine Gute-Nacht-Geschichte, bis die Zwillinge einschliefen. Dann verließ sie leise die Höhle, in die sie und Grimmt in dieser Nacht nicht zurückkehrten. Ich konnte mir gut vorstellen, dass die beiden nach der langen Trennung Besseres zu tun hatten, als unsere Gesellschaft zu teilen. Sie hatten sich sicherlich nicht nur viel zu erzählen.

Ich musterte Wills schlafende Gestalt, auf dessen Gesicht sich der Schatten der flackernden Kerze abzeichnete. Die weiche Unterlage und das kuschlige Kissen spendeten mir etwas Trost. Trotzdem fand ich in dieser Nacht vor Kummer keinen Schlaf. Ich wollte es nicht hinnehmen, dass Jake einfach wieder aus meinem Leben verschwand.

Als die ersten Sonnenstrahlen erlösend über die hohen Felswände drangen, stand ich leise auf, um Will nicht zu wecken. Er schnarchte noch immer friedlich in sein Kissen.

Ich lief zum See und setzte mich auf den kleinen Steg. Meine Füße baumelten im Wasser, während ich meinen Blick umherschweifen ließ. Das kleine Tal schien im Licht der aufgehenden Sonne wie aus einem Märchen entsprungen zu sein. Doch ich schaute über die friedliche Idylle hinweg – auf der Suche nach meinem geliebten Unsterblichen.

Und da sah ich ihn ...

Er saß mit Grimmt am Eingang der großen Höhle, aus der wir gekommen waren.

Ich zitterte vor Erleichterung. Jake war wieder da ... Er war wieder da ...

Schnell stand ich auf und eilte zu ihnen hinüber.

»Du hättest trotzdem Bescheid sagen können. Ich habe mir Sorgen gemacht!«, hörte ich Grimmt Jake tadeln, als ich mich näherte.

»Ich brauchte Abstand.«

»Warum machst du nicht das Beste daraus und genießt die Zeit, die du mit ihr hast?«

Ich verlangsamte meine Schritte. Die beiden waren so in ihr Gespräch vertieft, dass sie mein Näherkommen gar nicht bemerkten.

Jake schüttelte resigniert den Kopf. »Es ist einfach zu gefährlich. Unsere Beziehung könnte einen Krieg heraufbeschwören.«

Grimmt zuckte mit den Schultern. »Wir befinden uns doch eigentlich schon im Krieg. Dougal ist irgendwo da draußen und spielt mit uns Menschen, als wären wir Puppen!«

»Genau. Im Moment spielt er nur. Glaub mir, du hast keine Ahnung, wozu Dougal fähig wäre!«

Grimmt wollte gerade etwas erwidern, als er mich kommen sah. Er machte Jake auf mich aufmerksam, indem er ihn mit der Schulter anstieß.

»Guten Morgen!«, grüßte ich.

Jake sah mich kurz an und nickte.

»Hast du gut geschlafen?«, fragte Grimmt.

»Ja, danke!«, log ich.

Es trat eine unangenehme Stille ein, bis Grimmt sich räusperte und Jake herausfordernd ansah. »Vielleicht könntest du Sam etwas herumführen?«

Noch während Grimmt sprach, stand Jake auf. »Ich habe keine Zeit. Meine Männer wollen mit mir reden.« Er vermied es, mich anzuschauen.

»Aber du bleibst doch hier?«, brach es aus mir heraus. Es war keine Frage, sondern eher eine Bitte.

Gezwungenermaßen sah er mich nun an. Sein Blick war völlig ausdruckslos.

»Es scheint dir nicht besonders zu gefallen, dass du auch von unsereins abstammst«, sagte er kühl. »Aber keine Angst, wir werden dich nicht länger als nötig mit unserer Gesellschaft belästigen.« Damit ließ er Grimmt und mich stehen.

»Wie meint er das?« Ich war ratlos.

Grimmt zupfte an meinen Haaren. »Jake hat es schockiert, dass du dich schnellstmöglich wieder von deinen langen Haaren getrennt hast. Und er scheint offensichtlich auch ein Problem damit zu haben, wie Conner dich anhimmelt.« Er lachte. »Ich hatte bis jetzt keine Ahnung, dass Unsterbliche eifersüchtig sein können.«

»Was? Conner ...«

Grimmt seufzte und zog mich mit sich. »Ach, Mädchen, ich würde euch so gern hel-

fen, wenn ich es könnte.«
Marie hatte schon das Frühstück vorbereitet. Wir saßen an einem richtigen Tisch, auf richtigen Stühlen und aßen Brot mit frischen Eiern und Speck. Es war ein Festmahl.

Nele und Ida stritten, diskutierten, jammerten und lachten ununterbrochen. Es war mir unklar, wie Marie das den ganzen Tag aushielt. Als wir mit dem Essen fertig waren, half ich ihr beim Abwasch, wobei wir das erste Mal allein miteinander sprachen.

»Wie habt ihr eigentlich eure ganzen Sachen und die Tiere hierher gebracht?«, fragte ich sie.

»Früher gab es noch einen anderen Eingang. Es gab einen Pfad, über den man sogar mit Pferden in unser Versteck gelangen konnte. Dann gab es jedoch einen Steinschlag und der Weg wurde von Felsen und Geröll verschüttet.« Sie reichte mir den letzten Teller und trocknete ihre nassen Hände an einem Tuch ab. »Damals waren wir ziemlich verzweifelt darüber. Doch im Nachhinein konnte uns nichts Besseres passieren. Niemand wird uns hier jemals finden.«

»Da hast du recht«, stimmte ich ihr zu. »Ich wäre nie auf die Idee gekommen, unter dem Wasserfall hindurch zu tauchen. Außerdem würde es niemand schaffen, die steilen Felsen hinaufzuklettern.« Ich stellte den Teller zu den anderen ins Regal, setzte mich wieder an den

Tisch und streckte die Beine aus. »Wie hast du Grimmt eigentlich kennengelernt?«

Marie lächelte, als sie sich daran zurückerinnerte. »Er hatte sich bei einem seiner Streifzüge den Fuß gebrochen und kam in unser Dorf, um sich von Dexter behandeln zu lassen. Ich verbrachte damals fast meine ganze Freizeit bei unserem Heiler, da ich viel von ihm lernen wollte. Dexter verdonnerte ihn zu einer Zwangspause, die Grimmt akzeptieren musste, da er nicht mehr auftreten konnte. Schließlich blieb er ein paar Wochen bei uns, in denen ich mich anfangs nur um seinen Fuß und später auch um andere Sachen gekümmert habe.« Sie zwinkerte mir zu. »Du weißt schon, was ich meine.«

Wir lachten verlegen. Ich kannte Marie gerade erst einen Tag, aber irgendwie war sie mir schon vertraut. Ihre unbekümmerte Art tat mir gut.

»Und du und Jake?« Sie stieß mich neckend an.

Mir war klar, dass Grimmt ihr alles erzählt hatte. Ich wusste allerdings nicht, was sie von mir hören wollte. Also schaute ich nur unsicher zu Boden.

»Gib nicht auf, Samantha! Jake ist letztendlich auch nur ein Mann, der nicht ewig vor seinen Gefühlen davonlaufen kann.«

Ich seufzte. Wenn es nur so einfach wäre.

Marie trat an mich heran, zog mich vom

Stuhl und musterte mich skeptisch. »Wer hat dich eigentlich in diese Männersachen gesteckt?« Sie lief um mich herum, um mich von allen Seiten zu begutachten. »Vielleicht sollten wir Jake mal zeigen, was er sich entgehen lässt!«, sagte sie und schritt sogleich zur Tat.

Es war eine gefühlte Ewigkeit her, dass ich mich mit warmen Wasser und Seife gewaschen hatte. Marie entwirrte und bürstete mir geduldig die Haare. Erst gestern hatte ich sie abgeschnitten, doch sie waren schon wieder ein ganzes Stück gewachsen. Wenn ich es nicht mit meinen eigenen Augen sehen könnte, so würde ich es nicht glauben.

Marie hatte ein hellgelbes, ärmelloses Kleid aus einer Kiste gekramt, das ihr schon seit Jahren nicht mehr passte. Wir waren ungefähr gleich groß, aber durch meine zierliche Figur hing ich darin wie ein Schluck Wasser. Deshalb schnitt Marie etwas Stoff heraus und nähte es ab. Unterhalb meines Busens brachte sie ein braunes, breites Band als Schnürung an und zog es hinter meinem Rücken als Schleife fest.

»Du siehst bezaubernd aus!«, lobte sie ihre Arbeit. »Und jetzt sieh zu, dass du unter Leute kommst!«

Das ließ ich mir nicht zwei Mal sagen. »Danke. Vielen, vielen Dank.« Ich umarmte sie und machte mich dann auf den Weg, um Sally zu suchen.

Unterwegs bemerkte ich die anerkennenden Blicke der Männer, denen ich begegnete. Unter ihnen war auch Marlon, der prompt auf mich zueilte. »Na, sieh mal einer an! Wen haben wir denn da?« Er stellte sich mir in den Weg und ergriff meinen Arm. »Da Jake uns bedauerlicherweise verlassen hat, nehme ich doch mal an, du hast dich für mich so in Schale geworfen.«

»Wohl kaum«, erwiderte ich. »Und außerdem ist Jake wieder da.«

Marlon ließ mich los und schaute fragend zu den anderen Männern, die ihm bestätigend zunickten. Dann schnaubte er verächtlich, trat aber beiseite, um mir den Weg freizugeben. Dem Anschein nach hatte er tatsächlich nicht mehr vor, mich weiter zu belästigen. Ich fragte mich, was Jake mit Marlon gemacht hatte, als er ihn in dieser einen Nacht wütend von mir weggeschleppt hatte. Letztlich war es mir aber auch egal. Die Hauptsache war, er ließ mich in Ruhe.

Sally trat gerade mit einer fremden Frau aus einer der Wohnhöhlen. Als sie mich erblickte, winkte sie mir zu und kam mir entgegen. »Wo hast du das denn her?«, fragte sie, während sie an meinem Kleid zupfte. »Es sieht toll aus.«

Matt kam um die Ecke und pfiff durch die Zähne. »Donnerwetter! Du siehst echt heiß aus. Wenn ich dich nicht schon so lange kennen würde, dann ...«

»Was wäre dann?« Sally wirkte verärgert.

Er zog die Augenbrauen nach oben und grinste schelmisch »Das, liebe Sally, kannst du dir in deinen kühnsten Träumen nicht vorstellen.«

»Woher willst du denn wissen, wovon ich träume?« Sie schielte in meine Richtung.

»Ich glaube, in dieser Beziehung bist du einfach noch zu unerfahren«, zog er sie auf.

Sally schnappte empört nach Luft und baute sich vor ihm auf. »Ach, tatsächlich? Möglicherweise könntest du mir ja ein wenig Nachhilfe geben. Ich würde zu gern von deinen bemerkenswerten Erfahrungen profitieren.«

Matt lachte und trat dicht an sie heran. »Den Gefallen tue ich dir gern, Schatz! Gehen wir zu dir oder zu mir?« Er streichelte mit den Fingern über ihren Hals.

Sie errötete und öffnete den Mund, um ihm etwas zu erwidern. Jedoch fiel ihr anscheinend keine passende Antwort ein.

Matt wandte sich an mich. »Wenn die Süße ihre Sprache wiedergefunden hat, dann richte ihr doch bitte aus, dass ich ihr jederzeit zur Verfügung stehe.«

Er drückte ihr schnell einen flüchtigen Kuss auf den Mund und flüchtete, bevor Sallys Schlag ihn treffen konnte.

»Was hatte der denn zum Frühstück?« Sie kicherte.

»Wahrscheinlich noch gar nichts, bei dem Appetit, den er hatte.«

Wir lachten und machten uns auf den Weg zum See, aus dem Grimmt und Jake gerade das kleine Boot herauszogen. Mein Herz machte gleich einen Salto, so aufgeregt war ich.

»Ich glaube, hier ist die Stelle, wo es undicht ist«, sagte Grimmt und zeigte darauf.

Jake tastete das morsche Holz ab. »Ja, sieht so aus. Wir sollten ...« Er verstummte mitten im Satz, als er mich erblickte. Überrascht und voller Bewunderung sah er mich an.

Grimmt folgte seinem Blick. Er lächelte mir zu und nickte anerkennend.

»Was wolltest du gerade sagen?« Er rempelte Jake an, um ihn aus seiner Starre zu befreien.

»Hm ...« Jake richtete sich auf, ohne seine Augen von mir zu lösen. »Wir sollten ein neues Boot bauen.«

»Aber das hier geht doch noch, wenn wir es wieder abdichten«, sagte Grimmt.

Jake drehte mir den Rücken zu und wandte sich an seinen Freund. »Ich könnte aber etwas Ablenkung gebrauchen«, ließ er ihn wissen.

»Ach so.« Grimmt griente übers ganze Gesicht. »Na, wenn das so ist, dann bauen wir halt ein neues Boot!«

»Ich gehe Holz schlagen.« Jake lief eilig davon.

Als er außer Reichweite war, bekam Grimmt einen Lachanfall. »Das habt ihr Frauen euch ja schön ausgedacht. Ich gehe doch wohl recht in der Annahme, dass mein Weib mit dahinter steckt?«

Unschuldig zuckte ich mit den Schultern, als wüsste ich nicht, wovon er redete.

Er drohte mir spielerisch mit dem Zeigefinger. »Ich wäre wohl der mieseste und verwegenste Freund, den es gibt, wenn ich dir sagen würde, dass dein Plan funktioniert. Also sage ich es dir nicht.«

Ich lächelte ihn an. »Du bist ein Freund, wie man ihn sich nur wünschen kann.«

Grimmt lachte sein kehliges Lachen und widmete sich dann wieder dem Boot.

Da zog Sally mich aufgeregt zur Seite. Sie achtete darauf, dass Grimmt unser Gespräch nicht belauschen konnte. »Was ist denn nun eigentlich mit dir und Jake?«, fragte sie.

»Wenn ich das nur selbst wüsste.«

»Liebst du ihn?«

»Ja, das tue ich. Aber ich weiß nicht mehr so recht, wie er dazu steht.«

»Dann sollten wir es herausfinden!« Sally schien die Herausforderung annehmen zu wollen.

In diesem Moment kam Will gemütlich angeschlendert. Hätte er mit seinem Vater nicht so große Ähnlichkeit, wäre ich nie auf die Idee gekommen, er könnte von Grimmt abstammen. Er war ein schüchterner, ruhiger Junge, den man einfach ins Herz schließen musste.

»Hallo!«, grüßte er.

»Hey, Will.« Ich stellte ihm Sally vor.

»Hast du Jake irgendwo gesehen?«, fragte er mich.

»Er ist im Wald, um Holz zu schlagen. Dein Vater und er wollen ein neues Boot bauen.«

Will sah zu seinem Vater hinüber, der das alte Boot auseinandernahm. »Mutter hat Jake seinen Lieblingskuchen gebacken und ...«

»Na, da können wir ihm doch gleich eine Kostprobe davon vorbeibringen!« Sally hakte sich bei seinem Arm unter und lief entschlossen los.

Marie hatte uns den noch warmen Kuchen zusammen mit frisch gekochtem Kräutertee in einen Korb gepackt und versprach nachzukommen.

Als wir an den See zurückkehrten, sägten Grimmt und Jake das neue Holz gerade in Latten.

Für einen kurzen Augenblick sah Jake von seiner Arbeit auf, um Will zu begrüßen, der ihm ab diesen Zeitpunkt nicht mehr von der Seite wich. Sally und mich ignorierte er.

Nachdem wir den leckeren Kuchen ohne Jake und Will aufgegessen hatten, halfen wir Grimmt dabei, das alte Holz zu sortieren. Die

Latten, die noch zu gebrauchen waren, legte ich neben Jake ab und sah ihn jedes Mal eindringlich an.

Er tat allerdings so, als würde er es nicht bemerken. Will dagegen schmunzelte.

»Kann ich dir etwas helfen?«, fragte ich Jake, um ihn zu einer Reaktion zu zwingen.

Bevor Jake auch nur die geringste Chance hatte, mir eine Abfuhr zu geben, antwortete Grimmt für ihn. »Du könntest Will ablösen und die Bretter festhalten, damit Jake es beim Sägen leichter hat!«

Jake richtete sich in Grimmts Richtung auf und tadelte ihn mit einem vernichtenden Blick.

Doch dieser beachtete ihn nicht. »Will! Geh mal nachschauen, wo Dexter bleibt!«

Will war nicht besonders begeistert. Nach einem kurzen Schnauben seines Vaters machte er sich aber schließlich auf den Weg.

»Alles klar. Von mir aus kann es losgehen.« Ich schenkte Jake mein schönstes Lächeln, als er sich wieder an die Arbeit machte.

Grimmt griente hinter Jakes Rücken und zeigte mit dem Daumen nach oben, wobei Sally wie wild mit ihren Händen wedelte, um mir anzudeuten, dass ich in die Gänge kommen sollte.

Ich schnitt eine Grimasse in ihre Richtung, was Jake auch gleich bemerkte und sich abrupt danach umdrehte.

Die beiden erstarrten kurz in ihren Gesten und machten sich dann wieder ganz beschäftigt an die Arbeit.

Jake sah die beiden und mich abwechselnd an. Dann verschränkte er die Arme vor der Brust und musterte mich abschätzend.

Ich gab wirklich mein Bestes, um ernst zu bleiben. Doch da bemerkte ich, dass Jakes Mundwinkel amüsiert zuckten. Endlich schaute er mir wieder tief in die Augen.

»Was läuft hier eigentlich?«, sprach er mich nun direkt an.

Grimmt schnitt sich mit dem Zeigefinger quer über den Hals, um mir anzuzeigen, dass er so gut wie tot war.

»Keine Ahnung, was du meinst«, erwiderte ich.

Nun lachte er sein Jake-Lächeln, wie ich es die letzten Tage nur selten zu sehen bekommen hatte. »So ...«, sagte er laut, damit Grimmt ihn deutlich verstehen konnte, auch wenn er sich nicht zu ihm umdrehte. »Du hast also keine Ahnung davon, dass mein ehemaliger bester Freund mir dermaßen in den Rücken fällt, dass ich nicht weiß, ob ich ihm nur eine runterhauen oder ihn gleich hier im See ertränken soll?«

»Das würde er niemals tun«, sagte ich. Ich tat empört.

Jake kam einen Schritt auf mich zu. »Nein? Dann steckst du wohl allein hinter der ganzen

Sache und ich sollte dich übers Knie legen und versohlen?«

Mit großen Augen schaute ich ihn an. Ich hatte nicht das Geringste dagegen, denn er würde mich dabei berühren müssen. »Ich kann es kaum erwarten«, flüsterte ich. »Wollen wir es gleich hier hinter uns bringen oder gehen wir irgendwo hin, wo wir ungestört sind?« Ich ging auf ihn zu, bis ich ganz nah bei ihm stand.

Jake wich nicht vor mir zurück. »Ich weiß, was du hier tust.«

»Was denn?«, fragte ich.

Er fuhr sich nervös mit der Hand durchs Haar. »Du spielst mit mir.«

Ich schüttelte den Kopf und legte beschwichtigend meine Hände auf seine Brust. »Nein, Jake! Ich spiele nicht – ich kämpfe! Ich kämpfe um dich – um uns!«

Sein Blick streifte über mein Haar ..., mein Gesicht ..., und blieb an meinen Lippen haften.

Ohne Vorwarnung packte er mich und warf mich über seine Schulter. Er drehte sich zu Grimmt und Sally um, die uns die ganze Zeit beobachtet hatten. »Wir zwei sprechen uns noch!«, drohte er Grimmt, indem er mit dem Finger auf ihn zeigte.

Dieser lachte seinen Freund an und nickte.

»Aber vorher habe ich noch eine Kleinigkeit zu erledigen.« Jake gab mir einen schmerzhaften Klaps auf den Po und lief mit mir davon.

Sally klatschte aufgeregt in die Hände und fiel Grimmt jubelnd um den Hals, bevor ihr bewusst wurde, was sie tat.

Grimmt schaute sie grimmig an, als sie errötend zurückzuckte. Er schüttelte über ihren Übereifer verständnislos den Kopf, hielt ihr dann aber seine Hand entgegen, in die sie triumphierend einschlug.

Silas

Jake lief geradewegs auf die große Höhle zu. Was er wohl vorhatte? Ich war ihm völlig ausgeliefert, doch ich genoss es in vollen Zügen. Ich hatte mich einfach schon zu lange nach seiner Nähe gesehnt.

»Wohin bringst du mich?«

Jake antwortete nicht, sondern gab mir stattdessen erneut einen Schlag auf den Po.

»Ah ...«

»Du hast es so gewollt.« Er lachte, blieb dann aber abrupt stehen und verstummte.

Ich versuchte, seitlich an ihm vorbei zu sehen, um herauszufinden, was los war. Doch in diesem Moment stellte er mich langsam neben sich ab. Sein Blick war auf die Höhle gerichtet und strahlte Freude, aber gleichzeitig auch Unsicherheit aus.

Im Eingang der Höhle standen fünf Unsterbliche, die uns beobachteten. Ich erkannte den Vordersten sofort, ohne dass ich ihm jemals zuvor begegnet war. Er schaute Jake und mich nachdenklich aus seinen dunkelblauen Augen an, die gleichen tiefblauen Augen, die mir so vertraut waren.

Silas kam langsam auf uns zu, als Jake ihm entgegenlief. Sie umarmten sich herzlich und klopften sich auf die Schulter.

»Es ist schön, dich unversehrt wiederzusehen, Vater.«

Silas nickte zustimmend.

Ich stand verlegen im Abseits und wagte es nicht, mich zu bewegen. Augenscheinlich begrüßten sich zwei Brüder. An der Art und dem Respekt, den Jake Silas entgegenbrachte, bemerkte man dann aber doch, dass sich Vater und Sohn gegenüberstanden.

»Ich habe Dougal McGavyn mit gehisster Kriegsflagge aus unserem Clangebiet kommen sehen«, berichtete Jake. »Was wollte er?«

Silas schaute von seinem Sohn zu mir. »Möchtest du mich nicht erst einmal mit der jungen Dame bekannt machen?«, forderte er ihn auf, wobei er mir entgegentrat, um mir die Hand zu reichen.

Ich legte meine Hand in seine und bemühte mich, seinem forschenden Blick standzuhalten.

»Du siehst deiner Mutter sehr ähnlich«, stellte er freundlich fest, nachdem Jake uns einander vorgestellt hatte. »Aber nun, da ich dich leibhaftig vor mir sehe, besteht kein Zweifel mehr, dass du auch Dageus' Tochter bist.«

Ich lächelte ihn schüchtern an.

Grimmt pfiff uns aus der Ferne zu. »Wollt ihr euch noch länger die Beine in den Bauch stehen, oder kommt ihr endlich rüber und setzt euch an meinen Tisch? Marie hat das Essen fertig.«

Silas setzte sich in Bewegung. »Lasst uns zu Grimmt gehen, dann werde ich euch alles erzählen.«

Jake saß mir gegenüber und schaute mich gelegentlich an. Alle warteten darauf, die neuesten Begebenheiten von Silas zu erfahren, doch keiner getraute sich, ihn beim Essen zu stören.

Silas und Jake sahen sich sehr ähnlich. Die beiden hatten nicht nur die gleichen Augen, sondern auch dieselben dunkelbraunen Haare. Wenn ich nicht gewusst hätte, dass er sein Vater war ... Ich hätte Silas nicht älter als fünfundzwanzig geschätzt.

Nachdem er unsere neugierigen Blicke eine Weile ignoriert hatte, legte er schließlich seinen Löffel beiseite und begann zu erzählen.

»Dougal ist der festen Überzeugung, dass wir Rebellen bei uns versteckt halten.« Er schaute mich eindringlich an. »Ich hatte damals deinen Eltern Unterschlupf gewährt, was Dougal geahnt hat, ohne es je beweisen zu können.«

Silas trank einen Schluck Kräutertee. Die Anspannung war fast greifbar.

»Er hat mir ein Ultimatum gestellt«, sprach er endlich weiter. »Wenn ich ihm die Menschen nicht innerhalb einer Woche ausliefere, wird er uns angreifen.«

Jake wirkte wie erstarrt.

»Er hat dir den Krieg erklärt?« Grimmt schlug mit der Faust auf den Tisch.

»Wir werden uns in fünf Tagen auf dem Schlachtfeld gegenüberstehen.«

Ich stand auf. Die Angst breitete sich unbarmherzig in mir aus. »Warum hasst er uns Menschen so?«

Silas deutete mir mit einer Handbewegung an, dass ich mich wieder hinsetzen sollte. »Weil er seinen Sohn und letztendlich auch seine Seelenverwandte wegen einer Menschenfrau verloren hat.«

»Wir müssen ihn von Sams Existenz in Kenntnis setzen«, sagte Jake. »Sie stammt von den Menschen ab, ist aber trotzdem seine Enkeltochter!« Er hatte sich neben mich gesetzt und hielt unter dem Tisch unbemerkt meine Hand.

»Wie willst du ihm denn beweisen, dass Sam von den Unsterblichen abstammt?«, fragte Grimmt. »Wir haben uns seit dem Tag, an dem wir Sam aufgelesen haben, den Kopf darüber zerbrochen.«

»Es muss einfach eine Möglichkeit geben.« Jake drückte meine Hand so sehr, dass sie schmerzte.

Silas sah Grimmt und Jake abwechselnd an. »Ich verstehe euch nicht. Samantha sieht doch aus wie eine Unsterbliche. Dougal wird eher daran zweifeln, dass sie zur Hälfte ein Mensch ist.«

Nun betrachteten mich wieder alle, bis Silas erneut das Wort ergriff. »Hat sie überhaupt etwas Menschliches an sich?«

Er wusste nicht, wie viel Mensch in mir steckte, konnte nicht ahnen, dass ich erst seit Kurzem den Unsterblichen wenigstens äußerlich ähnelte.

Jakes Stimme klang traurig, als er ihm antwortete. »Sie ist sterblich.«

Silas' Kiefermuskeln spannten sich an. »Bist du dir da sicher?«

»Dass Sam sterblich ist, ist eine Tatsache. Ich hätte sie sonst niemals so schwer verletzen können.«

Dexter mischte sich ein. »Ja, das glaube ich auch. Die Kleine hat sich in der Höhle den Kopf gestoßen. Auch wenn ich keine Verletzung mehr feststellen konnte, so hat sie doch geblutet.«

»Rotes, menschliches Blut«, ergänzte Grimmt.

Noch während Grimmt dies sagte, sahen mich alle wie vom Blitz getroffen an.

»Das ist es«, rief Dexter. »Das ist die Lösung.«

Grimmt nickte. »Du hast dich während

unserer Reise sehr verändert«, sprach er zu mir.

Silas stand auf. »Sie sieht wie eine Unsterbliche aus, trägt aber menschliches Blut in sich. Einen größeren Beweis könnten wir Dougal nicht liefern. Er wird einsehen müssen, dass die Seelenverwandtschaft zwischen Menschen und Unsterblichen möglich ist. Wir müssen ihm aufzeigen, dass aus solch einer Verbindung ein Kind geboren wurde und dass dieses Kind sogar seiner eigenen Blutlinie entstammt. Die Menschen sind unsere Zukunft. Vielleicht sind sie der einzige Schlüssel, wie wir wieder Nachwuchs bekommen können.«

Ich hatte mich etwas abseits gesetzt, um in Ruhe über alles nachzudenken. An dem Tisch waren nun alle anwesenden Unsterblichen versammelt und hörten ihrem Clanführer zu.

Jake schaute hin und wieder zu mir herüber. Er wirkte sehr besorgt.

Dougal hatte dem McAlaster-Clan den Krieg erklärt, weil Silas und seine Leute sich für die Menschen einsetzten. Wenn man von der Grausamkeit ausging, für die Dougal bekannt war, so stand Silas' ganzer Clan deshalb kurz vor seiner Vernichtung. Und nun galt ihre Hoffnung ausgerechnet mir, diesen Kampf noch abwenden zu können. Ich wusste nicht, wie ich mit dieser Bürde umgehen sollte.

Dexter gesellte sich zu mir und legte den

Arm um mich. »Mach dir nicht so viele Gedanken, Kleine!«

»Ich bin doch nur ein einfaches Mädchen.« Ich seufzte.

»Nein, Sam. Du bist die Hoffnung aller ...«

Das war zu viel. Die Verantwortung, die auf meinen Schultern lastete, war so stark, dass es mir richtig übel wurde. Ich lief davon, während ich mir mit der Hand den Mund zuhielt. Doch ich kam nicht besonders weit. Alle konnten mir dabei zusehen, wie ich Maries Gemüseeintopf erbrach.

Jake stand augenblicklich neben mir und wollte mich stützen. »Nein ... Bitte nicht!« Ich stieß ihn weg und rannte weiter.

Nun schaffte ich es, aus ihrem Sichtfeld zu kommen, bis ich mich abermals übergeben musste. Als der Würgreiz endlich nachließ, lief ich in das kleine Wäldchen. Ich wollte einfach nur allein sein und hielt mich hier eine Zeit lang regelrecht vor den anderen versteckt. Daher überraschte es mich, als Silas unerwartet zu mir kam.

»Geht es wieder?«, fragte er. »Deine Freunde suchen dich schon überall.« Er setzte sich zu mir und sah mich abschätzend an.

»Woher soll ich den Mut und die Kraft nehmen? Ich bin nur ein harmloser Mensch«, erklärte ich mich.

»Du bist etwas ganz Besonderes, Samantha. Du bist einzigartig.«

»Aber Dougal wird mich hassen«, stieß ich aus. »Wegen meiner Mutter hat er seinen einzigen Sohn verloren. Er verachtet die Menschen.«

»Wir können nicht einschätzen, wie Dougal reagieren wird, wenn er von deiner Existenz erfährt. Bestenfalls wird er erkennen, dass unsere Zukunft durch mögliche Seelenverwandtschaften mit den Menschen gesichert ist. Du bist das Kind eines Unsterblichen, die Tochter seines Sohnes – seine Enkelin.«

»Und schlimmstenfalls?«

Silas schaute in die Ferne, aus der uns Jake beobachtete. »Schlimmstenfalls wird Dougal es als Schande betrachten, dass ein Mensch – ein Halbblut – ausgerechnet von ihm abstammen soll. Er wird dich so schnell wie möglich aus dem Weg räumen wollen, bevor die anderen Unsterblichen von dir erfahren.«

»Na, das sind ja beruhigende Aussichten.« Ich verbarg das Gesicht in meinen Händen.

»Ich treffe mich morgen mit drei anderen Clanführern. Mit ihnen werde ich mich beraten, wie wir vorgehen sollten.« Er stand auf. »Sorge dich nicht! Wenn Dougal uns auf dem Schlachtfeld gegenübersteht, werden wir vorbereitet sein.« Mit diesen Worten ließ er mich zurück, während sein Sohn sich zögernd näherte.

Ich lief Jake entgegen. Am liebsten hätte

ich mich in seine Arme geworfen, aber ich bemerkte seine Zurückhaltung.

»Wir müssen vorsichtig sein, Sam! Es darf uns niemand sehen!« Er führte mich zurück in das kleine Wäldchen. »Ich habe versucht, mich von dir fernzuhalten, weil wir mit unserer Verbindung nicht nur uns selbst, sondern auch alle anderen in Gefahr bringen. Ich habe geglaubt, dass unsere Trennung die einzige Möglichkeit ist, unsere Familien zu schützen. Doch ich schaffe es einfach nicht, ohne dich zu sein.«

Er umarmte mich. »Dich in meinen Armen zu halten, macht süchtig«, flüsterte er mir ins Ohr.

»Dann lass mich einfach nie mehr los!« Ich schmiegte mich an ihn. »Du hast mir so gefehlt.«

Jake nahm mein Gesicht zwischen seine Hände. »Es darf vorerst niemand von uns erfahren. Wenn die anderen nichts von unserer Beziehung wissen, dann müssen sie auch nicht mit den Konsequenzen rechnen. Wir müssen abwarten, wie Dougal mit der Situation umgehen wird.«

»Ich weiß«, sagte ich, bevor ich ihn zu mir herunterzog und mich in unserem lang ersehnten Kuss verlor.

Verlangen

Als Jake und ich mit etwas Abstand zu den anderen zurückkehrten, war Silas schon aufgebrochen. Er wollte sich mit den anderen Clanführern treffen, um sie davon zu überzeugen, sich gegen Dougal mit ihm zu verbünden.

Er hatte seinem Sohn aufgetragen, mich in den Ageless Forest zu bringen. Jake sollte mich dort versteckt halten, bis Silas mit seinen Männern heimkehrte. Ich freute mich schon darauf, Jakes Zuhause kennenzulernen, wohin wir uns schon morgen auf den Weg machen würden. Meine Freunde sollten bei Grimmt bleiben. Hier waren sie alle in Sicherheit.

Die bevorstehende Trennung von meinen besten Freunden, wozu ich inzwischen auch Grimmt und Dexter zählte, ließ mich traurig werden. Die Wahrscheinlichkeit, dass ich sie nie wiedersehen würde, war sehr hoch.

Jake hatte versprochen, mir dabei zu helfen, ihnen die Nachricht von meiner bevorstehenden Abreise beizubringen. Dieses Gespräch wollte ich allerdings so weit wie möglich hinausschieben.

Wir hatten nach Silas' Aufbruch unsere Beschäftigungen wieder aufgenommen, denen wir vor seinem Auftauchen nachgegangen waren. Keiner getraute sich, das Geschehene oder die bevorstehenden Ereignisse anzusprechen. Offensichtlich hatten alle Angst davor. Auch wenn wir uns bemühten, etwas Normalität zu schaffen, so war die gelöste Stimmung trotzdem dahin.

Grimmt, Jake und Dexter machten sich an die Arbeit, um das Boot fertigzustellen, während Sally und ich auf einer Decke in der Sonne lagen. Ich machte mir mit geschlossenen Augen darüber Gedanken, was das Schicksal wohl für mich geplant hatte.

»Bei allen Göttern ...!«, stieß Sally plötzlich aus.

Ich öffnete die Augen und folgte ihrem Blick. Sie schaute bewundernd in Jakes Richtung.

Er hatte sich gerade sein Hemd ausgezogen, um sich mit Wasser etwas zu erfrischen. Der Bund seiner Hose lag ihm locker auf der Hüfte, was sehr begehrenswert wirkte.

Wir saßen mit offenen Mündern da und musterten ihn.

Jake hatte die Figur eines durchtrainierten Kriegers. Ich hatte die Härte seiner Brust schon oft gespürt, sie jetzt aber so makellos vor mir zu sehen, verschlug mir die Sprache. Glitzernde Wassertropfen rannen auf seiner gebräunten Haut herunter und perlten ab, wobei sich seine Arm- und Bauchmuskeln unter der körperlichen Anstrengung, beim Schlagen des Holzes, deutlich abzeichneten. Meine Atmung und mein Herzschlag beschleunigten sich vor Verlangen nach ihm. Wenn ich ihn jetzt nicht sofort berühren konnte, drehte ich durch.

Ich stieß Sally an, da sie ihn offenkundig anhimmelte. »Brauchst du einen Becher?«

»Für was?« Sie wirkte irritiert.

»Dir läuft schon der Sabber.«

»Schuldigung!«, nuschelte sie. Sie sah kurz zu mir, ehe sie Jake weiterhin beobachtete.

Irgendwie konnte ich es ihr nicht einmal verübeln. Ich stand auf und bemühte mich, Sally das Sichtfeld zu verdecken, während ich auf Jake zulief.

»Kann ich euch noch etwas helfen?«, fragte ich, ohne den Blick von seinem Oberkörper nehmen zu können.

Jake bemerkte es. Er zog die Augenbrauen nach oben und lächelte mich an.

Es tat schon fast weh, ihn nicht berühren zu dürfen.

»Nein, Sam. Das hier ist keine Arbeit für dich.« Er verkniff sich ein Lachen. »Kann ich dir irgendwie helfen?«

»Das kannst du tatsächlich, indem du dein

Hemd wieder anziehst!«

»Mir ist aber warm.«

»Und ich koche gleich.«

Er zeigte mir sein Jake-Lächeln. Es war zum Dahinschmelzen.

Na schön, was er konnte, konnte ich schon lange. »Hey, Sally! Kommst du mit ins Wasser? Ich brauche dringend eine Abkühlung!« Ohne Jake aus den Augen zu lassen, fing ich an, mein Kleid auszuziehen.

Ihm fiel die Kinnlade herunter.

Wie es hier üblich war, rannte ich nur mit Unterwäsche bekleidet in den See. Sally und Will kamen mir nach, während Jake mich beobachtete und schmunzelnd den Kopf schüttelte.

Das kalte Wasser war wirklich erlösend. Sally kicherte ausgelassen, als Will sie vollspritzte. Er tauchte ab, um Sallys Gegenangriff zu entkommen, und ging dann hinter mir in Deckung. Schließlich tauchten wir beide um die Wette, wobei Will mir eindeutig unterlegen war.

Grimmt und Dexter hatten ihre Arbeit niedergelegt. Sie saßen auf den Überresten des alten Bootes und sahen uns amüsiert zu. Jake holte jedes Mal erleichtert Luft, wenn ich auftauchte.

»Na, vielen Dank auch!«, rief Matt uns zu. Er kam zusammen mit Conner auf uns zugerannt. »Ihr hättet uns Bescheid sagen können, dass ihr baden geht.«

Das Wasser spritzte in alle Richtungen, als die beiden sich hineinwarfen. Ausgelassen tobten wir herum. Ich vergaß sogar für eine Weile meine Sorgen. Conner hob mich immer wieder hoch, um mich danach ins Wasser zu schmeißen, genauso wie Matt es bei Sally tat.

Als ich erneut zu Jake blickte, sah er mich flehend an. Er nickte mir unbemerkt zu, woraufhin er sich umdrehte und davonging.

»Mir wird es zu kalt«, gab ich vor und flüchtete aus dem Wasser.

»Was? Es ist doch herrlich. Bleib noch hier, Sam!«, bettelte Conner.

Doch ich hatte mir schon mein Kleid geschnappt, und hastete so unauffällig wie möglich hinter Jake her. Ich sah Grimmts wissendes Grinsen immer noch vor mir, als ich schon längst um die nächste Ecke gebogen war.

Hastig zog ich das Kleid über meine nasse Unterwäsche und sah mich um. Jake war in Richtung Scheune gelaufen, doch ich konnte ihn hier nirgendwo entdecken. Wo war er nur? Seinen Namen flüsternd, ging ich langsam in die Scheune hinein.

Jake packte mich plötzlich von der Seite. Ich schlang meine Beine um ihn, als er mich gegen die Wand drückte und wir übereinander herfielen. Sein Kuss war fordernd, seine Lippen neckten meine. Vorsichtig biss er mir in die Unterlippe, bevor er dieses köstliche Spiel an meinem Hals fortsetzte. Die Muskeln in meinem tiefsten Inneren zogen sich prickelnd zusammen. Ich spürte seine unglaublich weiche Haut, streichelte über seinen festen Bizeps ..., seine Brust ..., seinen harten Bauch. Besitzergreifend hielten wir uns aneinander fest und doch war mir diese Nähe noch nicht genug.

Ich bedeckte sein Gesicht mit federleichten Küssen. Es war unmöglich, meine Gefühle noch länger zu zähmen. Nach mehr bettelnd, wühlte ich meine Hände in sein Haar und zog ihn noch weiter an mich.

»Wenn wir jetzt nicht sofort voneinander ablassen, werde ich nicht mehr dazu in der Lage sein aufzuhören!«, sagte Jake. Er ließ mich zögernd herunter, schloss mich aber nach wie vor in seinen Armen ein. Wir verzweifelten über unsere ausweglose Situation.

Beim Abendessen hielt Jake unter dem Tisch meine Hand und drückte sie aufmunternd. Ich konnte es nun nicht länger aufschieben, es war an der Zeit, die Karten offen auf den Tisch zu legen.

»Ich werde morgen mit Jake und seinen Männern zu Silas' Clan aufbrechen«, sagte ich so beiläufig wie möglich und schob mir ein Stück Brot in den Mund.

Es herrschte Totenstille. Mir war klar, dass

mich alle anstarrten, doch ich tat, als würde ich es nicht bemerken.

Conner räusperte sich. »Na dann ... Wann brechen wir auf?«

»Ja, wann soll es losgehen?«, fragte Sally neben ihm.

Ich war erleichtert, als Jake das Wort ergriff. »Ihr werdet bei Grimmt bleiben. Hier seid ihr in Sicherheit.«

»Moment mal!«, sagte Grimmt. »Sie können gerne hier bleiben, aber ich werde euch begleiten.«

Jake schüttelte den Kopf. »Nein, Grimmt, du ...«

»Und glaub ja nicht, dass ich mir von dir sagen lasse, was ich zu tun und zu lassen habe!«, fiel Grimmt ihm ins Wort.

»Ich komme auch mit«, sagte Dexter.

Jake atmete tief durch. »Jetzt hört ihr mir mal zu! Dougal hat meinem Vater den Krieg erklärt und wenn ...«

Grimmt stand auf. »Ich geh dann schon mal meine Sachen packen.«

»Grimmt!« Jake schrie so laut, dass alle die Köpfe einzogen.

»Was?«, brüllte dieser aus Leibeskräften zurück.

Jake begann, unruhig umher zu gehen. »Wenn du mit uns kommst, wirst du womöglich sterben!«

»Das lass mal meine Sorge sein!«, schrie

Grimmt immer noch. »Ich werde meinem besten Freund beistehen, ob es ihm passt oder nicht.«

»Du kannst deinem Freund helfen, indem du hier bleibst und er sich dadurch nicht um deine Sicherheit sorgen muss«, forderte Jake ihn auf.

Grimmt verschränkte die Arme vor der Brust. »Ich werde hier nicht tatenlos herumsitzen, während ihr in den Krieg zieht.«

Jake schüttelte resigniert den Kopf. »Du bist so ein Dickkopf!«

»Na und? Ich steh dazu.«

Wir hatten regungslos dagesessen und das Schauspiel der beiden beobachtet. Nun musterten sie sich schweigend.

Conner durchbrach die Stille. »Also, lasst uns packen gehen!«

Bevor Jake und ich noch etwas einwenden konnten, standen alle auf und liefen in unterschiedliche Richtungen davon.

Marie und Grimmt tauchten diese Nacht wieder nicht in unserer Höhle auf. Was musste nur in ihr vorgehen? Ihr Mann würde mit uns in den Krieg ziehen. Sie tat mir richtig leid. Doch sie war sich sicherlich von Anfang an darüber im Klaren gewesen, auf wen sie sich mit Grimmt einließ.

Will schnarchte neben mir. Der Gedanke, ich könnte schuld am Tod seines Vaters sein, machte mich fertig. Ich strich ihm eine Haarsträhne aus der Stirn. Er würde mir fehlen. Alles hier würde ich vermissen. Ich hatte mich hier sofort zu Hause gefühlt, was nicht nur an dem besonderen Ort, sondern vor allem an den Menschen lag, die ihn bewohnten.

Jake schlief mit seinen Männern in der Scheune. Bei dem Gedanken an unsere dortige Begegnung wurde mir ganz warm ums Herz.

Ich wusste, dass Jake sich große Sorgen machte. Er hatte Grimmt nicht umstimmen können, genauso wie ich mir bei Sally, Conner und Matt den Mund fusslig redete. Sie konnten sich unmöglich darüber im Klaren sein, was da auf sie zukam. Hilflos musste ich mit ansehen, wie sie in ihr Verderben rannten.

»Sam?«, hörte ich Jake überraschend flüstern. Er tauchte aus der Dunkelheit auf, hielt sich den Zeigefinger auf den Mund und reichte mir die andere Hand.

Ich ergriff sie und stieg unbemerkt über Will hinweg. Er sah so friedlich aus, so menschlich. Einen kurzen Augenblick hielt ich inne, um mich im Stillen von diesem sympathischen Jungen zu verabschieden. Mir wurde bewusst, dass Grimmt niemals ganz aus Jakes Leben verschwinden würde. Wenn die Zeit gekommen war, so würde er Jake etwas von sich hinterlassen – Will. Er war das Ebenbild seines Vaters und eines Tages würde er Jake als Freund zur Seite stehen.

Es traf mich wie ein Schlag. Von mir würde ihm rein gar nichts bleiben, fast so, als hätte es mich nie gegeben. Wie sehr ich Grimmt doch beneidete ...

Traurig sah ich auf den schlafenden Jungen hinab, ehe wir in die Nacht verschwanden. Selbst als wir bei den Zwillingen vorbeikamen, wurde ich wehmütig. Im Schlaf sahen sogar Nele und Ida harmlos aus.

Ich folgte Jake, denn ich wusste, dass wir das Richtige taten. Vielleicht würden sie uns unsere nächtliche Flucht nie verzeihen, aber wir retteten ihnen damit wahrscheinlich das Leben.

Sally, Conner, Matt, Grimmt und Dexter ... Ich konnte ihnen nicht »Lebewohl« sagen, konnte ihnen nicht sagen, wie viel sie mir bedeuteten.

Jake bemerkte meine Verzweiflung. Er hielt an und küsste mich auf die Stirn. Mein Gesicht in seinen Händen haltend, sah er mich an. Auch ihm fiel es nicht leicht, seinen besten Freund so zurückzulassen.

»Ich verspreche dir, dass ich alles dafür tun werde, damit du unversehrt zu ihnen zurückkehren kannst. Ich werde bis zu meinem letzten Atemzug für dein Leben kämpfen, für unser Leben.«

Er küsste mich zärtlich. Dann löste er sich von mir und zog mich mit sich – weg von diesem tröstenden Ort, weg von meinen Freunden, weg von meinem bisherigen Leben.

Trauungen

Am Eingang der großen Höhle standen Jakes Männer und warteten auf uns. Kurz bevor wir bei ihnen waren, hatte Jake meine Hand losgelassen. Es tat mir jedes Mal wieder weh, wenn er mich verleugnete, auch wenn ich wusste, dass es zu unserer eigenen Sicherheit war.

Als wir die stockdunkle Finsternis betraten, fasste er mich am Arm und wies mir so den Weg. Ich hatte den Eindruck, dass die Unsterblichen in der Dunkelheit sehen konnten.

»Zieh deinen Kopf ein!«, warnte er mich.

Jetzt befanden wir uns also in dem engen Gang, der mir bei meiner Ankunft so endlos erschienen war. Doch dieses Mal hatte ich keine Angst – Jake war bei mir.

Ich dachte an Sally und wie wir uns Hand in Hand hier hindurchgequält hatten. Wir kannten uns unser gesamtes Leben, hatten schon so viel zusammen erlebt, so viel miteinander gelacht. Und jetzt hatte ich sie einfach verlassen. Sie würde mir unendlich fehlen. Ich hoffte inständig, dass sie mir diesen Verrat eines Tages vergeben würde, auch wenn wir uns wahrscheinlich niemals wiedersehen würden.

Der Weg, der nun vor mir lag, machte mir Angst. Aber wenn es wenigstens eine kleine Chance gab, meinen Onkel und meine Tante dabei zu retten, dann würde ich alles riskieren. Mein eigenes Leben war bedeutungslos, wenn ich dafür das Leben vieler Menschen sichern konnte.

Wir hatten inzwischen den Wasserfall erreicht, durch den das Mondlicht hindurchschimmerte und eine ganz eigene Atmosphäre zauberte. Nur langsam gewöhnten meine Augen sich an das Licht. Da bemerkte ich Jakes besorgten Blick.

»Seht nach, ob die Gegend sicher ist!«, wies er seine Männer an.

Sie sprangen ins Wasser und tauchten unter dem Wasserfall hindurch nach draußen.

Augenblicklich nahm Jake mich in seine Arme. »Sam ... Bitte weine nicht!« Er küsste mir eine Träne von der Wange. »Deine Freunde sind hier in Sicherheit.«

»Ich weiß. Aber es fällt mir schwer loszulassen.«

Er nickte wissend. »Wir müssen weiter! Sie werden sich schon fragen, wo wir bleiben.«

Ich trat von ihm zurück und atmete tief durch. »Ich bin bereit.«

»Meine wunderschöne, tapfere Sam!«, flüsterte er. Da berührten seine Lippen auch schon die meinen. Sein Kuss war kurz, reichte aber dennoch aus, mich auf andere Gedanken zu bringen – er weckte Sehnsüchte, die weit über diesen Kuss hinausgingen.

Nachdem er sich von mir gelöst hatte, zog er mich ohne ein weiteres Wort ins Wasser, wo wir unter dem Wasserfall hindurchtauchten.

»Du hinterhältiger, untreuer Dreckskerl!« Grimmt schimpfte und fluchte wie ein Rohrspatz. Er stand mit Jakes Männern am Ufer und wartete bereits auf uns. »Habe ich es mir doch gleich gedacht, dass du dich heimlich davonschleichst. Hast du wirklich geglaubt, ihr könntet euch einfach so aus dem Staub machen? Nein ..., nicht mit mir! Dafür kenne ich dich einfach schon zu lange. Mir kannst du nichts vormachen. Ich habe dir angesehen, was du vorhattest ...« Grimmt brüllte den ganzen Wald zusammen.

Jake und ich schwammen noch auf derselben Stelle, an der wir aufgetaucht waren, und sahen ihn fassungslos an.

»Kann ich vielleicht erst einmal aus dem Wasser herauskommen oder muss ich befürchten, dass du über mich herfällst?« Jake schüttelte über den tobenden Grimmt den Kopf.

»Ja, komm du nur heraus ..., damit ich dir zeigen kann, was ich von dieser Aktion halte!«, drohte er in Rage. Wenn er nicht aufpasste, würde ihm gleich die Halsschlagader platzen.

Grimmt reichte mir seine Hand, um mir aus dem Wasser zu helfen. »Alles klar bei dir, Sam?«, fragte er mich, wobei er sich auch schon zu Jake umdrehte und ihn weiter anschrie. »Du!« Er holte zum Schlag aus, doch Jake wich gekonnt zurück.

»Beruhige dich!«, forderte er Grimmt auf. »Denke daran, du wirst dir nur unnötigerweise wehtun!«

»Ich soll mich beruhigen?« Grimmt stemmte die Hände in die Hüften und gab einen knurrenden Laut von sich.

»Versteh doch endlich! Du bist hier in Sicherheit.«

»Und versteh du doch endlich, dass ich dich nicht allein in den Krieg ziehen lasse! Ich komme mit, ob es dir passt oder nicht.«

»Und ich auch!« Dexter trat aus der Dunkelheit hervor.

»Wir auch!« Conner, Sally und Matt folgten ihm.

Ich wusste nicht, ob ich mich über ihren Anblick freuen oder verzweifeln sollte.

Jake schaute kopfschüttelnd zu Boden. »Macht doch, was ihr wollt!«

Letztendlich brachen wir zu Jakes Missfallen alle gemeinsam auf. Meine Freunde hatten nicht ein anklagendes Wort gegen mich geäußert. Sie schienen mir nicht böse zu sein.

Grimmt hatte geahnt, dass Jake sich heimlich mit mir davonschleichen würde. Nachdem sie ihre Sachen gepackt hatten, waren sie alle in die große Höhle gegangen und hatten dort ihr Nachtlager aufgeschlagen. Als Jakes Männer sich dann vor dem Höhleneingang versammelten, wurde Grimmts Verdacht bestätigt. Sie verließen noch vor uns das Versteck, um draußen auf uns zu warten.

Ich musste immer noch schmunzeln, wenn ich mich an Grimmts tobenden Anblick zurückerinnerte.

Jeder von uns saß nun hinter einem Unsterblichen, auf deren riesigen, wilden Pferden. Ich hatte großen Respekt vor ihnen, spürte förmlich, wie stark und mächtig Jakes schwarzer Hengst Onyx war.

Jakes Nähe hatte mich anfänglich beruhigt, doch nun wurde es fast unerträglich. Ich spürte seine Wärme ..., roch seinen betörenden Duft ..., fühlte seinen Körper. Es war eine Qual, dem Drang zu widerstehen, mich nicht einfach an ihn zu schmiegen. Ich wollte ihn umarmen, ihm durch sein Haar streicheln, seinen Nacken küssen. Stattdessen hielt ich mich zögerlich an seinen Schultern oder seiner Hüfte fest, so wie Sally es bei ihrem Vordermann tat.

Es wurde langsam hell. Wir hatten den Wald hinter uns gelassen und schauten nun auf eine weitläufige Ebene, an deren Horizont eine Bergkette wahrzunehmen war, deren schneebedeckte Gipfel im Licht der aufgehenden Sonne glänzten.

»Da!« Einer von Jakes Männern deutete mit seinem Finger in die unendliche Weite. »Reiter.«

Wir folgten seinem Blick. Ich konnte beim besten Willen nichts erkennen, obwohl ich die Augen zusammenkniff, um die Entfernung etwas heranzuholen. Ganz undeutlich und verschwommen konnte ich klitzekleine, dunkle Punkte am Horizont erahnen. Allerdings konnte ich nicht sagen, ob diese sich tatsächlich bewegten.

»Wir sollten uns verstecken!«, sagte Grimmt wie zu sich selbst.

Jake runzelte die Stirn. »Nein, das brauchen wir nicht. Es ist mein Vater.«

»Silas?« Grimmt schaute seinen Freund ungläubig an. »Aber er wollte sich doch mit den anderen Clanführern treffen? Was hat das zu bedeuten?«

»Das werden wir gleich erfahren«, sagte Jake, während er Onyx antrieb.

Silas und seine Männer kamen uns im schnellen Galopp entgegen. Trotzdem dauerte es ewig, bis wir sie erreichten.

»Weg hier!«, schrie er uns zu. Er lenkte sein Pferd seitwärts. Wir flohen von dieser entblößenden Ebene und hielten auf den schützenden Wald zu.

Sally starrte mich voller Angst an. Sie quiekte und krallte sich an ihren Reiter. Unsere Pferde galoppierten mit einer wahnsinnigen Geschwindigkeit über das Land.

Nun hielt ich meine Arme fest um Jake geschlungen. Ich rechnete damit, jeden Moment vom Pferd zu stürzen, doch Jake umfasste meine verschränkten Arme mit einer Hand. Er achtete darauf, dass ich ihm nicht verloren ging. Wie konnte er sich nur einhändig auf diesem unberechenbaren Pferd halten?

Ich wagte es nicht zurückzublicken, hielt mein Gesicht fest an Jakes Rücken gepresst. Wurden wir verfolgt? Mein Herz raste vor Panik.

Als wir den Wald endlich erreicht hatten, sprang Silas vom Pferd, bevor dieses zum Stehen gekommen war. Er schaute abwartend auf die weite Ebene zurück, während wir uns zwischen den Bäumen versteckt hielten.

Jake löste meine krampfartig verkeilten Hände von sich und saß ab, um zu seinem Vater zu gehen.

Ich hatte ein ungutes Gefühl. Irgendetwas stimmte nicht.

»Sie sind überall«, flüsterte Silas. »Es ist kein Durchkommen mehr.«

»Keiner kommt mehr rein oder raus«, sagte einer von seinen Männern.

»Wissen sie, dass du nicht mehr im Bergtal bist?«, fragte Grimmt.

Silas schüttelte den Kopf. »Das glaube ich nicht. Als wir das Tal verlassen haben, war noch alles ruhig. Es gab keine Spur von Dougal.«

»Warum ist er dann so plötzlich zurückgekehrt? Du hast doch noch drei Tage Zeit«, stellte Grimmt fest. »Das Ultimatum ist noch längst nicht abgelaufen.«

»Vielleicht hat er einen Tipp bekommen. Er schirmt unser Gebiet ab, damit ich mich nicht mit anderen Clans verbünden kann.«

Grimmt schnaubte. »Und was machen wir jetzt?«

Silas sah uns einzeln an und deutete dann auf meine Freunde. »Was machen sie hier?«, fragte er Jake.

»Das musst du Grimmt fragen!«, antwortete dieser, während er seinen besten Freund anklagend betrachtete.

Hoffnungslos seufzte Silas auf. »Dougal hat jedes menschliche Dorf, das seinen Weg hierher kreuzte, niedergebrannt. Er hat alle Frauen ohne Gnade getötet, diejenigen, die ihnen zu Hilfe eilen wollten, auch.«

Meine Tränen verschleierten mir die Sicht und das Blut rauschte in meinen Ohren. Nur gedämpft hörte ich daher Conners Frage.

»Aber warum ...? Warum die Frauen?«

Silas trat einen Schritt auf uns zu. »Es gibt momentan viele Hinweise darauf, dass sich immer mehr Menschen verstecken und rebellieren. Dougal macht es sich einfach. Er will in Zukunft ausschließen, dass menschlicher Nachwuchs geboren wird. Daher tötet er alle Frauen, denen kein Sonderrecht zugesprochen wurde. Nur diejenigen, die ihm eine unterzeichnete und besiegelte Urkunde eines Clanoberhauptes vorweisen können, verschont er.« Er schwieg eine Weile, bevor er mich ansah. »Dougal hat begonnen, die Menschen auszurotten ...«

Sally und ich saßen eng umschlungen mit Conner und Matt beieinander. Wir weinten um unser Schicksal, um die Menschen, die schon gefallen waren. Keiner konnte die richtigen Worte finden, uns Trost zu spenden.

Jake und ich hielten uns mit unseren Blicken fest. Er saß bei Dexter und Grimmt, während er mich unablässig ansah. Ich wusste, dass es ihm auch schwerfiel, weiterhin Abstand zu mir zu halten.

Grimmt brach als erster das Schweigen. »Ich bringe Sam und Sally zurück zu unserem Versteck. Dort wird sie keiner finden.«

»Dafür ist es zu spät«, sagte Silas. »Der Rückweg ist mit Sicherheit schon längst verstellt. Es wimmelt hier von Dougals Truppen. Wenn sie euch entdecken, besteht die Gefahr, dass ihr sie unbemerkt zu eurem Versteck führt.«

Gegen seine Gewohnheit versuchte Grimmt

nicht einmal, ihm zu widersprechen. Er wusste um das Risiko, welchem er seine Familie aussetzen würde.

Sally weinte immer noch in meinen Armen. Ich selbst hatte keine Tränen mehr, die ich noch vergießen konnte.

»Irgendetwas müssen wir doch unternehmen können?« Jake lief unruhig umher.

Silas wirkte, als wäre er mit seinen Gedanken ganz weit weg. Ich war mir nicht sicher, ob er Jakes Frage überhaupt wahrgenommen hatte. Doch nach einiger Zeit, in der er regungslos dagestanden hatte, stieg er auf sein Pferd.

»Lasst uns zu der menschlichen Waldsiedlung reiten! Die Chancen stehen gut, dass sie noch nicht entdeckt wurden. Vielleicht können wir sie noch rechtzeitig warnen.«

»Was hast du vor?«, fragte Grimmt.

»Wir müssen alle jungen Frauen schnellstmöglich im Beisein eines Priesters verehelichen, damit ich ihnen eine Urkunde ausstellen kann.« Er warf Jake einen vielsagenden Blick zu, als er an ihm vorbeiritt. »Ausnahmslos alle!«

Außer Jake und mir stiegen alle auf ihre Pferde und ritten ihm nach. Jake wirkte jedoch wie erstarrt.

Silas kehrte zurück, als sein Sohn ihm nicht folgte. »Was ist? Willst du das Mädchen retten oder nicht?«

Ohne Vorwarnung zog er mich zu sich aufs Pferd und galoppierte mit mir davon.

»Sam«, hörte ich Jake noch meinen Namen rufen. Doch er blieb zurück.

Ich schaute mich ständig um und hielt nach ihm Ausschau. Warum folgte er uns nicht? War er in Gefahr, wenn er so allein zurückblieb? Doch Silas wartete nicht auf ihn. Er trieb sein Pferd unablässig vorwärts, bis wir die Waldsiedlung erreicht hatten.

Die Bäume waren hier nicht mehr ganz so dicht gewachsen, sondern wurden durch moosige Wiesen unterbrochen. Kleine Holzhütten standen zwischen den Bäumen und waren teilweise an ihnen befestigt.

Silas hatte recht. Bis jetzt waren diese Menschen hier unbemerkt geblieben. Er hatte noch die Gelegenheit, sie vor dem drohenden Unheil zu warnen, und sogleich machten sich alle daran, Vorbereitungen zu treffen.

Als Jake endlich im Dorf eintraf, wirkte er sehr angespannt. Irgendetwas beunruhigte ihn.

Ich bahnte mir durch das hektische Treiben der Menschen einen Weg, die alle völlig orientierungslos durcheinander liefen und es mir dadurch erschwerten, zu Jake zu gelangen.

Grimmt trat gerade zu ihm und redete auf ihn ein. »Du musst mit deinem Vater darüber reden!«, hörte ich ihn zu Jake sagen.

»Sam!« Conner trat mir in den Weg. »Wir

sollten miteinander sprechen!«

Ich hatte jetzt Wichtigeres zu tun. Conner würde sich einen Moment gedulden müssen. »Ich kann gerade nicht. Wir können später reden.« Ich drängte mich an ihm vorbei.

»Später werden wir aber schon miteinander verheiratet sein«, mahnte er mich.

»Was?« Ich musste mich verhört haben.

Sally kam angerannt und zog mich nervös zur Seite. »Du meine Güte! Ich kann das noch gar nicht glauben. Jetzt soll ich doch tatsächlich Matt zum Mann nehmen.«

Das musste ein schlechter Scherz sein. Ich kniff die Augen zusammen und massierte mir mit den Fingern die Schläfen. Silas' Worte kamen mir wieder in den Sinn – jetzt, da ich sie verstand. »Ausnahmslos alle«, hatte er zu seinem Sohn gesagt. Mir wurde schwindlig.

»Ausgerechnet Matt!«, jammerte Sally. »Aber besser ihn als einen wildfremden Mann.« Sie trat vor mich, damit ich sie ansah. »Nun sag doch auch mal was!«

Ich musste unbedingt zu Jake, konnte ihn und Grimmt aber nirgendwo mehr sehen.

»Wir müssen reden!«, bat Conner mich erneut. Er nahm meine Hand und führte mich etwas ins Abseits.

»Du hättest dir das alles bestimmt romantischer vorgestellt. Aber es ist nun mal, wie es ist. Ich werde dir ein guter Mann sein ...«, begann er seine Rede.

Ich hob meine Hand, um ihm Einhalt zu gebieten. »Du musst dich nicht mit mir verheiraten lassen, Conner!«

»Mach dir darüber mal keine Gedanken, Sam! Es macht mir nichts aus. Ich mag dich – sehr sogar.«

Er hatte mich nicht verstanden. »Wir werden nicht ... Ich kann nicht ...!« Ich entzog ihm meine Hand.

Conner runzelte die Stirn. »Ich werde nichts von dir verlangen, was du nicht auch willst, Sam. Ich versuche doch nur, dir dein Leben zu retten.« Er umarmte mich, wobei ich ihn verlegen abwehrte.

»Aber ich gehöre einem anderen«, sagte ich. »Ich liebe ihn!«

Ich riss mich von Conner los und rannte davon.

Wo war Jake? Unaufhaltsam rannte ich durch die Siedlung. Ich konnte ihn einfach nicht finden. Den Protest der Anwohner ignorierend, schaute ich in jede ihrer Hütten. Panisch lief ich umher, fragte jeden, den ich traf, ob sie Jake gesehen hatten. Ich war verzweifelt ...

Unterdessen entdeckte ich Grimmt und Dexter, die lautstark miteinander diskutierten. Bis zu diesem Augenblick hatte ich nicht geglaubt, dass die beiden überhaupt Meinungsverschiedenheiten haben konnten.

Sie unterbrachen ihren Wortschwall mitten

im Satz, als sie mich auf sich zukommen sahen.

»Habt ihr Jake gesehen?«, erkundigte ich mich.

Grimmt schaute zu Boden und brummte etwas Unverständliches, während Dexter vor ihn trat. »Du musst Conner zum Mann nehmen, Kleine!«, wies er mich an. »Es ist die einzige Möglichkeit, dich zu schützen.«

Ich schüttelte kaum merklich den Kopf und sah Grimmt hilfesuchend an.

»Was macht Samantha noch hier? Sie sollte sich langsam für die Trauung herrichten.« Silas trat hinter mich und verschränkte die Arme vor der Brust.

Ich schluckte den Kloß in meinem Hals hinunter und versuchte demonstrativ, eine selbstbewusste Haltung einzunehmen. »Ich suche Jake«, gab ich ihm zu verstehen.

Silas betrachtete mich eingehend. »Warum?« Er machte den Eindruck, als würde er etwas ahnen.

»Weil ich mit ihm reden muss«, erwiderte ich.

»Und worüber?«

Anstatt ihm eine Antwort zu geben, sah ich ihn nur flehend an. Ich durfte uns nicht verraten! Mir fiel nichts ein, was ich ihm hätte sagen können – was ich ihm erzählen durfte.

Unter seinem hypnotisierenden Blick fühlte ich mich wie eine Angeklagte. »Jake ist unsterblich, Samantha! Bitte vergiss nicht, dass du es nicht bist!«, sagte er schließlich, wobei er jedes einzelne Wort betonte.

Silas wusste es also und bat mich darum, Jake aufzugeben. Hatte er auch mit Jake gesprochen? Konnte ich ihn deshalb nicht finden, da er mich bereits aufgegeben hatte?

In meinem Inneren schrie ich hilflos auf und wich langsam vor Silas zurück. Ich fühlte mich verraten ... Mit gesenktem Kopf unterwarf ich mich meinem Schicksal und schleppte mich davon.

Jake war nicht wieder aufgetaucht. Sally und ich saßen nebeneinander in einer Hütte, während zwei ältere Frauen uns Blumen ins Haar flochten und dabei Lieder sangen. Sie brauchten viele Blüten für meine langen Haare, da sie mir inzwischen wieder bis zur Taille reichten.

Sally bekam ein weißes Kleid, das ihr sichtlich zu lang war. Doch sie störte sich nicht im Geringsten daran. Ich selbst behielt mein gelbes Kleid an und wiegelte alle Versuche der Frauen ab, mich neu einzukleiden.

Mit uns würden heute Abend noch vier weitere Mädchen einem Mann zugesprochen werden. Ob sie sich genauso ausgeliefert fühlten, wie ich es tat? Sally zumindest schien gut damit leben zu können. Sie tanzte mit gerafftem Kleid um mich herum.

»Was meinst du? Gefalle ich Matt?«

»Du siehst wunderschön aus!«, bestätigte ich ihr.

»Du auch!« Sie lachte mich an, bevor sie meine feuchten Augen bemerkte und sich wieder zu mir setzte. »Du bist wegen Jake traurig«, stellte sie fest. Sie umarmte mich. »Conner wird dir ein guter Mann sein, genauso wie er dir ein guter Freund war. Wenn Jake dich nicht will, hat er dich auch nicht verdient!«

Jetzt brachen bei mir alle Dämme. Ich weinte bitterlich. Sally hatte keine Ahnung. Sie dachte immer noch, dass er nicht an mir interessiert war. Wie sollte sie es, dank unserer Geheimnistuerei, auch wissen?

»Nun hör endlich auf, ihm nachzutrauern! Denk doch mal nach: Jetzt werden wir sogar Schwägerinnen!« Sie klatschte in die Hände, stand auf und zog mich mit nach draußen.

Als wir die Hütte verließen, schaute ich mich suchend um. Es dämmerte bereits. Die Dunkelheit würde sich gleich unaufhaltsam um uns ausbreiten. Sie beschwor die trostlose Stimmung herauf, in der ich mich befand. Mein Herz hüllte sich mehr und mehr in einen schwarzen Schleier.

Jake war nirgends zu sehen ...

»Hey, Kleine! Du siehst hübsch aus.« Dexter kam auf mich zu, weshalb ich mich zu einem höflichen Lächeln zwang. »Es wäre mir eine

Ehre, wenn ich dich zum Altar führen dürfte.« Er verbeugte sich vor mir.

Grimmt stand wenige Schritte hinter ihm. Er schüttelte den Kopf, als er meinem fragenden Blick begegnete, da er nicht wusste, wo Jake war.

Die Anwohner hatten überall Fackeln aufgestellt und standen weitläufig um einen Baumstumpf herum. Er war festlich mit Blüten und Kerzen geschmückt, da er offensichtlich als Altar diente. Das flackernde Licht verlieh den hohen Bäumen etwas Mystisches. Ihre ausladenden Kronen prangten wie ein schützendes Dach über uns.

Die erste Trauung hatte schon begonnen. Das Brautpaar kniete sich einander zugewandt nieder und reichte sich über den Altar hinweg die Hände.

Jake war nicht hier ... Er war nicht bei mir ...

Alle Mädchen fügten sich. Ich musste mich zusammenreißen, durfte keinen Aufstand machen. Ich fühlte mich wie eine Verräterin. Doch er war nicht da.

Conner stand keine zehn Schritte von mir entfernt. Mir war bewusst, dass er mich die ganze Zeit musterte, doch ich hatte nicht die Kraft, ihn anzusehen.

Sally und Matt lächelten sich verlegen an, während sie sich vor dem Altar niederließen. Ich hatte mich also nicht getäuscht. Sie hatten wirklich etwas füreinander übrig. Beide waren sehr bewegt, als sie den Worten des Priesters lauschten, mit denen er sie zu Mann und Frau ernannte.

Die Zeit schien stillzustehen und doch verging sie wie im Flug. Grimmt drückte sanft meine Hand. Sein Blick suchte – genau wie meiner – die Gegend ab.

Nun waren Conner und ich an der Reihe. Der Priester rief uns zu sich, indem er unsere Namen nannte. Da ergriff Dexter meine Hand und drängte Grimmt beiseite, der sich uns halb in den Weg stellte. Ohne auf seinen stillen Protest zu achten, führte Dexter mich geradewegs zu dem Priester.

Dieser musterte mich von oben bis unten. »Tut mir leid, aber ich bin nur für die Eheschließung der Menschen zuständig.«

Ich wandte mich an Dexter. »Siehst du, ihr müsst mich nicht verheiraten. Man hält mich offensichtlich für eine Unsterbliche.«

Doch er wiegelte ab. »Sam! Wir müssen alles Erdenkliche tun, um dich zu beschützen. Selbst wenn du wie eine Unsterbliche aussiehst, so bleibst du doch ein Mensch. Silas wird Dougal McGavyn von deiner wahren Herkunft berichten. Er wird also erfahren, dass du zum Teil ein Mensch bist. Sollte er ablehnend auf diese Nachricht reagieren, so könnte diese Eheschließung letztendlich trotzdem dein Leben erhalten. Silas wird Conner und dir, mit der von ihm unterzeichneten Urkunde, das Sonderrecht erteilen, eine Familie gründen zu dürfen. Dougal könnte dich dann, laut seinem eigenen Gesetz, nicht ohne Weiteres töten. Denn mit diesem Nachweis stehst du offiziell in Silas' Gunst.«

»Dougal hat Silas den Krieg erklärt. Demzufolge wird es ihm ziemlich egal sein, wem Silas ein Privileg einräumt«, erwiderte ich.

»Das darf er sich nicht erlauben. Silas ist ein anerkanntes Clanoberhaupt. Wenn Dougal das Gesetz einfach missachtet, wird er den Zorn anderer Clans auf sich ziehen. Denn dann müssten sie alle damit rechnen, dass er sich über ihre Anrechte hinwegsetzt.«

Dexter drängte mich vor dem geschmückten Baumstumpf auf die Knie. »Ihr habt eure Anweisungen!«, erinnerte er den Priester.

Ich legte meine Hände auf den Altar und schloss die Augen. So ergab ich mich also meinem Schicksal.

»Was? Aber ...«, stotterte der Priester. Ein Raunen ging durch die Menge.

Ich öffnete die Augen in dem Moment, als Jake meine Hände ergriff. Er kniete sich mir gegenüber und ich verlor mich in den schönsten, dunkelblauen Augen der Welt.

Der Priester sah uns abwechselnd an. Immerzu schüttelte er den Kopf und ließ seinen Blick dann fragend über die Menge gleiten.

»Gibt es ein Problem?«, fragte Silas neben

mir. Er zwinkerte mir zu, während Grimmt näher trat und über das ganze Gesicht strahlte.

Dexter zuckte mit den Schultern. »Es ist mir egal, wen du heiratest. Hauptsache du bekommst diese Urkunde und ich erachte dich in Sicherheit.«

Ich lächelte ihm zu und wandte mich dann wieder an Jake. Er streichelte meine Hände, bevor er sie küsste. Mein Herz flatterte wie Schmetterlingsflügel gegen meine Rippen. Ich hatte das Gefühl zu schweben. Jake war hier. Er war bei mir ...

Der Priester räusperte sich. »Hat jemand Einwände gegen diese Verbindung?«, rief er den Anwesenden zu, die sich verwirrt zuflüsterten.

Komisch, bei den anderen hatte er das nicht gefragt.

»Warum sollte denn jemand Einwände haben?«, fragte Silas.

»Hier hat mit Sicherheit niemand einen Einwand!«, drohte Grimmt.

Wieder räusperte sich der Priester. Er schien sich nicht besonders wohl in seiner Haut zu fühlen, da er hier die Verbindung zwischen einem Unsterblichen und einem Menschen akzeptieren sollte. Außerdem wusste er wohl immer noch nicht, wo er mich nun einordnen sollte. »Nun denn ...«, begann er, wartete aber nochmals kurz ab, ob nicht doch noch jemand einen Einwand vorbringen konnte. »Wir haben uns hier versammelt, um die Ehe zwischen Samantha Foley und ...« Er stockte.

»Jake McAlaster«, antworteten wir wie aus einem Munde.

Ich hörte nicht mehr zu, was der Priester erzählte. Ich sah nur noch meinen geliebten Unsterblichen.

»Du hast mich ganz schön schmoren lassen«, flüsterte ich.

»Hm ... Ich bin eben nicht leicht zu haben.« Er lächelte schelmisch.

Der Priester wickelte ein Tuch um unsere einander festhaltenden Hände. Wir legten unsere Köpfe für die Zeremonie aneinander. Stirn an Stirn, Hand in Hand, lauschten wir den Worten des Priesters. Er erkannte unsere Verbindung an. Zumindest vor den Menschen ...

»Du bist meine zweite Hälfte – du vervollständigst mich«, sprach Jake zu mir. »Egal wo es sein wird, da, wo du bist, bin ich zu Hause. Du bist das Wichtigste, du bist der Sinn, du bist mein Leben.«

Er küsste mich auf die Stirn, während der Priester unsere Hände von dem Tuch befreite.

Ich nahm sein Gesicht zwischen meine Hände. »Solange es mir möglich ist, werde ich für dich da sein. Denn ich kann und will nicht mehr ohne dich leben. Ich werde dir alles von mir geben, was ich zu geben vermag – und werde dir ein Kind schenken, einen Nachkommen, einen Teil von mir, der bei dir bleiben wird, wenn ich eines Tages gehen muss.«

Jetzt hielt auch Jake mein Gesicht in seinen Händen. Wir hatten beide Tränen in den Augen – vor Freude, Glück und auch aus Angst, da wir nicht wussten, wie viel Zeit uns noch bleiben würde.

Jake stand auf, ohne den predigenden Priester zu beachten. Er zog mich in seine Arme und küsste mich leidenschaftlich.

Unsere Liebe war kein Geheimnis mehr.

Wir vergaßen alles um uns herum: Die fremden Menschen und die anwesenden Unsterblichen, die uns beobachteten. Sally und Matt, die sich als frisch getrautes Ehepaar an den Händen hielten. Conner, der sich zurückzog. Grimmt und Dexter, die sich freudig umarmten. Silas, der sichtlich bemüht um Fassung rang. Und schließlich den Priester, dem es im wahrsten Sinne des Wortes die Sprache verschlagen hatte.

Jake steckte mir einen silbernen Ring an den Finger, dessen grüner Edelstein eine Gravur von einem Baum zwischen Zwillingsbergen aufzeigte. Es handelte sich um das Wappen seines Clans.

»Mrs. Samantha McAlaster«, flüsterte Jake mir zu. »Jetzt gehörst du zu mir.«

Abschied

Jake hatte sich nach menschlichem Brauch zu mir bekannt, was ich wohl erst viel später realisieren würde. Für ihn hatte unsere Ehe allerdings nicht dieselbe Bedeutung wie für mich. Denn sie war nichts im Vergleich zu dem Lebensbündnis, das die Unsterblichen mit ihren Seelenverwandten eingingen.

Ich betrachtete den Ring an meinem Finger, der jeden wissen ließ, zu welchem Clan ich nun gehörte.

Bedauernd dachte ich an Onkel James und Tante Maggi. Wie sehr hätte ich mir gewünscht, sie an diesem besonderen Tag bei mir zu haben. Was sie wohl zu unserer Eheschließung sagen würden?

Wenn ich mir vorstellte, wie sie in dem Arbeitslager ... Hoffentlich wurden sie verschont. Ich musste einfach fest daran glauben, dass ich sie eines Tages unversehrt wiedersehen würde.

»Dass ich das noch erleben darf!« Grimmt zerzauste Jake die Haare und umarmte ihn.

»Ich kann dir gar nicht sagen, wie sehr ich

mich für mein Verhalten schäme«, sagte Silas zu mir. »Die Blicke und eure Zuneigung füreinander waren mir nicht entgangen. Aber mit einer Seelenverwandtschaft habe ich nicht gerechnet.« Er blickte seinen Sohn an, bevor er weitersprach. »Ich muss gestehen, dass ich sehr bestürzt war, als Jake mir eure Verbindung schilderte. Du bist ein wunderbarer Mensch, Sam. Aber du bist nur eine Sterbliche und deine Zeit ist vergänglich. Es wird für Jake undenkbar schwer werden, wenn du ihn eines Tages zurücklassen musst. Jedoch lässt mich das, was du ihm vorhin versprochen hast, hoffen.« Er fasste mich an den Schultern und lächelte mich an. »Wenn du ihm eines Tages ein Kind schenken wirst, wird sein Leben nach deinem Tod nicht vollkommen sinnlos sein.«

Ich war gerührt. »Ja, es ist mein größter Wunsch, Jake und somit auch dir einen Nachkommen zu schenken. Ich möchte ihm so gern etwas von mir hinterlassen. Und ich hoffe, mir bleibt noch genug Zeit, um ihm dieses Geschenk machen zu können und mitzuerleben, wie unser Kind aufwächst.«

Silas zog mich väterlich in seine Arme. »Du bist jetzt eine McAlaster. Wir werden gut auf dich aufpassen, Sam.«

Jake hatte mir versprochen, unsere Feier nachzuholen. Wir hätten heute unmöglich ein fröhliches Fest begehen können, wo uns doch der Anlass für die überstürzten Trauungen nur allzu bewusst war. Durch den Wald hallende Musik hätte außerdem umherstreunende Feinde angelockt.

Meine Unsterblichen saßen nun mit Grimmt und Dexter zusammen und berieten, wie weiter vorzugehen war. Conner, Matt, Sally und ich saßen etwas abseits von ihnen, während die drei mich schon eine ganze Weile neugierig musterten.

»Was?«, fragte ich.

»Och, nun spanne uns doch nicht so auf die Folter!«, bettelte Sally.

Ich musste lachen. So ausführlich wie nötig schilderte ich ihnen, was es mit Jake und mir auf sich hatte.

»Seelenverwandte!« Conners Miene war verbittert. Er konnte mir nicht in die Augen sehen. Es war unbestreitbar, dass er nicht gut auf meine Verbindung mit Jake zu sprechen war. Ich hatte ihn sehr gekränkt.

»Na, das ist vielleicht ein Ding!« Sally lächelte mich an. »Und ich dachte, Jake spielt nur mit dir.«

Matt verschränkte die Arme vor der Brust. »Na, eins ist sicher: Den Spaß lass ich mir nicht entgehen. Ich sehe euch schon in fünfzig Jahren vor mir, wie du als alte Frau im Schaukelstuhl sitzt und Jake Socken strickst. Du kannst ihn dann ja immerhin noch anfeuern, wenn er mit eurem Enkel um die Wette rennt. Mal im Ernst, Sam! Wie stellst du dir das vor? Willst du in ein paar Jahren die Mutterrolle für Jake übernehmen und später als Großmutter neben ihm herhumpeln?«

Sally stieß ihn empört in die Seite. »Matt!«

»Was denn? Ich sag doch nur die Wahrheit.«

Alle drei sahen mich nachdenklich an.

Ich hatte auch schon daran gedacht. Aber um ehrlich zu sein, glaubte ich unter den gegebenen Umständen nicht daran, eine hohe Lebenserwartung zu haben. Jake sollte mich so in Erinnerung behalten, wie ich jetzt war – jung und gesund.

Sie hatten beschlossen, sofort aufzubrechen. Wir würden den Schutz der Dunkelheit nutzen, um so nah wie möglich zu Silas' Ländereien vorzudringen.

Er war mit seinen Männern etwas vorausgeritten, um zu erkunden, ob Dougal in der Nähe war. Die Gewissheit vor dem, was noch vor uns lag, machte mir Angst. Hatten wir überhaupt noch eine Chance, alles zum Guten zu wenden? Dougal hasste die Menschen abgrundtief. Ein Schauer jagte mir über den Rücken, als mir richtig bewusst wurde, dass ich ihm tatsächlich bald begegnen würde.

Dieses Mal saß ich vor Jake auf dem Pferd. Er hatte eine Decke schützend über uns ausgebreitet und hielt mich mit seinem Körper warm. Wir schmusten die ganze Zeit, bis

Grimmt uns ermahnte.

»Jetzt lass das Mädchen doch mal ein bisschen schlafen!«, tadelte er Jake.

»Hey ... Das ist unsere Hochzeitsnacht!«, verteidigte ich uns.

Alle in Hörweite lachten.

Jake küsste mich in den Nacken. »Grimmt hat recht. Lehn dich an mich zurück und versuche etwas zu schlafen!« Er schlang beide Arme um mich, als ich meinen Kopf seitlich an seine Brust anlehnte. Seine Wange stützte meine Stirn. Ich spürte seinen Atem ... Hörte seinen Herzschlag ...

Matt war schon eingeschlafen. Er wurde allerdings nicht beschützend festgehalten und fiel daher vom Pferd.

»Ah ... Aua ... Du blöder Gaul!«, fluchte er, als er unsanft auf dem Boden landete.

»Was kann denn das arme Pferd dafür, dass du zu dämlich bist, darauf zu sitzen?«, fragte Grimmt und lachte sich kaputt.

»Haha, wirklich sehr witzig. Ich hätte mir den Hals brechen können!« Matt schnaubte wütend.

Dexter reichte ihm die Hand und half ihm auf. »Ich weiß nicht, ob ich deiner jungen Witwe mein Beileid ausgesprochen oder sie doch eher beglückwünscht hätte.« Er zwinkerte Sally zu.

Sie lächelte verlegen, wurde jedoch schlagartig ernst, als sie Matts eingeschnapptem

Blick begegnete. Doch sie kam nicht mehr dazu, etwas zu ihrer Entschuldigung zu sagen, da Silas im selben Moment zurückkehrte.

»Das Dorf der Fischer ist verloren«, sagte er an Jake gewandt. »Wir kommen zu spät.«

»Sind Dougals Truppen noch da?«

»Ich bin mir nicht sicher. Die Häuser sind schon niedergebrannt. Man sieht nur noch die Glut. Das Feuer muss vor Stunden gelegt worden sein.«

»Was hast du jetzt vor?«, erkundigte Jake sich.

»Wir warten, bis es hell wird. Wenn wir sicher sein können, dass Dougal nicht mehr vor Ort ist, werden wir ins Dorf gehen. Vielleicht kommt unsere Hilfe noch nicht für alle Menschen zu spät.«

Ich erschauderte, konnte und wollte nicht begreifen, dass Dougal McGavyn die Menschen so sehr verachtete. Was musste nur in seinem kranken Kopf vorgehen?

»Kennt ihr diese Leute?«, fragte ich Jake.

»Es ist ... war ... das letzte menschliche Dorf vor unseren Ländereien. Sie sind sozusagen unsere Nachbarn. Wir hatten gehofft, noch rechtzeitig zu kommen, um sie zu warnen.« Er strich mir eine Haarsträhne aus dem Gesicht und küsste mich auf die Schläfe.

Es war immer noch stockdunkel, als wir unsere Pferde zurückließen und uns an das Fischerdorf heranschlichen. Schon von Weitem sah man vereinzelte Flammen durch die Bäume scheinen. Dichter Rauch zog zu uns herüber, der einem regelrecht die Luft zum Atmen nahm. Doch das war noch nicht einmal das Schlimmste.

Jake hielt mir die Ohren zu, damit ich die klagenden Schreie der Menschen nicht hören musste. Es war unerträglich. Mein ganzer Körper zitterte aus Hilflosigkeit und Angst.

Sally wirkte wie erstarrt. Sie krallte sich ängstlich an Matt fest, der sie wiegend im Arm hielt. Conner strich ihr beruhigend über den Rücken, wobei er immer wieder besorgt zu mir herüber schaute.

»Haltet euch hier versteckt!«, wies Silas uns an, ehe er seinen Männern ein Zeichen gab und Jake zunickte.

Dieser drückte mich runter auf den Boden und sah Grimmt neben uns eindringlich an. »Pass bitte gut auf meine Frau auf!«, ermahnte er ihn.

»Ich werde sie mit meinem Leben beschützen«, erwiderte Grimmt.

Ich hielt Jake verzweifelt fest. »Was hast du vor?«

»Wir müssen ins Dorf. Die Menschen brauchen unsere Hilfe.«

»Aber wenn Dougal noch da ist ...«

»Das Risiko müssen wir eingehen. Du hörst sie doch.«

Natürlich hörte ich sie – laut und deutlich.

Doch wenn Dougal noch da war, konnte das Jakes Tod bedeuten. »Dann komme ich mit. Ich will helfen.«

Nun schaute er mir tief in die Augen. »Du wirst dich hier nicht vom Fleck rühren, es sei denn, Grimmt fordert dich dazu auf! Hast du mich verstanden, Sam?«

Ich schaute zu Boden.

Jake atmete hörbar ein und schüttelte mich. »Kannst du bitte einmal, nur einmal – tun, was ich dir sage!«

»Was, wenn du nicht zurückkommst?«

»Ich komme zurück«, versprach er mir. »So schnell ich kann.«

Er ergriff mein Kinn, erstickte meinen erneuten Einwand mit einem kurzen und dennoch alles sagenden Kuss. Mit einem letzten mahnenden Blick in Grimmts Richtung machte er sich davon. Die Finsternis verschluckte ihn so schnell, dass ich nicht sagen konnte, in welche Richtung er gegangen war. Doch selbst wenn ich es gesehen hätte, so wäre es mir unmöglich gewesen, ihm zu folgen.

Grimmt hielt mich mit eisernem Griff fest. »Du wirst schon sehen: Jake ist im Handumdrehen wieder da.«

Grimmt hatte sich geirrt. Es musste mindestens schon eine Stunde vergangen sein, seit Jake und Silas weg waren. Ich drehte vor Sorge fast durch.

Die Schreie hatten nachgelassen. Nur hin

und wieder hörte man noch jemanden weinen. Grimmt versicherte mir, dass dies ein gutes Zeichen war. Doch er ignorierte meinen Wunsch, ihnen ins Dorf zu folgen.

Inzwischen wurde es langsam hell. Die Sonne tauchte unaufhaltsam am Horizont auf und nahm uns mit der Dunkelheit die einzige Deckung, die wir hatten.

Da kehrte endlich einer von Jakes Männern zurück. »Die Luft ist rein. Ihr könnt uns jetzt ins Dorf folgen!«, sagte er zu Grimmt und erlöste mich damit von meiner Unruhe.

Er hatte noch nicht zu Ende gesprochen, da war ich schon auf den Beinen und riss mich von Grimmt los.

»Sam! Warte!«, rief er mir hinterher. Doch nun war ich nicht mehr zu halten. Ich rannte so schnell ich konnte zum Dorf – zu Jake. Kein normaler Mensch hätte mit diesem Tempo mithalten können, nur der Unsterbliche, der mir statt Grimmt gefolgt war, rannte neben mir her.

Jake beugte sich gerade über einen verletzten Mann und träufelte einen Tropfen seines silbernen Blutes in eine Platzwunde auf dessen Kopf. Als er uns kommen sah, kam er uns entgegengelaufen.

Ich sprang in seine Arme, schlang meine Beine um ihn und hatte nicht vor, ihn jemals wieder loszulassen. »Ich hatte solche Angst um dich ...«

»Es geht mir gut«, erwiderte er und bedeckte mein Gesicht mit sanften Küssen.

Erst nachdem Jake mich wieder auf dem Boden abgesetzt hatte, sah ich mich um. Das Dorf war völlig zerstört. Noch immer brannten Häuser, von denen dichte schwarze Rauchschwaden in den Himmel aufstiegen. Die Menschen hockten zum Teil schwer verletzt auf dem mit Asche bedeckten Boden und weinten um ihre Toten, die verstreut zwischen ihnen lagen. Es war schrecklich ...

Ich schloss die Augen. Wie konnte jemand nur zu so einer Grausamkeit fähig sein?

»Kann ich irgendwie helfen?«, fragte ich. Meine Stimme brach.

»Wir haben schon alles getan, was uns möglich war.«

Grimmt und die anderen erreichten nun ebenfalls das brennende Dorf und hielten geschockt inne. Fassungslos ließen sie ihre Blicke über die verletzten und toten Menschen schweifen.

»Dougal ist außer Kontrolle«, sagte Silas, der neben uns trat. Das Schicksal seiner Nachbarn – seiner Freunde, erschütterte ihn sehr. »Es ist völlig egal, was wir tun oder nicht tun – Dougal will Krieg.« Er ging in die Knie und ließ die schwarze Erde durch seine Finger gleiten. »Er wird die Menschen und alle die sich ihm in den Weg stellen vernichten.«

»Wir müssen so schnell wie möglich zu

unseren Familien!«, forderte ihn einer seiner Männer auf.

Silas nickte. »Ruft eure Pferde! Ich glaube nicht mehr daran, dass Dougal das Ultimatum abwarten wird. Er hat vor, unseren Clan anzugreifen. Wir sind mit den Menschen befreundet und er wird das nicht länger hinnehmen.«

Er winkte Grimmt mit einer Handbewegung zu uns, bevor er sich an einen alten Fischer aus dem Dorf wandte. »Packt euch genügend Proviant zusammen und begebt euch auf eure Schiffe. Bleibt eine Woche auf See. Wenn ihr danach zurückkehrt, jedoch keine weiße Flagge hier in eurem Hafen gehisst seht, so kommt nicht an Land, sondern verabschiedet euch von eurer Heimat und kehrt niemals hierher zurück.«

Der alte Mann sah ihn verzweifelt an, nickte dann jedoch gehorsam.

Grimmt war in der Zwischenzeit zu uns getreten. Silas legte ihm eine Hand auf die Schulter und wandte sich dann erneut dem Fischer zu. »Ich bitte euch inständig, meine menschlichen Freunde mitzunehmen!«

Grimmt wirkte überrascht. »Ich danke dir. Aber für mich ist das gewiss nicht der Weg, den ich einschlagen werde!«

Silas wollte gerade etwas erwidern. Jake war jedoch schneller.

»Versuch es erst gar nicht, Vater! Wenn

dieser Dickschädel sich etwas in den Kopf gesetzt hat, wirst du ihn nicht umstimmen können.«

Grimmt nickte. »Sag ich doch!«

»Wenn du bei uns bleibst, wirst du vermutlich sterben«, ließ Silas Grimmt wissen.

»Wir werden sehen!« Grimmt raufte sich unbehaglich den Bart.

Dexter stellte sich neben ihn. »Na, dann haben wir zwei wenigstens einen würdevollen Abgang. Mich kriegst du nämlich auch nicht auf so einen Kutter. Ich werde viel zu schnell seekrank. Und außerdem bin ich ein noch viel größerer Sturkopf, als du es bist.«

Silas seufzte. »Die anderen Menschen werden aber mit euch kommen«, entschied er, während er sich erneut an den Fischer wandte. »Und dabei lasse ich mich auf keine weiteren Diskussionen ein.«

Sie hatten sicherlich ihre Einwände, getrauten sich aber nicht, Silas zu widersprechen. Der Clanführer hatte auf alle eine beachtliche Ausstrahlung, die ihre Wirkung nicht verfehlte.

Nun war also die Zeit gekommen. Ich musste mich endgültig von meinen Freunden verabschieden.

Sally und ich standen vor einem der Schiffe und sahen zu, wie die Fischer ihre Toten an Bord brachten. Sie wollten sie auf dem Meer ehrenvoll bestatten.

»Ich kann immer noch nicht glauben, dass du nicht mit uns kommst«, sagte Sally.

Wir umarmten uns. Ich würde Sally niemals vergessen. Sie war immer ein Teil meines Lebens gewesen – eine Bereicherung. Doch ich gehörte nun zu Jake, genauso wie sie zu Matt.

»Du warst die beste Freundin, die man sich nur wünschen konnte«, sprach ich.

Sie schlug mir anklagend auf den Arm. »Hör gefälligst auf, in der Vergangenheit zu reden! Ich war nicht nur deine Freundin, sondern werde es auch immer bleiben.«

Ich zwang mich zu einem Lächeln. Es würde ein Abschied für immer werden, darüber war ich mir schmerzhaft bewusst.

Der Kloß in meinem Hals wurde immer dicker. »Was ist eigentlich mit dir und Matt?« Ich wollte uns ablenken.

Sie zuckte mit den Schultern. »Keine Ahnung, aber ich glaube, ich mag ihn.«

»Na, dann kannst du ja nun tatsächlich sein Angebot annehmen und dir von ihm Nachhilfe geben lassen.« Ich zwinkerte ihr zu.

Sally wurde rot. »Hm ... Um ehrlich zu sein, habe ich an dem Tag, wo er mich so spontan geküsst hat, gemerkt ...«

»... dass er dir viel mehr bedeutet, als du bis dahin geglaubt hast?«, beendete ich ihren Satz.

Sie nickte.

»Sam!« Jake blieb ein paar Schritte hinter uns stehen. »Es wird Zeit. Wir müssen aufbrechen!«

Sally sah ihn traurig an. »Jetzt schon?«

»Wir wollen schnellstmöglich zu unseren Familien«, antwortete er.

Nun war also der endgültige Zeitpunkt gekommen. Voller Kummer nahmen wir uns bei den Händen. Sally fing an zu weinen und atmete tief durch. Ich wollte für uns beide stark sein, doch ich wusste nicht, wie lange ich meine Tränen noch zurückhalten konnte.

Matt trat zu ihr, um sie zu trösten. Hin- und hergerissen trat er von einem Bein aufs andere. Dann ließ er sie los und umarmte mich stürmisch. Bis zum heutigen Tag hätte ich es nicht für möglich gehalten, Matt einmal sprachlos zu erleben. So schnell er mich in seine Arme genommen hatte, so abrupt ließ er mich auch wieder los. Er wischte sich die Augen und vermied es, mich anzusehen.

»Du wirst mir auch fehlen«, ließ ich ihn wissen.

Er nahm mich abermals in seine Arme und zog Sally mit zu uns heran. Wir verabschiedeten uns.

Ich hatte gewusst, dass es schwer werden würde, aber jetzt, da der Moment gekommen war, brach es mir das Herz. Sie waren so viel mehr als nur meine Freunde. Sie gehörten zu meiner Familie.

Silas ritt schon an uns vorbei und rief zum Aufbruch, als wir uns immer noch aneinander festklammerten. Ob ich es nun wahrhaben wollte oder nicht, ich musste sie nun verlassen. Zögernd löste ich mich von ihnen und küsste beide auf die Wange. »Gebt gut aufeinander acht!«

Sally hielt mich zurück. »Wir sehen uns wieder!«, sagte sie mit gebrochener Stimme, sodass ich sie kaum verstehen konnte.

Matt nickte zustimmend und schnäuzte sich.

Ich hätte ihr so gern zugestimmt. Stattdessen sah ich sie noch ein letztes Mal an, versuchte mir jede Einzelheit ihrer Gesichter einzuprägen, damit ich sie niemals vergessen würde. Schnell drehte ich mich um und rannte von ihnen weg.

Jake reichte mir die Hand, um mich auf sein Pferd zu ziehen. Er trieb Onyx an und flüchtete mit mir aus dieser unerträglichen Situation.

Ich hörte Sally meinen Namen rufen, aber ich wagte es nicht, noch einmal zu ihnen zurückzublicken – bis ich Conners Stimme unter der von Sally heraushörte.

»Warte!«, forderte ich Jake auf, der sein Pferd unverzüglich stoppte.

Ich holte tief Luft und schaute mich um.

Conner kam uns mit weit aufgerissenen Augen hinterhergerannt, während Sally im

Hintergrund auf dem Boden kniete und von Matt zurückgehalten wurde.

Ich rutschte vom Pferd und lief Conner entgegen.

Ohne auf Jake zu achten, hob er mich hoch. Er vergrub sein Gesicht an meinem Hals und flehte mich an, bei ihnen zu bleiben. »Ich wäre dir ein guter Mann gewesen, könnte es immer noch sein ... Ich kann gut für dich sorgen, Sam!«

Ich strich ihm übers Haar, drückte mich aber gleichzeitig von ihm weg und schüttelte ablehnend den Kopf. Ein letztes Mal winkte ich Sally zu und wandte mich dann von Conner ab, um unvermittelt auf Jake zu prallen.

Dieser stand regungslos hinter mir und strafte Conner mit einem rivalisierenden Blick.

Noch lange nachdem wir das Fischerdorf verlassen hatten, hielt Jake mich mehr besitzergreifend als tröstend fest, was mir letztendlich egal war. Ich war einfach nur dankbar, dass ich bei ihm sein durfte.

Die Bäume des Waldes spendeten uns Schatten. Es würde wohl nicht mehr lange dauern, bis die Tage wieder sehr heiß sein würden. Der Sommer rückte immer näher.

Ab und zu schaute ich zurück, auch wenn man das Dorf schon lange nicht mehr sehen konnte. Der Abstand zwischen meinen Freunden und mir wurde immer größer.

Jake bemerkte meine Unruhe. Er gab seinem Vater ein Zeichen, ehe er Onyx auf einen anderen Weg lenkte und wir uns von der Gruppe entfernten.

Was hatte er vor? Wir ritten einen Hügel hinauf, während sich die Bäume immer weiter lichteten. Und dann sah ich sie ... Die Schiffe segelten aufs Meer hinaus.

Jake gab mir nach unserem überstürzten Aufbruch die Gelegenheit, mich im Stillen von meinen Freunden zu verabschieden. Es tat so weh, den Schiffen hinterher zu schauen. Sie wurden immer kleiner. Unaufhaltsam segelten sie von mir weg und entfernten sich immer weiter aus meinem Leben.

Beerdigung

Die Stimmung war auf dem Tiefpunkt. Das einzige Geräusch, das zu hören war, machten unsere Pferde mit ihren Hufen. Die ungewisse, gefahrvolle Zukunft, die vor uns lag, hüllte alle in Schweigen.

Dexter ritt neben Jake und mir her und beobachtete mich nachdenklich. »Du bist ein tapferes Mädchen, Kleine!«, sagte er zu mir.

Auch wenn es mich nervte, dass er mich ständig »Kleine« nannte, so konnte ich ihm einfach nicht böse sein.

Jake legte sein Kinn auf meiner Schulter ab und stupste mich mit der Nasenspitze an der Wange an. »Geht es langsam wieder?«, fragte er.

Zärtlich küsste ich ihn auf die Schläfe, bevor ich meine Stirn seitlich an seine legte. »Ich bin bei dir. Es geht mir gut.«

Er vergrub sein Gesicht in meinen Haaren. »Als Conner dich vorhin so angefleht hat, bei ihm zu bleiben, ... als er dich einfach nicht loslassen wollte ...«

»... da warst du eifersüchtig«, beendete ich

seinen Satz.

»Ich war kurz davor, ihm den Arm zu brechen, damit er dich wieder freigibt.« Jake lachte.

»Das wäre aber nicht besonders nett von dir gewesen«, neckte ich ihn.

»Es war auch nicht besonders nett von ihm, meine Frau vor meinen Augen so anzuhimmeln.«

Ich bemerkte, wie Jake sich plötzlich anspannte. Er deutete mit dem Kinn nach vorn. »Hier beginnt unser Gebiet. Wir sind nun fast zu Hause.«

»Hoffentlich können wir bis dahin durchkommen«, erwiderte Silas.

Der Wald, durch den wir jetzt ritten, wirkte sehr geheimnisvoll. Ich hatte noch nie solche hohen, kräftigen Bäume gesehen. Ihre Stämme waren teilweise mit Moos überzogen und mit Farnen bewachsen. Hätte man sich an den Händen gehalten, so wären mindestens fünfzehn Mann nötig gewesen, um einen dieser Stämme zu umfassen.

Ich legte meinen Kopf in den Nacken und lehnte mich bei Jake an, als ich zu ihren Wipfeln hinaufsah. Ihre mächtigen Kronen bildeten über uns in schwindelerregender Höhe ein dichtes, blättriges Dach. Nur vereinzelt traten Lichtstrahlen gebündelt hindurch, was dem Ganzen eine mystische Atmosphäre verlieh. Dieser Wald war uralt und steckte voller Geheimnisse. Man hatte fast das Gefühl, die Bäume würden auf uns herabsehen.

»Es ist wunderschön hier«, flüsterte ich, sorgfältig darauf bedacht, die demütige Stimmung nicht zu stören, die uns alle erfasst hatte.

»Ja«, stimmte Jake mir zu. »Das ist der Ageless Forest. Er schließt unser Clangebiet fast vollständig ein.«

Hier musste das Paradies sein. Die Vögel sangen ihre schönsten Lieder und flogen in den Baumwipfeln umher. Einige Vogelarten hatte ich noch nie gesehen.

Als die beeindruckenden Bäume nicht mehr ganz so dicht standen, wurden die grünen Farne an ihren Stämmen von rankenden Blumen abgelöst, die von einer Vielzahl von Insekten heimgesucht wurden. Ganze Schmetterlingsschwärme tanzten an uns vorüber. Es war eine ganz eigene Welt.

Silas hob seinen Arm und ließ uns absitzen. Es tat gut, endlich mal wieder zu stehen. Sorgsam achtete ich darauf, wohin ich trat, um ja nichts zu zerstören.

»Wir müssen unsere Pferde hier zurücklassen!«, flüsterte Silas.

Mir war klar, dass dieser Wald alle beeindruckte. Doch Silas kannte ihn. Er war hier zu Hause. Wenn also nicht aus Respekt – warum sprach er dann so leise?

Wir hockten uns alle zu ihm, um ihn besser

verstehen zu können. »Der unterirdische Tunnel ist unsere einzige Chance, nah genug ans Bergtal heranzukommen. Möglicherweise haben sie den verborgenen Gang schon entdeckt. Trotzdem müssen wir es versuchen.«

Jake schaute mir tief in die Augen, bevor er seine Finger in meinem Haar vergrub und mich küsste. Selbst unter diesen Bedingungen konnte er mich aus der Fassung bringen. Für einen kurzen Moment vergaß ich, dass wir nicht allein waren, und schmiegte mich an ihn. Ich wollte die Zeit anhalten und mit ihm wegrennen. Was, wenn es unsere letzte Möglichkeit war, einander festzuhalten? Ich hatte große Angst davor, wir beide könnten uns verlieren.

Jake löste sich von mir und ergriff meine Hand. »Egal was passiert – du wirst mich nicht loslassen.«

»Bleibt alle dicht beieinander!«, forderte Silas uns auf und schlich voran.

Dexter lief neben mir. »Das wird schon werden, Kleine! Sobald Dougal von deiner Existenz weiß, wird sich alles zum Guten wenden.«

Wir waren eine ganze Weile zu Fuß unterwegs, bis Silas plötzlich stoppte und sich geduckt auf den Boden legte. Er sah zu uns zurück und achtete darauf, dass wir es ihm unverzüglich gleichtaten.

Dem großen Clanführer war jegliche Farbe

aus dem Gesicht gewichen, als er einen Finger auf seinen Mund legte und uns so zum Schweigen aufforderte.

Und da hörte ich sie auch ... Hinter dem kleinen Hügel, hinter dem wir uns befanden, lachten Männer. Pferdeschnauben war zu vernehmen, ebenso wie klirrende Schwerter, deren Klingen beim gespielten Kampf aufeinandertrafen.

Ich begann zu zittern. Ein Schauer nach dem anderen überzog meinen Rücken.

Jake küsste meine Hand, die er nach wie vor hielt. Doch ich konnte ihm ansehen, wie verzweifelt er war.

Dexter tätschelte mir besorgt den Rücken.

Ich lag zwischen den beiden versteckt auf der Lauer. Wenige Schritte von uns entfernt, vor dem Eingang des Tunnels, warteten unsere Feinde.

Silas kam langsam zu uns zurückgekrochen.

»Es sind ungefähr zwanzig Mann«, flüsterte er Jake zu.

»Zwanzig! So viele wie wir, nur dass wir drei Menschen zu uns zählen.«

»Wir müssen es trotzdem versuchen! Sonst sind unsere Familien ihnen schutzlos ausgeliefert.« Silas wirkte entmutigt. »Irgendwie müssen wir Sam und dich abschirmen, damit du sie in Sicherheit bringen kannst. Lauft so schnell ihr könnt in den Tunnel und dreht euch nicht nach uns um! Wenn wir es schaffen, werden wir euch folgen.«

Silas zog seinen Sohn liegend in eine Umarmung.

»Sobald ich Sam in Sicherheit weiß, werde ich umkehren«, versprach Jake seinem Vater.

Doch Silas schüttelte den Kopf. »Das wirst du nicht tun! Wenn ich umkommen sollte, braucht unser Clan einen Anführer.«

»Du bist ihr Anführer!«, erwiderte Jake.

»Nur solange ich lebe ...«

Silas lehnte seine Stirn gegen die seines Sohnes und wandte sich dann an mich. »Pass gut auf meinen Jungen auf!« Er stand unvermittelt auf und stürmte mit gezogenem Schwert los. Wir hatten keine Chance mehr, ihn aufzuhalten.

Jake war sofort auf den Beinen. Wir hatten keine andere Wahl, als ihm zu folgen. Mit seinem Schwert in der einen und mir in der anderen Hand rannte er über den Hügel, wo uns die überraschten Unsterblichen entgegensahen.

»Ich liebe dich, Sam!«, rief er mir noch zu, ohne mich anzusehen. »Lass mich ja nicht los!«

Im nächsten Augenblick traf seine Schwertklinge schon mit der eines Unsterblichen zusammen. Um uns herum kämpften alle um ihr Leben.

Ich hatte Todesangst, um Jake, um alle.

Geduckt hielt ich folgsam seine Hand, immer darauf bedacht, ihm nicht allzu sehr im Weg zu stehen. Er hätte ohne meinen Ballast viel mehr Bewegungsfreiheit. Doch auch mit mir als Anhängsel konnte man den erfahrenen Kämpfer in ihm erkennen. Er verteidigte uns vor unseren Feinden, bis wir den Eingang des Tunnels erreicht hatten.

Zwischen mehreren kleinen Felsen tat sich ein Loch in der Erde auf, in das er mich schnell hineinzog. Kaum in der Dunkelheit angekommen, drehte er sich um und wartete auf den nächsten Angreifer. Silas und seine Männer befanden sich nun zwischen uns, um uns vor den Feinden abzuschirmen. Als Jake dies sah, ließ er meine Hand los, nur um mich daraufhin auf seine Arme zu heben und mit mir loszurennen.

Ich starrte auf den lichtdurchfluteten Eingang des Tunnels zurück, der immer kleiner wurde. Jake bewegte sich schnell davon weg. Niemand folgte uns. Bald war von dem Licht nichts mehr zu sehen und uns umgab düstere Finsternis. Davon unbeeindruckt lief Jake immer weiter, bis ein Lichtkegel vor uns zum Vorschein kam.

Er ließ mich herunter, ergriff erneut meine Hand und bewegte sich mit erhobenem Schwert langsam auf den Ausgang zu.

Das alles passierte wahnsinnig schnell. Ich kam nicht dazu, Angst zu haben. Schlagartig wurde mir bewusst, dass Jake, ohne zu zögern, sein Leben für mich geben würde.

Als wir aus dem Tunnel heraustraten, drehte er sich kampfbereit in alle Richtungen und hielt mich dabei beschützend hinter sich.

Es war niemand hier. Wir waren in Sicherheit.

Jakes Schwertspitze zeigte in die Richtung des Tunnels. Er wartete konzentriert auf mögliche Verfolger.

Doch niemand tauchte auf. Keine Feinde, aber auch keiner unserer Freunde.

Die Anspannung war unerträglich, als die Zeit verstrich, ohne dass ein vertrautes Gesicht zu sehen war.

Jake wurde unruhig. Er schien nicht zu wissen, was er tun sollte. Er konnte mich nicht zurücklassen, doch mit mir zusammen wollte er auch nicht umkehren.

Es dauerte eine gefühlte Ewigkeit, bis Silas schließlich als Erster aus dem Tunnel trat und ihm zu unserer Erleichterung auch immer mehr unserer Freunde folgten.

Ich gab Jake einen flüchtigen Kuss auf die Wange. Dann lief ich Grimmt aufgeregt entgegen, bis ich bemerkte, dass er verletzt war. Er hielt sich schmerzerfüllt den Arm, aus dem er stark blutete. Aber das war es nicht, was mich beunruhigte. Grimmt weinte ... Er weinte bitterlich.

Da erblickte ich Dexter, der von einem von

Silas' Männern getragen wurde. Schlaff und leblos hing sein Körper in den Armen des Unsterblichen. Er war tot …

Entsetzt blieb ich stehen und ließ mich ernüchtert auf die Knie sinken. Ich schloss meine Augen, in der Hoffnung, dass dies nur ein Albtraum war. Doch als ich sie wieder öffnete, legte man Dexters regungslosen Körper ein paar Schritte von mir entfernt ins Gras.

Auf allen Vieren bewegte ich mich zu ihm hin, wobei Grimmt sich schon neben Dexter niedergelassen hatte und seine leblose Gestalt fassungslos betrachtete. Nach Halt suchend, lehnte ich mich gegen Grimmts unverwundete Schulter und ergriff Dexters Hand.

Er sah aus, als würde er schlafen. Fast schon friedlich wirkte er mit seinen geschlossenen Augen. Doch dieser Eindruck täuschte, da sein Mund mit Blut getränkt war. Unter seinem blutverschmierten Hemd, das an der Brust aufgeschlitzt war, klaffte eine tiefe Wunde. Man hatte ihm eine Klinge direkt ins Herz gestoßen.

Jake setzte sich neben mich und nahm mich tröstend in die Arme. So saßen wir bei Dexter und trauerten um unseren Freund. Ich erinnerte mich an die Momente, die ich in der kurzen gemeinsamen Zeit mit ihm erleben durfte. »Ist schon gut, Kleine!«, hörte ich seine bestärkende Stimme in meinem Kopf. Ja, Dexter hätte versucht, mich aufzumuntern.

Auch Silas hatte Verluste zu beklagen, da drei seiner Kameraden umgekommen waren. Aber er musste ihre geköpften Leiber zurücklassen. Ihr Brauch verlangte es, dass sie ihre Toten verbrannten. Doch er konnte hier im Wald kein Feuer entfachen, ohne dass es unseren Aufenthaltsort verraten hätte.

»Dexter musste nicht leiden«, sprach er. »Diese Verletzung bedeutete den sofortigen Tod.«

Grimmt schniefte auf, als Silas ihm eine Hand auf die Schulter legte. »Es tut mir aufrichtig leid, aber wir können hier nicht länger verweilen. Lasst uns euren Freund schnell beerdigen!«

Der Mond leuchtete unsere Zeremonie aus, während die Männer nur mit ihren Schwertern und Händen ein tiefes Loch in den trockenen Boden gruben. Die Sterne lagen wie ein tröstender Schleier über uns und warteten darauf, dass Dexter zu ihnen kam.

Sie hatten ihn in die Grube gelegt und seine Hände auf der Brust verschränkt, in denen er nun sein Schwert hielt. Sein Gesicht war mit einem Tuch verdeckt. Nie wieder würden wir ihn sehen können.

Wir standen alle um Dexters Grab und schwiegen. Silas trat an das dunkle Loch heran und sah in unsere versammelte Runde. »Dexter war ein ehrenhafter, gutmütiger Mensch, von dem auch wir Unsterblichen viel lernen konnten. Er war ein begabter Heiler und nicht zu vergessen ein treuer Freund.«

Grimmt schluchzte neben mir. Er ließ meine Hand los und ging langsam auf die trostlose Öffnung zu, in der Dexter lag.

»Er war nicht nur mein treuer Freund, sondern auch mein Ratgeber und mein ständiger Wegbegleiter. Er gehörte zu meiner Familie.« Dicke Tränen tropften von seinem Kinn, als er zu Dexters Grab hinab sah. »Ich konnte mich nicht einmal von dir verabschieden«, rügte er ihn. Er kniete sich nieder und ließ eine Handvoll staubiger Erde auf ihn hinabrieseln. »Schlaf gut, mein Freund!«

Ich weinte so sehr, dass ich in diesem Moment unmöglich ein Wort über die Lippen gebracht hätte. Deshalb ging Jake als Nächster nach vorn, um Dexter seine letzten Worte mit auf den Weg zu geben.

»Dexter war ein gebildeter Mann, der immer allem etwas Gutes abgewinnen konnte. Seine unbeschwerte Art wird uns fehlen. Er wird eine große Lücke hinterlassen.« Jake legte Grimmt, der sich nicht von der Stelle gerührt hatte, seine Hand auf die Schulter und ließ neben ihm Erde in das stille Grab rieseln.

Nun trat ich, um Fassung ringend, nach vorn. Ich hatte keine Ahnung, ob ich überhaupt etwas sagen konnte, doch ich wollte mich unbedingt von Dexter verabschieden. Schniefend wischte ich mir die Tränen aus den Augen, da sie mir die Sicht verschleierten. Alle standen regungslos da und erbrachten Dexter die letzte Ehre. Neben dem Grab thronte eine große Eiche. Sie würde dem kleinen Fleckchen, in dem unser guter Freund lag, Schutz bieten. Es war ein schöner Platz, wo er seine letzte Ruhe fand.

»Auch wenn ich dich noch nicht lange kannte, so werde ich dich trotzdem sehr vermissen. Du warst ein ganz besonderer Mensch und hast immer an mich geglaubt. Ich verspreche dir, dass ich alles in meiner Macht Stehende tun werde, um Dougal zum Umdenken zu bewegen.«

Ich ignorierte Jakes und Grimmts irritierte Blicke.

»Leb wohl und danke für alles!«, flüsterte ich und warf eine Blüte auf den schlafenden Dexter nieder. Die gleichen Blumen rankten am Stamm der Eiche und würden sein Grab für alle Zeit schmücken.

Jeder Einzelne gab eine Handvoll Sand in seine letzte Ruhestätte. Danach begannen sie, das dunkle Loch komplett mit Erde aufzufüllen.

Jake ritzte Dexters Initialen in den dicken Stamm der Eiche. Alle anderen hielten sich an den Händen und sangen zum Abschied.

Wir übergaben ihn den Sternen.

Verbunden

Es fiel mir schwer, den Ort zu verlassen, an dem Dexter beerdigt wurde. Irgendwie fühlte es sich falsch an, als würden wir ihn im Stich lassen.

Immer wieder drehte ich mich nach der großen Eiche um, bis ich sie unter den anderen Bäumen nicht mehr ausmachen konnte.

Jake und ich liefen Hand in Hand neben Grimmt her. Dieser ließ die Schultern hängen und sah mit gesenktem Kopf seinen Füßen beim Laufen zu. Jake hatte sich um seinen Arm gekümmert. Trotzdem würde seine Wunde nach unserer Ankunft noch genäht werden müssen. Als er mich dabei ertappte, wie ich ihn beobachtete, bemühte er sich, ein wenig zu lächeln.

Uns war die Abwesenheit von Dexter nur allzu schmerzhaft bewusst.

»Dexter würde uns den Marsch blasen, wenn er uns jetzt so sehen könnte«, sagte Jake.

Grimmt lachte unerwartet. »Das ist noch milde ausgedrückt«, erwiderte er Jake.

Wir liefen unentwegt bergauf, was sich so langsam in meinen Knien bemerkbar machte. Je höher wir kamen, desto steiniger wurde es, bis sich schließlich nur noch Felsen vor uns ausbreiteten. Als wir die Baumgrenze hinter uns ließen, hatten wir den Berggipfel erreicht, von dem sich uns ein überwältigender Ausblick bot.

Uns gegenüber befand sich ein weiterer Berg, der dem unseren geschwisterlich glich. Auch er war, bis auf seine felsige Kuppe, in den Ageless Forest eingebettet.

Zwischen den zwei bewaldeten Bergen lag ein lang gezogenes Tal, das an einem Ende aus dem Ageless Forest zu entspringen schien und dann in einer Bucht am Meer in einen Sandstrand auslief. In der Mitte des Tals befand sich eine große Lichtung, auf der weiße Gebäude kreisförmig nebeneinander angeordnet waren. Ein prunkvoller Tempel stand direkt in ihrem Zentrum, als würde er über dieses idyllische Fleckchen Erde wachen.

Endlich würde ich Jakes Zuhause kennenlernen. Ich sah auf den friedlichen Ort hinunter, bevor ich meinen Blick am Ende des Tals weit über den Ageless Forest schweifen ließ und vor Entsetzen erstarrte.

Hinter dem Wald dehnte sich in der Ferne eine endlose Ebene aus, die von Dougals Truppen besetzt war. Sie hatten große Zelte aufgeschlagen, an denen Fahnen im Wind flatterten.

Fast wirkte es wie ein Ameisenhaufen, da die Unsterblichen, die ich in der Entfernung nur als kleine Striche wahrnahm, unruhig umherliefen. Es mussten Tausende sein ...

Ich wandte mich an Jake, um ihn darauf aufmerksam zu machen. Doch sie schauten alle schon besorgt in die gleiche Richtung.

Silas seufzte auf. »Es sind zu viele.«

»Das kann unmöglich nur Dougals Clan sein«, stimmte Jake ihm zu. »Sie sind uns zahlenmäßig weit überlegen.«

»Sie sind mindestens dreimal so viele wie wir«, sagte einer von Silas' Männern.

»Was machen wir denn jetzt?«, fragte Grimmt.

Es herrschte eine betretene Stille, als alle auf Silas schauten, um auf seine Antwort zu warten.

Doch dieser blickte nur auf die Ebene hinüber und schüttelte resigniert den Kopf. »Diesen Krieg können wir nicht gewinnen.« Mit gesenktem Haupt ließ er sich auf einen Felsen nieder. Er stützte die Ellenbogen auf seinen Beinen ab und krallte die Hände in sein Haar.

Alle setzten sich entmutigt auf der gleichen Stelle hin, wo sie eben noch gestanden hatten, ohne die Augen von ihrem Anführer zu lösen. Silas wusste jedoch keinen Rat mehr.

»Dann müssen wir uns ergeben?«, fragte Jake.

Silas lachte gehässig. »Wir sind Dougal schon lange ein Dorn im Auge. Nun, da er die Möglichkeit hat, uns zu besiegen, wird er sie nutzen.«

Einer seiner Männer trat an Silas heran. »Aber wenn wir uns ihm unterwerfen, dann …«

»Glaubt mir! Dougal traut uns nicht über den Weg. Wenn er unsere Kapitulation annehmen würde, müsste er damit rechnen, dass wir uns irgendwann erneut gegen ihn auflehnen. Dieses Risiko wird er nicht eingehen. Er ist hier, um uns endgültig zu vernichten.«

»Dann müssen wir fliehen!«, forderte Grimmt.

Silas richtete sich langsam auf. »Sieh dich um! Wir sind von einer Übermacht umstellt! Wo willst du denn hin?«

Jetzt, in genau diesem Augenblick wussten alle, dass sie verloren waren.

Ich konnte keinen klaren Gedanken mehr fassen. Die unterschiedlichsten Gefühle stürzten gleichzeitig auf mich ein. Mein Herz raste vor Verzweiflung und Angst.

Als ich Jake betrachtete, wurde mir schmerzhaft bewusst, dass es ihn vielleicht schon bald nicht mehr geben würde. Keiner von uns würde überleben.

Wie in Trance lief ich langsam auf ihn zu. Ich musste ihn berühren, musste spüren, dass er noch hier bei mir war.

Ich ging vor ihm auf die Knie und nahm sein Gesicht zwischen meine Hände. »Es ist soweit ... Ihr müsst mich sofort zu Dougal bringen!«

Jake schüttelte so heftig den Kopf, dass ich sein Gesicht losließ. Mit eisernem Griff umfasste er nun das meine. »Nein, Sam! Wir werden ihm nicht in deinem Beisein von deiner Herkunft berichten. Das wäre viel zu gefährlich für dich.«

»Wir haben aber keine Zeit mehr, länger zu warten!«

Ich riss mich von ihm los und baute mich vor Silas auf. »Du hast selbst gesagt, dass Dougal das Ultimatum nicht abwarten wird. Und selbst wenn ... Hältst du wirklich menschliche Rebellen bei dir versteckt, die du ihm ausliefern könntest, um seine Forderung zu erfüllen?«

»Momentan befinden sich keine Rebellen in meinem Clangebiet. Doch selbst wenn es so wäre, würde ich sie Dougal nicht ohne Weiteres übergeben. Dieser Barbar kann nicht über die Menschen verfügen, als wären sie Vieh.« Silas bebte vor Zorn.

»Dann liefert mich Dougal aus! Es ist vielleicht die einzige Chance, die wir noch haben.«

Jake umarmte mich und streichelte über mein Haar.

»Besser ich allein, als ihr alle.« Ich weinte bitterlich.

Silas kam zu uns. »Samantha! Sieh mich an!«, forderte er mich auf.

Ich drückte mein Gesicht so fest an Jakes Brust, dass ich kaum noch Luft bekam.

»Dougal McGavyn ist hier, weil er mich will«, sagte Silas. »Hast du mich gehört, Samantha? Er verachtet mich, weil ich mich für die Menschen einsetze und mich nicht seinem Willen beuge. Dieses Ultimatum hat er mir gestellt, obwohl er genau weiß, dass ich seiner Forderung um keinen Preis nachkommen werde. Selbst wenn er jetzt gleich von dir erfahren und dich als seine Nachkommin akzeptieren würde, dann würde ihn das noch lange nicht davon abhalten, mich anzugreifen. Deine Existenz wird hoffentlich dazu führen, dass die Unsterblichen ihre Meinung im Bezug auf die Menschen überdenken. Aber unseren Clan kannst du nicht retten.«

»Aber ich kann es doch wenigstens versuchen ... Wir müssen uns eine Strategie überlegen.«

Als ich in Silas' Gesicht blickte, wurde mir klar, dass er mich niemals auch nur in die Nähe des Kampfes lassen würde. Von meiner neuen Familie konnte ich bei meinem Vorhaben keine Unterstützung erwarten. Im Gegenteil: Sie würden mich aufhalten, damit ich nicht in Gefahr geriet.

Ich sah meine Freunde an – meine Familie, sah hinab in das Bergtal, das mein Zuhause geworden wäre ..., und fasste einen Entschluss.

Wenn es nur die geringste Chance gab, ihre Zukunft zu retten, so würde ich mein Leben dafür geben. Ich musste einfach auf diese Möglichkeit hoffen. Ich musste an mich glauben.

Jakes geliebtes Gesicht vor Augen, schmiedete ich einen Plan. Niemand durfte von meinem Geheimnis wissen, wenn ich es morgen schaffen wollte, bis zu dem Schlachtfeld durchzudringen. Sie würden es noch früh genug erfahren: In dem Moment, in dem ich von Angesicht zu Angesicht vor Dougal stand und sie nichts mehr dagegen unternehmen konnten.

Irgendwie musste ich es schaffen, ihn davon zu überzeugen, dass ich ein Abkömmling von ihm war – auch wenn ich zu einem Teil von den Menschen abstammte. Wenn sie ihm nur von mir erzählen würden, dann würde er ihnen sowieso nicht glauben. Dougal musste mich sehen. Es war die Hoffnung, an der ich mich festhielt. Die Hoffnung, dass er den McAlaster-Clan dann verschonen würde.

»Lasst uns nach Hause gehen!«, forderte Silas uns in dem Augenblick auf, als ich meinen Entschluss mit mir besiegelte.

Jake ließ mich nicht los. Er hielt mich im Arm und führte mich den Berg hinunter ins Tal. Ich war dankbar für seine Nähe und ich würde die wertvolle Zeit, die uns noch zusammen blieb, in vollen Zügen auskosten.

Die Talbewohner bemerkten schon bald unsere Ankunft. Sie kamen uns jubelnd und winkend entgegengelaufen.

Ein Unsterblicher mit kurzen, blonden Haaren, die ihm zerzaust vom Kopf abstanden, kam freudestrahlend auf Jake zu. Die beiden umarmten sich freundschaftlich und bekundeten sich die Freude über ihr Wiedersehen. Jake legte seinen Arm um die Schultern des Unsterblichen und zog ihn zu mir heran. Er machte uns beide miteinander bekannt. »Das ist Ryan. Er ist neben Grimmt mein bester Freund. Wenn ich einen Bruder haben könnte, dann ihn.«

Ryans Blick fiel auf unsere einander festhaltenden Hände, ehe er mich überrascht musterte. Er sagte kein Wort, sondern wandte sich wieder Jake zu.

»Sam ist ... Ach, nun lass uns doch erst einmal ankommen. Ich werde dir später in Ruhe alles erzählen«, sagte Jake gerade, als jemand seinen Namen rief.

Er ließ mich los und rannte einer jungen Frau entgegen, um sie erfreut in die Arme zu schließen. Sie küsste ihn auf die Stirn, wobei ich beim Anblick dieser zärtlichen Geste einen schmerzhaften Stich im Herzen verspürte.

Die Frau war eine Schönheit, die unbestreitbar einer Göttin glich. Ihre blonden Haare fielen ihr in weichen Wellen bis zur Taille. Schon oft hatte ich versucht, mir die unsterblichen Frauen vorzustellen, aber diese hier übertraf all meine Erwartungen.

Es schmerzte so sehr, Jake mit ihr zusammen zu sehen, dass ich die Augen schloss.

»Mach die Augen auf und sieh hin!« Grimmt räusperte sich neben mir. Er nickte Ryan zur Begrüßung zu, der mich immer noch beobachtete. Dann nahm er meinen Kopf zwischen seine Hände und drehte ihn in Jakes Richtung.

Dieser hatte von der schönen Frau abgelassen und stand nun neben ihr. Stattdessen hielt Silas sie fest im Arm, um sie leidenschaftlich zu küssen.

Ich konnte es nicht fassen ... Sie war Jakes Mutter.

Er winkte mir zu und forderte mich damit auf, zu ihm zu kommen. »Ich möchte dir meine Mutter Nancy vorstellen«, sagte er, während ich mich näherte. Dann wandte er sich ihr zu und stellte mich vor. »Das ist Sam.«

Nervös reichte ich ihr meine Hand, die sie freundlich ergriff.

»Samantha ist Jakes Frau«, ließ Silas sie wissen, woraufhin sich ihre Augen weiteten und sie uns erstaunt musterte.

»Allerdings nur nach menschlichem Brauch«, erklärte ich.

Silas lachte und klopfte mir auf die Schulter. Nancy hingegen nickte mir verstehend zu.

Da ließ Jake meine Hand los, die er die ganze Zeit gehalten hatte. Er drehte sich um und ließ mich allein bei seinen Eltern stehen.

War er böse auf mich? Vielleicht hatte ich mich geirrt und unsere menschliche Ehe hatte für ihn doch die gleiche Bedeutung wie für mich. Wenn dem so war, musste ich ihn gerade sehr verletzt haben.

Als ich ihm folgen wollte, um mich zu entschuldigen, hakte Nancy sich bei meinem Arm ein. »Dann zeige ich dir mal unser Zuhause«, sagte sie, während sie mich auch schon mit sich fortzog.

Die weißen Steinhäuser nutzten sie alle gemeinschaftlich. Es gab ein Speisehaus, eine Weberei, eine Werkstatt und vieles mehr – nur keine Wohnhäuser. Ich fragte mich, wo sie schliefen?

Wir liefen über den Tempelplatz, der das Herzstück des Ortes ausmachte. Bewundernd blieb ich stehen und betrachtete dieses prunkvolle Bauwerk. Ein riesiger, flacher Felsen diente als Unterbau, auf dem eine steinerne Freitreppe zur offenen Vorhalle des Tempels hinaufführte. Säulen mit kunstvollen Reliefs und Giebelfiguren zierten dieses prächtige Heiligtum. Doch am meisten beeindruckte mich, dass die Eckpunkte des Gebäudes von vier mächtigen Bäumen gestützt wurden. Es wirkte, als wären die Wände des Tempels mit den Stämmen und Ästen verschmolzen. Blättrige Zweige und wilde Blumen webten sich labyrinthartig in das Bauwerk ein, wobei sich die Baumkronen wie ein zweites Dach über dem Tempel ausbreiteten.

»Komm!«, forderte Nancy mich auf. »Du willst dich bestimmt erst einmal erfrischen, bevor wir zu Abend essen.« Sie zog mich weiter.

Die unsterblichen Frauen, die unseren Weg kreuzten, musterten mich neugierig. Alle hatten sehr langes Haar, das zum Teil kunstvoll geflochten war. Sie trugen naturfarbene Kleider, die bis zur Taille eng anlagen und dann großzügiger geschnitten bis zum Boden reichten.

Erst wunderte ich mich, dass keine Kinder umherliefen, doch dann erinnerte ich mich daran, was Jake mir erzählt hatte. In den letzten hundert Jahren wurden nur drei Unsterbliche geboren. Und er war einer von ihnen.

Ich hielt nach ihm Ausschau, konnte ihn aber nirgends entdecken.

Nancy führte mich in Richtung des Meeres. Ich konnte die Wellen bereits hören und freute mich schon auf ihre Erfrischung. Jedoch bogen wir nun ab und liefen dann ein kleines Stück in den Wald hinein, der zu einem der Zwillingsberge führte.

Vor uns lag eine heiße Quelle, die von Steinen unterschiedlicher Größe umrandet wurde. Dampfschwaden stiegen aus dem Wasser empor und luden mich regelrecht zu einem Bad ein.

Nancy lachte, als sie meinen sehnsüchtigen Blick bemerkte. »Ich habe mir schon gedacht, dass dir das gefallen würde.« Sie deutete auf eine Holzschale, die auf einem der Steine stand. »Dort findest du Schwämme und Seifen. Lass dir ruhig Zeit! Hier bist du ungestört.«

Ich lächelte sie an. »Danke!«

»In der Zwischenzeit besorge ich dir saubere Kleidung«, rief sie mir noch zu und lief davon.

Nun konnte ich es nicht mehr erwarten, in das klare Nass einzutauchen. Schnell zog ich mein Kleid aus, ehe ich mich genussvoll in das warme Wasser gleiten ließ. Es war herrlich, wie die Seife auf meiner Haut schäumte. Ich musste mich immer noch daran gewöhnen, wie makellos sie aussah. Meine langen Haare schwammen auf der Wasseroberfläche wie ein seidener Teppich um mich herum.

Ich verrieb etwas Seife zwischen meinen Händen und verteilte sie in meinen Haaren.

»Soll ich dir vielleicht helfen?«

Jake saß auf einem kleinen Felsen und lächelte mich verführerisch an. Er schien mich schon eine ganze Weile zu beobachten.

Lässig stand er auf und kam ganz langsam auf mich zu, so als rechnete er mit meinem

Widerspruch.

Es war immer wieder unglaublich, welche Wirkung er auf mich hatte. Mein Herz schlug so kräftig, dass man die Kontraktionen als kleine Wellen auf der Wasseroberfläche hätte sehen müssen.

Er hatte sich umgezogen. Sein cremefarbenes, kurzärmeliges Schnürhemd schmiegte sich eng an seinen muskulösen Oberkörper, was mir augenblicklich eine trockene Kehle bescherte.

»Du kannst mir gern hier drinnen etwas Gesellschaft leisten!«, ermunterte ich ihn.

Jake lachte. »So sehr mich der Gedanke daran auch reizt ...« Er fuhr sich durchs Haar. »Ich kann dieses verführerische Angebot leider nicht annehmen.«

»Warum nicht? Hast du Angst vor mir?«

Er setzte sich hinter mich an den Rand des Wasserbeckens und spülte mir mit einem Wasserkrug die Seife aus dem Haar. »Nein, ich habe keine Angst vor dir. Der einzige Grund, der mich davon abhält, zu dir ins Wasser zu steigen, ist der, dass meine Mutter jeden Moment zurückkommt. Ich würde ihr gern den Anblick ersparen, wie ich hemmungslos über dich herfalle. Denn genau das würde ich tun, wenn ich jetzt die Gelegenheit dazu hätte.«

Ich drehte mich zu ihm um, damit ich ihn ansehen konnte.

Sein Blick war entwaffnend. »Hast du jetzt

Angst vor mir?«, neckte er mich.

Genau in dem Augenblick, als er sich vorbeugte, um mich zu küssen, kam Nancy zurück. »Bis gleich!«, flüsterte er mir zu.

Er griente seine Mutter im Vorbeigehen an.

Ich war völlig durch den Wind. Wann konnten wir endlich einmal ungestört sein? Die Zeit lief uns davon und doch schafften wir es nicht, sie für uns zu nutzen.

Nancy hatte mir ein langes, beigefarbenes Kleid mitgebracht, das mir wie maßgeschneidert passte. Ein dünnes, rotes Band zierte meine Taille, dessen Enden seitlich als lange Kordeln nebeneinander herunterhingen. Mein Haar kämmte sie mit einem hölzernen Kamm durch und flocht mir die vordersten Strähnen nach hinten aus dem Gesicht. Obwohl sie mir eigentlich noch völlig fremd war, fühlte ich mich in ihrer Gegenwart unglaublich wohl.

Als wir uns auf den Rückweg machten, dämmerte es bereits. Die Sonne tauchte am Horizont in die Wasseroberfläche ein, die sie mehr und mehr auszulöschen schien.

Ich blieb stehen, um den Sonnenuntergang zu beobachten. Mir wurde bewusst, dass der vielleicht letzte Tag meines Lebens im Meer ertrank.

Traurig schaute ich auf das weite Meer hinaus. Irgendwo da draußen waren Sally, Matt und Conner. Ich musste an meinen Onkel und an meine Tante denken. Nie würde ich sie alle wiedersehen.

Ich hoffte, dass ich sie wenigstens durch mein Vorhaben retten konnte.

Nancys Blick war mir durchaus bewusst. Allerdings fiel es mir sehr schwer, mich von diesem Naturschauspiel loszureißen.

Ob sie wusste, wie es um ihren Clan stand? Hatte Silas ihr von unserer ausweglosen Situation berichtet? Oder hatte er geschwiegen, damit sie sich nicht sorgen musste?

Die Sonne war nun vollständig verschwunden und die Dunkelheit der Nacht hüllte uns ein. Ich presste meine Lippen fest aufeinander, da mich das Gefühl des Verlustes unbarmherzig überflutete. Dieser Tag hatte sich unwiderruflich von mir verabschiedet. Was würde ich dafür geben, die Zeit noch einmal zurückdrehen zu können. Ich fürchtete mich vor dem morgigen Tag ... Ich hatte wahnsinnige Angst vor dem Tod, doch noch mehr Angst hatte ich davor, Jake zu verlieren.

»Ist alles in Ordnung?«, fragte Nancy mich schließlich, nachdem sie geduldig neben mir ausgeharrt hatte.

Ich nickte und lief langsam weiter. Die Sterne suchend, schaute ich nach oben. Das Gefühl, was mich in diesem Moment überkam, als ich die tröstenden Lichterpunkte über mir wahrnahm, ließ mich nochmals innehalten. Ich sah im Stillen zu ihnen hinauf. Meine Eltern und Dexter warteten auf mich ...

Draußen vor dem Speisehaus brannte ein großes Lagerfeuer, um das sich alle versammelt hatten und etwas aßen.

Jake sah auf, als wir uns zu ihnen gesellten und schaute mich bewundernd an. Er machte mir Komplimente, indem er mich anerkennend von oben bis unten musterte. Seine Freunde umlagerten ihn und überschütteten ihn wegen seiner langen Abwesenheit mit Fragen. Dessen ungeachtet winkte er mich zu sich und schaffte sogleich etwas Platz, damit ich mich neben ihn setzen konnte.

Jakes brüderlicher Freund saß rechts neben mir. Von den vielen Blicken eingeschüchtert, nahm ich dankbar ein Stück Brot entgegen, das er mir reichte. Ryan sah mit seinen zerzausten Haaren aus, als wäre er gerade aus dem Bett aufgestanden. »Du bist eine Berühmtheit. Weißt du das eigentlich?«, fragte er.

Ich hob die Augenbrauen und schüttelte unwissend den Kopf.

Er lachte. »Seit dem Tag, als dein Vater Dageus den Freitod wählte und wir von deiner Geburt erfahren haben, kursieren über dich die wildesten Gerüchte. Jeder hatte eine andere Theorie, wie sich das Kind, halb Mensch – halb Unsterblicher, entwickeln würde.«

»Einige haben geglaubt, du hättest göttliche Kräfte«, sagte Jake.

Ich schmunzelte. »Da muss ich euch leider

enttäuschen. Ich bin ziemlich langweilig.«

»Da hat Jake uns aber etwas ganz anderes erzählt«, erwiderte Ryan.

»Ich? Daran kann ich mich gar nicht erinnern.« Jake flirtete offenkundig mit mir, was zwei der unsterblichen Frauen missfiel. Sie steckten ihre Köpfe zusammen, tuschelten und straften mich mit neidischen Blicken.

Am liebsten hätte ich erwähnt, dass ich mit Jake verheiratet war. Aber die menschliche Ehe spielte für sie überhaupt keine Rolle. Unter den Umständen, dass die Unsterblichen ihre Seelenverwandten ja sowieso nicht mehr fanden, war Jake für sie noch zu haben.

Trotzdem spielte ich auffällig mit dem Siegelring, der meinen Finger zierte. Ich musterte die jungen Frauen misstrauisch und ertappte mich bei dem Gedanken, welche von ihnen er wohl interessant fand. Würde er sein unendliches Dasein mit einer von ihnen verbringen, wenn es mich nicht mehr gab?

Jake runzelte die Stirn. Er spürte, dass mich etwas beschäftigte.

Da ich ihn nicht beunruhigen wollte, lächelte ich ihn an, stand jedoch auf, um aus dieser Situation zu entfliehen.

Doch Jake stand ebenfalls auf und wartete darauf, was ich als Nächstes tun würde.

Als ich langsam um das Feuer herumlief, bewegte er sich synchron zu mir und sah mich über die Flammen hinweg an.

Er raubte mir den Atem. Der Schein des Feuers spiegelte sich in seinen Augen. Seine Haare fielen ihm verspielt in die Stirn, verführten mich geradezu, sie zu streicheln. Ich begehrte ihn so sehr ...

Nun kam er wie eine Raubkatze auf mich zu, bereit, jeden Moment anzugreifen. Er ergriff meine Hände und streichelte sie mit seinen Daumen. Meine Haut brannte unter dieser sinnlichen Berührung. Ich spürte sofort wieder dieses Knistern zwischen uns. Sein Blick war so intensiv, so einladend ... Ich bekam ganz weiche Knie.

»Du schaffst es immer wieder, mich in einer Art und Weise zu verzaubern, dass ich dir völlig ausgeliefert bin«, flüsterte er mir ins Ohr. »Lass uns von hier verschwinden!« Seine Lippen berührten mich, während er sprach, wodurch ich erschauderte.

»Ich weiß, was du vorhast«, sagte ich.

Er lachte, während sein Mund über meine Wange streichelte.

»Was denn?«, fragte er.

»Du willst mich aus der Fassung bringen«, rügte ich ihn.

Er hörte auf zu lachen. Unsere Nasenspitzen berührten sich fast, als er mir tief in die Augen schaute. »Nein, Sam. Das trifft es nicht annähernd.« Seine Lippen berührten ganz leicht meinen Mund. »Ich versuche, dich zu verführen.«

Jake küsste mich zärtlich. Ohne meine Lippen freizugeben, hob er mich auf seine Arme und ging mit mir davon. Er musste sich den uns folgenden Blicken ebenso bewusst sein, wie ich es war. Doch es schien ihn nicht zu interessieren.

»Wo bringst du mich hin?«

»Nach Hause.«

»Hm ...« Ich bedeckte seinen Hals mit Küssen.

Jake stöhnte auf. »Aber wenn du so weitermachst, schaffen wir es nicht mehr bis dahin.«

Ich presste mich noch fester an ihn. »Beeil dich!«, flehte ich ihn an.

Er trug mich nur ein kleines Stück in den Wald hinein und blieb dann unvermittelt stehen.

»Wir sind da«, erklärte er. »Ich habe mich seit unserer Trauung darauf gefreut, dich über die Schwelle zu tragen.«

Neugierig schaute ich mich um, konnte aber kein Heim entdecken.

Er lachte und deutete mit dem Kopf nach oben.

Über uns, in den mächtigen Wipfeln der uralten Bäume des Ageless Forest, befanden sich riesige Baumhäuser. Ein Haus allein umfasste mindestens vier mächtige Bäume, deren Stämme in die Wohnfläche integriert waren. Man hatte den Eindruck, die Bäume wären mir dem Haus komplett verwachsen. Wie bei dem Tempel, webten sich blättrige Zweige und wilde Blumen in die Außenwände ein. Es war absolut beeindruckend.

Jake setzte mich ab und deutete auf eine Wendeltreppe, die um einen der Stämme hinaufführte. Er amüsierte sich über meine staunende Miene, während ich ihm folgte. Oben angekommen führte eine Veranda um das gesamte Baumhaus herum und gestattete einen überwältigenden Ausblick. Deshalb lief ich die komplette Veranda ab, wobei ich die spektakuläre Aussicht genoss. Ich überblickte das weite Meer, ... das friedliche Bergtal, ... den tiefen Wald. Es war atemberaubend.

Jake nahm mich erneut auf seine Arme, um mich wie versprochen über die Schwelle zu tragen.

»Das ist mein Zuhause – unser Zuhause.« Er führte mich herum und wartete gespannt auf meine Reaktion.

Der Wohnraum wirkte großzügig und gemütlich zugleich, da die mächtigen Stämme ihn wie Säulen durchzogen. Bis ins kleinste Detail war alles liebevoll mit Schränken, Tisch, Stühlen und Regalen eingerichtet. An manchen Stellen waren die Äste und Blumen bis zu den Innenwänden durchgedrungen. Sie schmückten den Raum und hüllten ihn in einen angenehmen Duft.

Schließlich blieb mein Blick an dem großen

Bett haften, das mit einem von der Decke hängenden, durchsichtigen Vorhang eingehüllt war.

»Ich würde jetzt zu gern deine Gedanken lesen.« Er schmunzelte. »Du wirst nämlich rot.«

»Ich werde nicht rot.«

Jake kam auf mich zu und berührte mit seinen Fingerspitzen mein Gesicht. »Doch ... Genau hier ...« Er streichelte zärtlich über meine Wangen. »Und hier ...«

Er nahm meine Hand, küsste sie und ging vor mir auf die Knie.

»Samantha, meine wunderschöne Frau.«

Ich hielt die Luft an.

»Du hast dich nach eurem menschlichen Brauch an mich gebunden. Bitte erweise mir die Ehre und gehe nun auch die Verbindung der Unsterblichen mit mir ein – lasse unsere Seelen miteinander verschmelzen!«

Ich sank ebenfalls auf die Knie, schlang meine Arme um seinen Hals und presste meine Lippen auf seinen Mund. Ich war vollkommen überwältigt.

Jake erwiderte meinen Kuss, bevor er sich langsam wieder zurückzog. Sein Blick fesselte mich. »Bedeutet das ... ja?!«

Völlig aufgelöst und den Tränen nahe, klammerte ich mich an ihn. »Ja, Jake. Tausendmal ja!«

Ab jetzt gab es für uns kein Halten mehr. Wir fielen regelrecht übereinander her. Tagelange Zurückhaltung brach aus uns heraus, als wir uns gegenseitig befreiten.

Hektisch streiften wir die Kleidung achtlos von unseren Körpern, um uns Haut an Haut süchtig aneinanderzupressen. Wenn ich gekonnt hätte, wäre ich in ihn hineingekrochen.

Ich roch ihn ..., spürte ihn ..., schmeckte ihn. Seine Haut war unglaublich weich und warm, sein muskulöser Körper hart und beschützend. Ich wollte ihn so sehr, war völlig ausgehungert nach ihm. Leidenschaftlich gaben wir uns einander hin und ließen alle Hemmungen fallen.

Jake zog mich behutsam auf seinen Schoß, hielt dann aber noch für einen kurzen Moment inne. »Ich liebe dich!«

»Ich liebe dich auch!« Meine Stirn lehnte an seiner. »Erlöse uns, Jake! Bitte, erlöse uns!«

Und dann schwebte ich im Himmel ...

Das Gefühl, ihn in mir zu spüren, übertraf einfach alles. Nach einem kurzen stechenden Schmerz hielt ich mich bebend an ihm fest. Mein Körper löste sich auf.

Unsere Herzen schlugen rasend schnell im selben Rhythmus. Ich spürte, wie unsere Körper miteinander verschmolzen. Es war, als würde ich in Jakes Körper eintauchen, als wären wir ein und dieselbe Person. Das Feuer in meinem Körper verbrannte mich dieses Mal nicht, sondern erfüllte mich angenehm mit einer kribbelnden Wärme.

Erschöpft lagen wir ineinander verschlungen im Bett. Als sich unsere Blicke trafen, hatte ich das Gefühl durch seine dunkelblauen Augen bis auf seine Seele schauen zu können. Wir hatten uns unwiderruflich aneinander gebunden. Nichts und niemand würde jemals in der Lage sein, dieses Band zu zerstören.

Jake sah mich fasziniert an. Unser beider Atem ging immer noch stoßweise. »Du hast die schönste Seele der Welt«, flüsterte er. Dabei legte sich sein Mund bereits wieder zärtlich auf meinen.

Die ganze Nacht konnten wir nicht voneinander lassen, gaben uns immer wieder einander hin. Ich war süchtig nach ihm.

Erst als der Morgen anbrach, schlief ich in seinen Armen ein.

Die Sonne ging bereits auf und begrüßte den vielleicht letzten Tag unseres Lebens.

DAS ENDE

Jake lag mit dem Kopf auf meiner Brust und lauschte meinem Herzschlag, während ich verträumt mit seinen Haaren spielte. Ich wünschte, wir könnten hier einfach ewig zusammen liegen bleiben.

Auf der einen Seite war ich so glücklich wie noch niemals zuvor in meinem Leben – auf der anderen Seite hatte ich noch nie so große Angst.

Jake zog die Decke über uns und kuschelte sich noch mehr an mich. »Du frierst!«, stellte er fest.

Ich fror nicht, ich glühte. Doch allein schon der Gedanke daran, dass er heute in den Krieg ziehen würde, ließ mich zittern. Wie viele von unserem Clan würden heute sterben müssen, wenn sie sich gegen die Übermacht von Dougal stellten?

Jake bemerkte meine Nervosität und stützte seinen Kopf ab, um mich anzusehen.

So sehr ich mich auch bemühte, ich konnte die Tränen einfach nicht zurückhalten. »Ich habe solche Angst, dich zu verlieren.«

Er antwortete nicht, sondern küsste stattdessen meine Tränen weg. Seine Lippen streichelten zärtlich meinen Hals hinunter und setzten dieses köstliche Spiel unermüdlich fort.

Die Ablenkung funktionierte. Ich wollte unsere gemeinsame Zeit nicht damit verschwenden, ihr schon hinterherzutrauern. Jeden Augenblick, der mir mit Jake blieb, würde ich in vollen Zügen auskosten.

Jetzt, hier, in genau diesem Moment gab es nur noch uns.

Ein zögerndes Klopfen riss uns jedoch erbarmungslos in die Realität zurück. Ich hielt mir die Ohren zu, weil ich es einfach nicht wahrhaben wollte, während Jake sein Gesicht im Kissen vergrub, als könnte er sich darunter verstecken.

»Jake!«, hörten wir Grimmt rufen. »Silas erwartet uns alle vor dem Tempel.«

Wir umarmten uns, ohne auf Grimmt zu reagieren.

»Jake!«, brüllte dieser jetzt, dass man ihn im ganzen Bergtal hören konnte.

»Ja ... Ich habe dich verstanden.«

»Na, dann gib mir gefälligst eine Antwort, wenn ich mit dir rede!«

»Das habe ich doch gerade getan«, brüllte Jake, sodass ich zusammenzuckte.

Er küsste mich auf die Stirn. »Entschuldige, Sam. Ich wollte dich nicht erschrecken.

Aber dieser unsensible Kerl da draußen treibt mich manchmal einfach in den Wahnsinn«, rief er laut der geschlossenen Tür entgegen.

Grimmt lachte sein kehliges Lachen. Dann entfernten sich seine Schritte von der Veranda.

Jake streifte seine Sachen über, wobei ich ihn bedauernd beobachtete.

»Begleitest du mich noch ein Stück?«, fragte er.

Und ob ich das tat. Ich würde ihn sogar bis zum Schlachtfeld begleiten, aber das durfte er nicht wissen. Bevor mich der ganze Mut verließ, wälzte ich mich aus dem Bett.

Hand in Hand machten wir uns schließlich auf den Weg zum Tempelplatz. Keiner von uns brachte ein Wort über die Lippen. Wir waren wie gelähmt, wussten einfach nicht, wie wir mit dieser ausweglosen Situation umgehen sollten. Schon von Weitem hörten wir das Stimmengewirr, da sich alle schon zum Aufbruch bereit machten. Gleich würden sie in die Schlacht ziehen, bei der sie unter diesen Umständen nur verlieren konnten.

Abrupt blieb ich stehen und klammerte mich an Jake fest. »Geh nicht. Bitte, bitte, geh nicht!«, flehte ich ihn an.

Er hob mich hoch und presste mich mit dem Rücken gegen die steinerne Wand der Weberei, an der wir gerade vorübergegangen waren. Wir küssten uns hemmungslos, versuchten einander zu geben, was uns in diesem kurzen Augenblick noch möglich war.

Jake legte seine Stirn auf meiner Schulter ab, rang um Beherrschung und schaute dann unter einem erzwungenen Lächeln zu mir auf. »Ich verspreche dir, dass ich alles in meiner Macht Stehende tun werde, um zu dir zurückzukommen.«

Im selben Moment bog Grimmt um die Ecke. Er fühlte sich sichtlich unwohl und räusperte sich. »Es wird Zeit! Sie reiten los«, informierte er seinen Freund.

Jake nickte. Dann küsste er mich ein letztes Mal. »Ich liebe dich über alles!«, sagte er mit gebrochener Stimme.

Grimmt verstand den bittenden Blick seines Freundes und hielt mich zurück, als Jake schließlich davonrannte.

»Jake ... Nein ... Jake!«

Grimmt umarmte mich und streichelte mitfühlend über meinen Rücken. »Ist schon gut, Sam ... Ist ja gut!«

Am ganzen Körper zitternd, weinte ich rücksichtslos in sein Hemd.

»Ich werde auf ihn aufpassen«, versprach er mir.

»Du wirst genug damit zu tun haben, auf dich selbst aufzupassen«, erwiderte ich und schlug ihm auffordernd auf die breite Brust.

»Sam, ich hätte da eine Bitte ...« Er kraulte sich durch den Bart. »Wenn ich das hier nicht überleben sollte, dann bringt mich zu meiner Familie, um mich dort zu beerdigen!«

Ich wollte ihm sagen, dass das nicht passieren würde, dass alles gut werden würde. Doch wir hätten beide über die Leere meiner Worte Bescheid gewusst.

»Aber du musst mir auch etwas versprechen.« Ich sah zu Boden, aus Angst, er könnte mein Vorhaben durchschauen. »Falls ich sterben sollte, dann legt mich bitte neben Dexter. Ich habe Angst davor, allein zu sein.«

Grimmt fasste mich an den Schultern. »Du brauchst dir keine Sorgen zu machen, Sam. Euch Frauen droht durch Dougal keine Gefahr. Wenn er Silas tatsächlich vernichten sollte, so wird er alle verbliebenen unsterblichen Frauen in seinem Clan aufnehmen.«

»Silas würde uns nie einfach zurücklassen, wenn wir in Gefahr wären«, sagte Nancy, die unbemerkt an uns herangetreten war. Sie lächelte tapfer und wandte sich an Grimmt. »Sie sind bereits aufgebrochen. Du solltest dich beeilen, falls du sie noch einholen willst!«

Er küsste mich auf die Stirn und lief hastig davon.

»Sag Jake, dass ich ihn liebe!«, rief ich ihm hinterher, als Nancy und ich weinend zurückblieben.

Was musste jetzt in ihr vorgehen, da ihr Seelenverwandter und ihr einziger Sohn in den Kampf zogen? Ich ergriff ihre Hand, suchte nach den richtigen Worten, um ihr mein Mitgefühl zu bekunden. Jedoch gab es nichts zu sagen, mit dem ich sie hätte trösten können.

Letztendlich stand ich einfach nur mit hängenden Schultern neben ihr und wartete ungeduldig, bis Grimmt im Wald verschwunden war. Nun durfte ich keine Zeit mehr verlieren.

»Es tut mir leid, dass ihr wegen den Menschen so viel durchmachen müsst. Ich werde mein Bestmöglichstes tun, damit euer Clan nicht länger in Gefahr ist.« Schnell umarmte ich Nancy und rannte dann los.

»Samantha!«, hörte ich sie meinen Namen rufen.

Doch ich reagierte nicht darauf. Ich rannte um mein Leben, um das Leben all jener, die mir am Herzen lagen. Nie könnte ich mit dem Wissen weiterleben, dass Unschuldige ihr Leben gelassen haben, obwohl ich vielleicht die Gelegenheit dazu gehabt hätte, alle zu retten. Ich raffte mein langes Kleid hoch, da es mich beim Laufen behinderte. Immer wieder kam ich durch herausragende Wurzeln zum Stolpern. Wenn ich mich nicht beeilte, würde ich zu spät kommen.

»Sam, warte!«

Ich hatte nicht damit gerechnet, dass Nancy mir folgen würde. Mir lief die Zeit davon ...

Ich drehte mich nach ihr um, ohne dabei stehenzubleiben. Doch Nancy hielt mit ihrem weißen Pferd auf mich zu, überholte mich und schnitt mir den Weg ab.

»Was hast du vor?«, fragte sie.

»Bitte ... Du musst mich vorbei lassen! Ich bin die einzige Hoffnung, die wir vielleicht noch haben.«

Mit weit aufgerissenen Augen sah sie mich an. »Aber das würde Jake mir nie verzeihen.«

Ich ergriff ihre Hand. »Nancy! Wenn ich nicht gehe, wird Jake nicht wiederkommen. Und Silas auch nicht.«

Sie schaute betrübt zu Boden, wusste offensichtlich nicht, was richtig und was falsch war. Aber tief in ihrem Inneren musste sie spüren, dass ich recht hatte.

»Komm!«, forderte sie mich auf und reichte mir ihre Hand. »Zu Fuß holst du sie nie ein.«

Ich schüttelte den Kopf. »Nein, Nancy! Du darfst den Clansitz unter keinen Umständen verlassen! Wenn es zum Kampf kommt und Dougal den Sieg davontragen sollte, musst du deinem Clan beistehen.«

»Dann nimm mein Pferd!«, wies sie mich an, während sie auch schon absaß. Sie trat beiseite und reichte mir ihre Hand, um mir auf die große Stute hinaufzuhelfen.

»Aber sie wird mich abwerfen.«

»Das Risiko wirst du eingehen müssen! Obwohl ich glaube, dass sie spürt, dass du uns sehr ähnlich bist – dass du etwas Besonderes bist.«

»Etwas Besonderes ...?« Ich zögerte, saß dann aber schließlich auf.

Das wilde Pferd fühlte sich sichtlich unwohl und stampfte mit den Hufen. Deshalb nahm Nancy meine Hand in die ihre, streichelte damit über den Hals der Stute und flüsterte ihr einfühlsam zu. Erst nachdem das Tier ganz ruhig geworden war, wandte sich Nancy wieder an mich. »Danke, Sam. Danke, dass du es versuchst.« Sie trieb ihr Pferd an. »Und nun beeile dich!«

Ich krallte meine Hände panisch in die lange Mähne und redete mehr auf mich selbst als auf die Stute beruhigend ein, während ich mit ihr davonritt und wir Nancy sorgenvoll zurückließen. Hoffentlich würde ich es bis zum Schlachtfeld schaffen. Es wäre ein Wunder, wenn ich so lange die Kraft aufbringen könnte, mich auf diesem wilden Pferd zu halten.

Eine gefühlte Ewigkeit galoppierte ich nun schon durch den Ageless Forest, ohne aus ihm herauszufinden. Panik stieg in mir auf. Hatte ich mich verirrt?

Doch dann hörte ich sie ... Trommeln und Schlachtrufe drangen gedämpft zu mir herüber, deren Klänge wie brennende Nesseln in meine Eingeweide vordrangen. Ich näherte mich auf Nancys Pferd dem lautstarken Treiben und hielt mich im Schutz der Bäume verborgen, um nach Jake und den anderen Ausschau zu halten.

Auf der weiten Ebene hatten sich alle versammelt. Silas' Clan stand dem von Dougal mit einem Abstand von etwa hundert Schritten gegenüber. Seitlich neben ihnen hatten sich andere Clans niedergelassen und beobachteten noch unparteiisch das Geschehen. In den vorderen Reihen standen die Fahnenträger der jeweiligen Clans. Die grüne Flagge der McAlasters zeigte den herausragenden Baum, der symbolisch für den Ageless Forest stand und zwischen den abgebildeten Zwillingsbergen thronte. Dougal McGavyns Flagge ließ einen weißen Falken auf rotem Hintergrund erkennen. Er war der Krieger der Vögel und stand als Symbol für den Mut und die Regentschaft des Clans.

An vorderster Stelle standen zwei Reiter, die offensichtlich die Befehlsgewalt über die verfeindete Truppe hatten. Sie trugen ärmellose Rüstungen, deren schwarzes Leder ihre Oberkörper eng einhüllte. Einer von ihnen streichelte das Gefieder eines Falken, der auf seinem ausgestreckten Unterarm saß. Ich war mir ziemlich sicher, dass es sich bei den beiden um Dougal und seinen Ziehsohn Esca handelte.

Als Silas in die Mitte des Schlachtfeldes ritt, entließ Dougal den Raubvogel in die Lüfte, um ihm entgegenzureiten. Die Massen grölten ihren Anführern zu, die nun aufeinandertrafen und ihre Pferde stoppten.

Ich hatte Gänsehaut. Nervös suchte ich die vorderen Reihen nach Jake ab, bis ich ihn endlich erblickte. Kampfbereit hielt er sein Schwert in die Höhe, wobei Onyx sich immer wieder auf die Hinterläufe stellte.

Mein Herz schmerzte, so sehr hämmerte es gegen meinen Brustkorb. Ich durfte einfach nicht versagen! Dieser unglaubliche Unsterbliche war dafür geboren, eines Tages seinen Clan anzuführen. Ich flehte die Götter an, dass er überleben würde, dass sie alle unversehrt blieben. Ich flehte, dass ich den Mut und die Kraft dafür hatte, mich Dougal McGavyn in den Weg zu stellen.

»Ich hatte eigentlich gehofft, du würdest mir ein paar Rebellen als Geschenk mitbringen«, rief Dougal mit seiner tiefen Stimme Silas zu.

Schweren Herzens löste ich meinen Blick von Jake und wandte mich ängstlich dem Geschehen zu.

»Und wenn ich dir ein paar Menschen gebracht hätte, was hättest du dann getan?«, fragte Silas laut.

Dougal lachte dreckig. »Ich hätte bestimmt meinen Spaß gehabt. Aber wie es aussieht, scheinst du mir diesen nicht zu gönnen.«

Silas verzog keine Miene. »Was willst du, Dougal?«

Nun wurde auch dieser wieder ernst. »Ich will, dass du dich mit mir gegen die Menschen verbündest.« Herausfordernd sah er Silas an.

»Die Menschen sind meine Freunde ...«

Noch bevor Silas aussprechen konnte, brüllte Dougal ihn hasserfüllt an. »Die Menschen sind ein primitives Pack. Sie sind nichts wert. Unsereins sollte sich überhaupt nicht mit ihnen abgeben. Lange genug haben wir sie schon erduldet. Damit ist jetzt Schluss!«

»Nein!«, schrie Silas zurück. »Sie sind uns ähnlicher, als du denkst. Dein Sohn Dageus hat das erkannt.«

»Lass meinen Sohn aus dem Spiel!« Dougal trieb ihm sein Pferd weiter entgegen.

»Er hat die menschliche Frau geliebt, Dougal – sie war seine Seelenverwandte!«

»Sei still, du mieser Verräter!« Drohend hielt er Silas seine Schwertspitze entgegen.

Doch Silas straffte die Schultern. Beschwörend ließ er seinen Blick über die anwesenden Clans schweifen, damit sie aufmerksam zuhörten. »Er konnte ohne sie nicht mehr leben. Was glaubst du, warum Dageus sonst in der Lage war, den Freitod zu wählen?«

Wutentbrannt holte Dougal mit seinem Schwert aus und verfehlte Silas' Kopf nur um Haaresbreite.

Ein Raunen ging durch die Massen. Silas starrte Dougal für einen kurzen Moment erschrocken an und ritt dann flüchtend zu seinen Männern zurück.

Die Schlacht würde hier und jetzt stattfinden.

Ich versuchte vergeblich, meine Atmung unter Kontrolle zu bringen. Dieser McGavyn war unberechenbar. Er hätte Silas, ohne mit der Wimper zu zucken, vor aller Augen enthauptet. Es war kein Geheimnis, dass er sich allen überlegen fühlte und sich als Oberhaupt sämtlicher Clans sah. Er demonstrierte seine Macht, ließ keine Zweifel aufkommen, dass er seinen Willen durchsetzen würde.

Jake blickte seinem Vater, der dem Tod soeben nur knapp entronnen war, entsetzt entgegen.

Dougal bewegte sich nicht von der Stelle. Er heizte seine Anhänger mit einer Armbewegung an, die daraufhin kampfbereit ihre Schwerter in die Höhe hielten und ihm laut zugrölten.

Der Kampf stand unmittelbar bevor. Wenn ich jetzt nichts unternahm, würde es zu spät sein. Ich hatte große Angst, diesem Tyrannen gegenüberzutreten, glaubte nicht daran, dass er mich anhören würde. Doch meine Zeit war gekommen. Wenn mein Leben bisher irgendeinen Sinn hatte, dann nur dafür, um heute hier zu sein und mich meinem Schicksal zu stellen. Mit dieser Erkenntnis trieb ich Nancys Stute an und ritt genau zwischen den verfeindeten Clans auf die Ebene hinaus. Ich musste meine Herkunft akzeptieren. Nur so konnte ich alle anderen vielleicht davon überzeugen, dass ich ein Halbblut war.

Es kam mir vor, als würde die Zeit stillstehen. Der Takt meines Herzens war unnatürlich schnell, wobei ich jeden Moment damit rechnete, dass es vor Panik einfach stehenblieb. Wie in Trance hielt ich meinen Blick nur auf Dougal fixiert, während ich im Schritttempo auf ihn zuritt.

Zuerst nahmen sie mich gar nicht wahr, da alle angespannt auf den Kampfbeginn warteten. Dann wurde es jedoch nach und nach ruhig. Sie bemerkten allmählich meine Anwesenheit.

»Nein ...!«, schrie Jake, als er mich erblickte.

Ryan und vier weitere Männer hielten ihn davon ab, zu mir zu gelangen, wobei er unsanft zu Boden ging. »Sam! Nein!«

Grimmt schüttelte den Kopf, da er die Bedeutung unseres letzten gemeinsamen Gesprächs nun begreifen konnte. Er trat neben Silas und redete auf diesen ein. Doch Silas beachtete ihn nicht, sondern nickte mir stattdessen fast unmerklich zu. Er machte mir Mut.

Ich erschrak, als ich bemerkte, dass Dougal mich inzwischen misstrauisch musterte. Mein Körper zitterte und verriet jedem der hier Anwesenden meine innere Aufruhr. Niemals würde es mir gelingen, meine Angst vor ihm zu verbergen. Wie sollte ich je den Mut aufbringen, ihm die Stirn zu bieten? Auf keinen

Fall durfte ich einen Fehler machen! Ich hatte nur diesen einen Versuch ...

Kurz vor Dougal stoppte ich die weiße Stute und bemühte mich, seinem Blick standzuhalten. Dabei fragte ich mich, ob dieser Mann mit meinem Vater Ähnlichkeit hatte. Das blonde, wellige Haar hatte er im Nacken zusammengebunden, wobei es ihm sonst sicherlich bis auf die Schultern reichte. Sein blonder Vollbart wollte so gar nicht zu seinem jungen Gesicht passen, aus welchem mich grün-blaue Augen anfunkelten, die den meinen glichen.

Unerwarteterweise fing er an, gehässig zu lachen. »Ist es nun schon so weit mit dir gekommen, dass du deine Frauen mit auf das Schlachtfeld führst?«, rief er Silas zu. Er hielt mich zweifellos für eine Unsterbliche.

Das Gelächter seiner Männer schallte über die gesamte Ebene.

Oh nein. Er würde Silas nicht vor allen vorführen – schon gar nicht meinetwegen. Ich lenkte Nancys Pferd zwischen ihr Sichtfeld, stellte mich mit dem Rücken zu meiner Familie und wandte mich ihm nun entschlossen zu. Scheinbar selbstbewusst hob ich das Kinn, bevor ich laut und deutlich sprach: »Und ist es mit Euch schon so weit gekommen, dass Ihr einen Menschen nicht erkennt, wenn er vor Euch steht?«

Einen kurzen Augenblick war Totenstille.

Dougals Blick triefte vor Verachtung. Jetzt

musste ich vorsichtig sein!

»Was soll das werden, Silas? Versuchst du, mich an der Nase herumzuführen?«, brüllte er über meinen Kopf hinweg.

Die Stute scheute durch sein Gebrüll. Ich wollte mir nicht die Blöße geben, vor aller Augen vom Pferd zu fallen. Deshalb stieg ich so beiläufig wie möglich von ihrem Rücken, woraufhin sie schleunigst das Weite suchte.

»Seid Ihr schüchtern oder sprecht Ihr generell nicht mit Frauen?« Ich wandte mich ihm erneut zu, um ihn von Silas abzulenken.

Nun lachten vereinzelt Männer aus den anderen Clans – was mich hoffen ließ, Dougal hingegen maßlos verärgerte. Er sprang so plötzlich von seinem Pferd und zog mich in seine Arme, dass ich regelrecht hören konnte, wie man hinter mir die Luft anhielt.

»Ich kann dir gern zeigen, wie schüchtern ich bin!«, flüsterte er mir ins Ohr. »Willst du es gleich hier haben oder wartest du noch, bis ich mit deinem Clan fertig bin?«

Bemüht, einen gleichgültigen Eindruck zu machen, löste ich mich aus seiner Umarmung. Augenscheinlich ließ ich mich nicht von ihm einschüchtern, obwohl ich am liebsten schreiend davongelaufen wäre.

»Wenn du erfahren hast, wer ich bin, wirst du mich vermutlich mit anderen Augen sehen«, sagte ich.

»Ach, tatsächlich?« Er wirkte belustigt.

Ich wich einen Schritt von ihm zurück, mit dem Resultat, dass sie hinter mir wieder atmeten.

»Mein Name ist Sam ...«, begann ich, mich vorzustellen.

Er ließ mich jedoch nicht ausreden und zog gelangweilt die Augenbrauen nach oben. »Ich freue mich für dich. Ein ausgesprochen schöner Name«, zog er mich auf.

Seine Männer lachten wieder.

Doch ich sah ihm tief in die Augen und sprach weiter: »Ich bin Sam Foley, die Tochter von Samantha, der Frau, in die sich dein Sohn verliebte.«

Das Gelächter hörte augenblicklich auf.

Dougal schaute mich hasserfüllt an. »Geh mir aus den Augen, sonst vergesse ich meine guten Vorsätze! Bis jetzt habe ich noch nie eine unsterbliche Frau enthauptet. Aber ich glaube, bei dir mache ich da gern eine Ausnahme.« Er drehte sich zornig um und lief zu seinem Pferd.

»Du hast mir nicht zugehört, Dougal!«, rief ich ihm nach. »Ich bin keine Unsterbliche, ich bin die Tochter von Samantha Foley.«

»Für wie dumm haltet ihr mich eigentlich?«, schrie er mich an.

Hinter mir hörte ich besorgtes Gemurmel.

»Glaubst du allen Ernstes, dass ich einen Menschen nicht von einer Unsterblichen unterscheiden kann?«, brüllte er in Silas'

Richtung.

Er drehte sich zu seinen Männern um und zog sein Schwert, um sie zum Kampf aufzurufen.

»Ich bin keine Unsterbliche.« Verzweifelt baute ich mich vor ihm auf. »Ich bin ihre Tochter – und ich bin die Tochter deines Sohnes ... von Dageus.«

Eine unangenehme Stille breitete sich aus. Alle hier hatten mich verstanden und starrten mich an.

»Wie kannst du es wagen, den Namen meines Sohnes auch nur in den Mund zu nehmen«, verdammte er mich. Schnaubend vor Wut und Hass stürzte er auf mich zu.

»Nein ...!« Jakes Schrei drang zu mir, noch bevor ich die scharfe Klinge spürte, die sich heimtückisch durch mein Fleisch in meine Magengrube schnitt. Dougal zog sein Schwert schon wieder aus meinem Körper heraus, als mir überhaupt erst bewusst wurde, was geschehen war.

Abfällig grinsend sah er mich an. Er lachte über seine gelungene Aktion, allen einen Schrecken eingejagt zu haben. Doch sein Ausdruck änderte sich, während ich zu Boden ging. Wie alle anderen auch verwirrte es ihn, dass ich mich wegen einer für die Unsterblichen einfachen Bauchverletzung nicht mehr auf den Beinen halten konnte.

»Sam ... Nein ...!« Jake fing mich auf, bevor

ich ungebremst auf dem Boden aufschlug. Er kniete bei mir und hielt mich im Arm. »Nein ... Bitte, bitte ... Nein!«

Silas kam ebenfalls angerannt und erstarrte, als er auf meinen Bauch blickte. »Oh, Sam!«, flüsterte er.

»Es wird alles wieder gut«, sagte Jake mit erstickter Stimme. Er drückte seine Hand auf die tiefe Wunde und bemühte sich verzweifelt, die Blutung zu stoppen.

Erst als ich es wagte, Luft zu holen, brach der Schmerz gnadenlos über mich herein. Ein Feuer verbrannte mich innerlich, fraß sich von meinem Bauch immer weiter durch meinen Körper, bis die Qual mich vollkommen beherrschte. Doch ich durfte auf keinen Fall schreien! Diese Genugtuung würde ich Dougal nicht geben.

Silas beobachtete seinen Sohn, der inzwischen unablässig sein Blut in meine Wunde träufelte. Nur kurz sah er von Jakes Handeln auf, als Grimmt zu uns trat und er ihn mit einem Kopfschütteln über meine Situation aufklärte.

Grimmt stand völlig unter Schock. Er ließ sich neben mir nieder und ergriff meine Hand. »Du bist das tapferste Mädchen, was es auf dieser Welt gibt«, sprach er zu mir, wobei seine Stimme versagte. Dies waren seine letzten Worte an mich, sein letzter Gruß.

»Du hast es versprochen«, flüsterte ich

Grimmt kaum hörbar zu. »Legt mich zu Dexter, dann bin ich bei einem Freund!«

Jake schluchzte auf und schüttelte immerzu den Kopf. Er weinte nun hemmungslos.

»Danke, Sam«, sagte Silas. »Danke für alles.«

Meine Augen füllten sich mit Tränen. Noch stärker als der Schmerz war die Erkenntnis, dass ich versagt hatte – dass mein Tod umsonst war.

Es hatte nie etwas Tröstenderes gegeben, als Jakes Gegenwart in den letzten Zügen meines Lebens. Er war bei mir ...

Ich liebte ihn über alles und es brach mir das Herz, ihn nun zurücklassen zu müssen. Aber ich konnte ihn nicht mitnehmen, ich wusste ja nicht einmal selbst, wohin ich nun gehen würde.

Meine Atmung verlangsamte sich und ich wurde ganz ruhig. Das Schlimmste hatte ich wohl überstanden. Ich spürte keine Schmerzen mehr, zumindest keine körperlichen. Meine Seele hingegen schrie vor Verzweiflung ...

Jake streichelte über mein Gesicht. »Bleib bei mir, Sam! Bitte verlass mich nicht!«

»Ich liebe dich«, formten meine Lippen, ohne dass ein Laut sie verließ. Doch er hatte mich verstanden.

»Es gab immer nur dich – und daran wird sich nie etwas ändern«, beteuerte er mir. »Ich liebe dich bis über den Tod hinaus und ich glaube fest daran, dass ich dich wiedersehen werde. Egal, wo es sein wird – egal, wie lange es dauern wird – ich werde dich wiederfinden!« Seine Tränen tropften auf mein Gesicht, als er mir tief in die Augen schaute, um mir dieses Versprechen zu geben. Er verabschiedete sich von mir.

Langsam glitt mein Bewusstsein davon. Ich wollte seinen Blick erwidern, der so zärtlich und verzweifelt zugleich war. Jedoch konnte ich ihn nur noch verschwommen wahrnehmen. Ich gab auf und schloss die Augen, da ich einfach nicht mehr die Kraft aufbringen konnte, sie noch länger aufzuhalten.

Deutlich konnte ich spüren, wie ich mehr und mehr der Wirklichkeit entglitt, wie mich das Ende immer weiter von ihm wegzog. Ich hatte den Kampf um mein Leben verloren …

Grimmts Hand drückte zum Abschied die meine, während Jake hilflos meinen Namen schrie und mich ein letztes Mal küsste.

Lebt wohl … war das Letzte, was ich dachte, bevor ich entschwand.

Ich musterte Jake traurig und streckte meine Hand nach ihm aus, um seine Wange zu streicheln. Doch statt meiner Hand sah ich nur ein weißes, glitzerndes Licht, das über seine Haut strich. Plötzlich hatte ich das Gefühl zu schweben. Ganz langsam bewegte ich mich von Jake weg. Ich sah nichts außer dem weißen Licht, als ich nun an mir heruntersah. Verwirrt versuchte ich, meinen nicht vorhandenen Körper zu berühren. An der Stelle, wo ich meine unsichtbare Hand auflegte, ließ sich der glitzernde Nebel verdrängen, nur um sich dann wieder zusammenzuschließen.

Beängstigt schaute ich zu Jake hinüber. Spätestens jetzt begriff ich meine Lage, als ich zusehen musste, wie er über meinem Körper zusammenbrach.

Jeder einzelne der hier Anwesenden konnte ihn sehen. Ihn, einen Unsterblichen, der bitterlich um seine Seelenverwandte trauerte – um mich ... eine Sterbliche. Mitfühlend starrten sie Jake an, der unter Grimmts tröstenden Armen verzweifelte.

»Kehrt heim!«, forderte Silas alle auf. »Und seht die Menschen ab dem heutigen Tag mit anderen Augen! Es könnten auch eure Seelenverwandten unter ihnen sein.«

Er wandte sich Dougal zu. »Sieh hin!«, brüllte er ihn an und zeigte auf seinen weinenden Sohn. »Sie war eine Sterbliche, aber sie war auch seine Seelenverwandte. Ab dem heutigen Tag musst du mit dem Wissen leben, dass Sam tatsächlich die Tochter von Dageus war, die Tochter deines toten Sohnes. Sie war von deinem Blut – sie war deine Enkelin.«

Dougal stand regungslos da. Er starrte auf sein Schwert, von dessen scharfer Klinge mein Blut tropfte. Ein Blut, das einzigartig war –

nicht menschlich, nicht unsterblich, sondern eine Mischung aus beidem. Silbern mit einem leicht rötlichen Schimmer war es ein unumstößlicher Beweis, dass ich Dageus' Tochter war.

Dougal schmiss sein Schwert von sich, so als hätte er sich daran verbrannt. Er ging ein paar Schritte auf Jake zu, der meinen Körper gequält in seinen Armen hielt. Anscheinend fragte er sich, ob ich tatsächlich von seiner Abstammung gewesen war. Er näherte sich immer weiter, betrachtete mich und war völlig in Gedanken versunken, bis Jake schreiend aufsprang und mit gezogenem Schwert auf ihn zustürmte.

Gerade noch rechtzeitig, gewann er seine Fassung wieder, wich Jake aus und taumelte rückwärts. Acht seiner Männer drängten Jake zurück und hatten dabei große Mühe, ihn von ihrem Clanführer abzuschirmen. Sie hielten ihn alle gleichzeitig fest, um ihn unter Kontrolle zu bringen. Doch trotz allem, kämpfte Jake sich Schritt für Schritt weiter an Dougal heran. In seinen Augen wütete ein Sturm, während er Dougal mit seinem Blick festnagelte. Es war für jedermann ersichtlich, wie sehr er ihn verachtete. Jake wollte Rache.

Dougal wirkte verstört. Er lief rückwärts, bis er sich schließlich abrupt umdrehte und auf sein Pferd stieg. Er ritt vom Schlachtfeld, floh vor seiner Tat, und vor Jake.

Sein Clan folgte ihm, wobei die davongaloppierenden Pferde einen höllischen Lärm machten. Erst als sie schon fast nicht mehr zu sehen waren, gaben die acht Männer Jake frei. Sie wichen mit blanken Schwertern vor ihm zurück und drehten ihm erst den Rücken zu, als sie ihre Pferde erreichten. Nur einer von ihnen machte noch keine Anstalten auf sein Pferd aufzusitzen. Ich glaubte, Dougals Ziehsohn in ihm zu erkennen. Da Jake mir erzählt hatte, wie sehr er und dieser Esca sich gegenseitig verachteten, wunderte ich mich nicht über den hasserfüllten Ausdruck in seinen Augen. Der Unsterbliche lächelte Jake boshaft an, bevor sein Blick auf meine leblose Gestalt fiel. Für einen kurzen Moment veränderte sich seine Haltung. Er legte den Kopf schief und kniff die Augen zusammen. Irgendwie wirkte er irritiert. Doch dann hatte er sich wieder im Griff.

»Deinen guten Geschmack muss ich dir lassen, Jake. Das Mädchen hätte mir auch gefallen«, provozierte er ihn.

Jake gab einen knurrenden Laut von sich und stürmte ungehalten auf Esca zu.

Dieser schwang sich schell auf sein Pferd und gab den anderen das Zeichen zum Aufbruch. »Wir sehen uns schon bald wieder, Jake. Und dann werde ich es mir nicht nehmen lassen, euren Clan aus der Welt zu schaffen«, rief er ihm noch zu, bevor er seinen Männern folgte.

Jake ließ sein Schwert achtlos fallen und schaute ins Leere. Mit hängendem Kopf krümmte er sich immer mehr zusammen. Seine gesamte Körperhaltung brachte den inneren Schmerz zum Ausdruck, der ihm die Sinne raubte.

Ich wollte schnell zu ihm, wollte ihn trösten. Noch während ich dies dachte, befand ich mich plötzlich direkt neben ihm. Mein Zustand machte mir Angst. Ich wusste nicht, was hier mit mir geschah. Ohne die Hülle meines Körpers fühlte ich mich sehr verletzlich. Die Hilflosigkeit war unerträglich. Traurigkeit, Verzweiflung und Fassungslosigkeit beherrschten mich. All die Gefühle, die über mich hereinbrachen, erdrückten mich, wurden zur Last. Wie ein lebendiges Band wanden sie sich durch mein nichtexistentes Sein. Doch spüren ... konnte ich nichts. Ich nahm die Berührung in keiner Weise wahr, als mein weißes Licht Jakes Schulter streifte.

Als ich mich langsam von ihm zurückzog, stöhnte Jake herzzerreißend auf. Ich bemerkte den leuchtenden Schein, der seine Gestalt plötzlich umgab. Es war das gleiche Licht, aus dem ich bestand. Seine Seele versuchte mich zu erreichen ...

War ich deshalb noch hier? Konnte ich nicht gehen, weil wir unsere Seelen vereinigt hatten?

Die übrigen Clans verharrten stillschweigend. Sie beobachteten Jake, wie er langsam zu meinem leblosen Körper zurücklief und ihn demütig auf seine Arme hob. Ohne Halt hing mein Kopf herunter, wobei mein langes, blondes Haar fast den Boden berührte.

Trostlos blickte ich ihm nach, als er mich von diesem schicksalhaften Platz forttrug. Ich wusste nicht, wohin ich nun sollte, ob ich es irgendwie beeinflussen konnte, wohin ich nun ging.

Auch Grimmt und Ryan sahen ihrem gebrochenen Freund hinterher. Sie wirkten verunsichert, konnten sich wohl nicht entscheiden, was richtig war. Sollten sie Jake folgen oder ihn besser allein lassen?

Silas wartete darauf, dass die restlichen Clans sich in Bewegung setzten. Die Erleichterung stand ihm deutlich ins Gesicht geschrieben, als sie endlich aufbrachen. Nun konnte er sicher sein, dass der Kampf abgewendet war.

Er beobachtete ihren Rückzug, bis die Ebene verlassen vor ihm lag. Bis auf das niedergetrampelte Gras und die zurückgelassenen Zelte, deutete nichts mehr darauf hin, was sich heute hier zugetragen hatte. Nur das blutgetränkte Schwert Dougals erinnerte an die unfassbare Tat – an meinen Tod.

»Ich bin mir darüber bewusst, dass ich mit Sam auch meinen Sohn zu einem großen Teil verloren habe«, sprach Silas zu Grimmt. »Er wird nie über den Verlust seiner Seelenverwandten hinwegkommen.« Seufzend ging er in die Knie, um Dougals Schwert aufzuheben. »Weißt du, ob Jake sich mit Samantha verbunden hat?«, fragte er Grimmt.

Dieser schüttelte den Kopf. Er wusste es nicht.

»Wenn sie ihre Seelen vereinigt haben, dann ist Jake verloren. Seine Seele kann es auf Dauer unmöglich ertragen, ohne seine Gefährtin zu sein.« Silas ballte die Hand zur Faust. »Ich werde McGavyn mit seinem eigenen Schwert den Kopf abschlagen, wenn ich meinen Sohn durch diese Tat verlieren sollte.«

Er betrachtete die tödliche Klinge ... und sprang dann hektisch auf.

»Grimmt!«, rief er aus, wobei er schon auf ihn zulief. »Sagtet ihr nicht, Samantha hätte rotes, menschliches Blut?«

»Ja, wieso?«, antwortete Grimmt.

Silas hob das Schwert in seinen Blickwinkel, auf dem silberne, rötlich schimmernde Spuren von Blut hafteten. Ein zögerndes Lächeln umspielte seinen Mund. »Es ist noch nicht vorbei!«, stieß er aus und hastete davon.

Es war Grimmt unmöglich, mit Silas Schritt zu halten. Ich hingegen würde ihm folgen.

»Jake ... Warte!«, rief Silas, als er ihn in der Ferne erblickte. Sobald er ihn erreicht hatte, hob er meinen Körper aus Jakes Armen. Er achtete nicht auf den Protest seines Sohnes, sondern legte mich vorsichtig auf dem Boden ab.

»Hast du ihr Blut gesehen?«, erkundigte Silas sich, während er meine Wunde abtastete.

Jake ließ sich neben seinem Vater im Gras nieder. »Ich bin voll von Sams Blut«, sagte er mit zitternder Stimme.

Silas wandte sich seinem Sohn zu, packte ihn an den Schultern und rüttelte ihn. »Wie nah seid ihr euch gekommen, Jake? Hast du dich mit Sam verbunden? Habt ihr eure Seelen vereinigt?«

Jake nickte.

»Wann? Wie lange ist das her?«

»Was spielt das denn für eine Rolle?«

»Eine große Rolle, mein Sohn. Je länger ihr schon aneinander gebunden seid, desto besser.« Silas war ganz aufgeregt. »Samanthas menschliche Seite ist durch Dougals Schwert eindeutig gestorben. Nun kommt es darauf an, wie viel Unsterbliches sie von dir schon angenommen hatte.«

Jake weinte und betrachtete meine leblose Gestalt. »Vergangene Nacht sind wir unser Bündnis eingegangen«, erwiderte er seinem Vater.

»Dann flehe die Götter an, dass es reicht!« Silas ergriff meine Hand. »Sam! Du musst zurückfinden! Drück meine Hand, wenn du mich hören kannst!«

Jake beobachtete seinen Vater nachdenklich. Dann beugte er sich über mich, um mich zu küssen.

Ich war direkt neben ihnen und doch so unendlich weit entfernt. Immerzu hörte ich Jake meinen Name rufen, bis ich eine weitere Stimme vernahm. Es war nur ein Hauch – als würde der Wind mir die Worte zutragen.

Sie kam wie aus dem Nichts, nahm immer mehr Konturen an, bis ich die durchsichtige Gestalt einer Frau erkannte. Obwohl ich durch sie hindurchsehen konnte, war sie doch sichtbarer, als ich es war. Während ich nur aus Licht bestand, zeichnete sich ihr Gesicht deutlich ab. Immer weiter zog sie mich in ihren Bann und nahm mir die Angst vor dem Tod.

Ich konnte das einfach nicht glauben. Es war kein Tag in meinem Leben vergangen, an dem ich nicht an meine Mutter gedacht hatte. Und nun sah ich sie vor mir, erkannte mich in bestimmten Zügen ihres Gesichtes wieder.

Zuerst sah sie auf meinen reglosen Körper, bei dem Jake kniete und um mich trauerte. Danach betrachtete sie mich als Seele und lächelte mir zu. »Samantha, meine Tochter ...«, hörte ich ihre Stimme, ohne dass ihre Lippen sich bewegten.

Sie war mir so nah, dass ich mich nur nach

ihr ausstrecken musste.

Jedoch wich sie vor mir zurück, als ich mich annäherte. »Wenn du mich berührst, begibst du dich so weit in meine Welt hinein, dass du nicht zurückfinden kannst. Ich möchte dich so gern in meinen Armen halten. Aber vorher musst du dich entscheiden. Möchtest du hier bei mir bleiben? Es hängt von dir ab, ob du lebst oder stirbst. Was willst du, Sam?«

Ich war völlig durcheinander. Wie sollte ich das, was hier passierte, je begreifen können. War das alles ein Traum? Doch wenn ich träumen würde, dann bräuchte ich doch keine Entscheidung treffen. Natürlich wünschte ich mir, ich könnte bei meiner Mutter sein. Ich wollte sie so gern kennenlernen. Aber etwas anderes wünschte ich mir noch mehr ... »Ich möchte wieder bei Jake sein.«

»Jake ist dein Seelenverwandter. Egal für welchen Weg du dich entscheiden wirst, Jakes Seele wird dir folgen. Also bedenke deine Wahl, da du sie letztendlich für euch beide treffen wirst.«

»Du meinst, ich könnte Jake hier wiedersehen? Das ist wirklich möglich?«, stieß ich aus.

»Der Weg des Lebens ist ein Risiko – der Tod verspricht dir Erlösung von allen Pflichten. Aber sei dir darüber bewusst, welche Konsequenzen deine Entscheidung haben wird.«

Ich wusste nicht, was richtig oder falsch

war – ich wusste gar nichts mehr. »Was soll ich tun? Bitte, sag mir doch, was ich tun soll.«

»Wenn du hier bleibst, stirbt mit dir die letzte Hoffnung der Menschen. Solltest du ins Leben zurückkehren, wird es deine Bestimmung sein, ihnen zu helfen. Egal welche Macht sich dir in den Weg stellen wird, du musst bereit sein, jeder Gefahr entgegenzutreten und zu kämpfen.«

»Ich weiß nicht, ob ich den Mut aufbringen kann, der dafür nötig ist.«

»Sam ... Wenn du nicht mutig wärst, dann wärst du jetzt nicht hier. Du wusstest, dass es deinen Tod bedeuten konnte, wenn du dich Dougal in den Weg stellst. Doch du hast es getan.«

Ich schluckte. »Dann ist es wohl mein Schicksal. Meine Herkunft hat diese Aufgabe für mich vorgesehen.«

Sie kam näher, blieb aber trotzdem außer Reichweite. »Du machst uns sehr stolz.«

Ich sah mich überrascht um. »Ist Dageus bei dir?«, flüsterte ich.

Ein Lächeln umspielte ihre Lippen. »Du musst nun gehen, Sam! Sie deutete mit dem Kinn in Jakes Richtung. »Seinen Seelenverwandten sollte man nicht so lange allein lassen.«

»Aber ich weiß nicht wie.«

»Du musst zu deinem Körper zurückkehren. Und du musst es mehr als alles andere wollen. Gib nicht auf, um dein Leben zu kämpfen, auch wenn es dir aussichtslos erscheint. Du wirst als Unsterbliche aufwachen – falls du es schaffst.« Sie begann sich in Luft aufzulösen.

»Grüße meinen Vater von mir!«, rief ich ihr noch nach. Doch sie war schon verschwunden.

Ich wandte mich bereits Jake zu, als der Wind durch mich hindurchfuhr und den Nebel aus Licht verwirbelte, aus dem ich bestand. »Unterschätze niemals die Macht deines Handelns. Wir sind immer bei dir«, hörte ich eine Stimme aus allen Richtungen auf mich einströmen. Die Stimme gehörte nicht zu meiner Mutter, sondern war eindeutig die eines Mannes. Es waren die Worte meines Vaters.

Ich wusste nicht, ob ich tatsächlich lächelte, oder ob es sich nur so anfühlte. Entschlossen trat ich nun an Jake heran, der mich immer noch in seinen Armen hielt. Als glitzernder Schweif streichelte meine Hand ihm unbemerkt über sein Haar. Seine Seele begann augenblicklich zu leuchten, umrandete Jakes Gestalt mit einer weißen, funkelten Aura, wobei er traurig aufstöhnte.

Ich betrachtete meinen geliebten Unsterblichen, bevor ich mich mit dem glänzenden Licht meiner Seele auf meinen Körper legte und in ihm versank.

Ich verlor mich in der Dunkelheit ... Doch

ich hatte den starken Willen, um mein Leben zu kämpfen.

Immer wenn ich glaubte, der Kälte fast entkommen zu sein, zog mich eine unbekannte Macht in die trostlose Leere zurück. Nur langsam fand ich aus dem dunklen Abgrund. Doch nach einer endlos erscheinenden Zeit wurde es schließlich immer wärmer und heißer, bis ich Jakes Lippen auf den meinen spürte und ins Licht zurückkehrte.

»Welchen Kampf du auch gerade führst – du kannst es schaffen, Sam.« Jakes Zuspruch drang in meine Ohren und erfüllte mich mit neuer Kraft. Die ganze Zeit hatte ich vernommen, dass er zu mir sprach, ohne etwas davon verstanden zu haben. Aber jetzt hörte ich ihn klar und deutlich.

Ich blinzelte und bemühte mich, die Augen zu öffnen. Doch meine Lider wollten mir einfach noch nicht gehorchen. Sie waren schwer wie Blei. Es überforderte mich maßlos, mein Körpergefühl wiederzufinden.

Jakes Atem streifte über meinen Hals. Er hatte den Kopf auf meine Brust gelegt und lauschte aufmerksam meinem Herzschlag. Mein Gesicht hielt er mit einer Hand umfangen, während sein Daumen über meine Wange streichelte. Ich konnte ihn wieder spüren …

»Komm zurück zu mir, Sam!«, flehte er mich an.

Mein Mund fühlte sich trocken an und meine Stimme verweigerte mir noch immer ihren Dienst. Schließlich war es nur ein Krächzen, was ich von mir gab, aber besser als nichts.

»Ich ... bin ... da ...«

Abrupt schnellte sein Kopf nach oben. Ich spürte regelrecht, wie er mich überrascht ansah.

»Sam?« Seine Stimme brach vor Ungläubigkeit und Hoffnung.

»Hm ...«

Er ließ seinen Kopf erneut auf meine Brust sinken und umarmte mich. Sein Gesicht verbarg er an meinem Hals, als er vor Erleichterung weinte.

Endlich gelang es mir, meine Lider zu öffnen, während er im selben Moment zu mir aufblickte.

»Hey ...«, flüsterte ich.

»Herzlich willkommen.« Er lächelte mich glücklich an. »Du hast mich ganz schön auf die Folter gespannt.«

Ich hatte mich noch nie so erschöpft gefühlt. »Es war kein leichter Weg. Ich glaube, von dort wo ich war, ist bisher noch niemand zurückgekehrt.«

Jake musterte mich nachdenklich.

»Aber jetzt bin ich wieder hier«, sagte ich. »Und ich glaube, dass das nur durch unsere Seelenverwandtschaft möglich ist.«

»Na ja. Wenn du Grimmts Theorie hören willst, dann lebst du noch, weil wir fast alle Körperflüssigkeiten miteinander ausgetauscht haben.« Er griente mich an und verzog das Gesicht.

Ich lachte. »Und was ist deine Theorie?«

»Mein Vater und ich glauben, dass du durch unser Bündnis, durch unsere Seelenverwandtschaft, zu einer Unsterblichen wurdest. Du hattest unsere Gene schon immer in dir, doch erst durch mich konnten sie sich entfalten.«

»Es wird wohl an jeder eurer Theorien etwas dran sein.«

Jake nickte. Er sah sehr entkräftet aus.

»Es tut mir leid, dass du dich um mich sorgen musstest. Ich habe es einfach nicht geschafft, bei dir zu bleiben. Ich war schon zu weit weg und dann bin ich endgültig in die Finsternis eingetaucht.«

Jake kämpfte um Fassung. »Ich darf gar nicht daran denken ... Dich so leblos in meinen Armen halten zu müssen ...« Er atmete tief durch. »Mein Vater sagt, dass deine menschliche Seite gestorben ist, dass du den Menschen hinter dir gelassen hast.«

Ich setzte mich langsam auf. Mir war immer noch schwindlig.

»Sam, du bist nun eine Unsterbliche! Verstehst du, was ich sage? Weißt du, was das für uns bedeutet?«

Und ob ich ihn verstand. Ich würde nicht altern – würde nicht sterben. Wir konnten für immer zusammen sein – für die Ewigkeit.

Statt ihm zu antworten, umarmte ich ihn, um ihn zu küssen.

Jake zog mich vorsichtig auf seinen Schoß und erwiderte ganz behutsam meinen Kuss, fast so, als wäre ich zerbrechlich. Das Knistern zwischen uns war wieder allgegenwärtig.

»Ich bin so glücklich«, sprach er. »Hast du eigentlich schon eine Vorstellung, was du mit der Ewigkeit anfangen willst?«

»Hm ...« Ich tat so, als würde ich angestrengt überlegen.

Jake legte sich empört die Hand aufs Herz und ließ sich schmunzelnd nach hinten fallen.

»Ich weiß nur, dass du dabei die Hauptrolle spielen wirst«, sagte ich.

Er atmete erleichtert aus.

»Aber lass uns zunächst damit beginnen, ins Fischerdorf zu reiten und eine weiße Flagge zu hissen!«, forderte ich ihn auf.

Jake lächelte mich zufrieden an. »Das ist längst geschehen, du Schlafmütze! Du warst fast drei Tage bewusstlos. Mein Vater hat sich schon darum gekümmert.«

»Drei Tage?«

Er stand auf und zog mich in seine Arme. »Und wenn wir uns jetzt nicht beeilen, schaffen wir es noch nicht einmal rechtzeitig, deine Freunde abzuholen.«

Ich habe keine Ahnung, was die Zukunft uns bringen wird. Dass ich noch am Leben bin, wird nicht lange ein Geheimnis bleiben. Keiner kann voraussagen, wie sich Dougal nun verhalten wird, was in ihm vorgeht.

Aber eins weiß ich genau ... Meine Familie und ich werden alles tun, um die Menschen zu beschützen.

EIN GROßES DANKESCHÖN ...

... an meine zwei Söhne und meinen Mann, für die Bereitschaft, mich eine Weile mit Sam und Jake zu teilen.

... an meine Eltern, für alles.

... an meine Freundinnen Katja und Anne, deren Zuspruch maßgeblich dazu beigetragen hat, dass ich diese Geschichte veröffentlicht habe.

... an Enrico für das schöne Cover und den Trailer.

... an Stefan für dein Gedicht.

... an Doro, für deine großartige Unterstützung. Du hast mir sehr dabei geholfen, dieses Buch noch besser zu machen.

... an meine lieben LeserInnen. Ohne eure uneingeschränkte Begeisterung würde es die Fortsetzungen nicht geben. Euer Interesse hat die Geschichte zu einer Trilogie heranwachsen lassen. Ihr seid großartig.

Ich freue mich auf eure Rezensionen, Postings, Kommentare, Blogbeiträge und Mails, und bin schon gespannt auf euer Feedback. Vielleicht habt ihr Lust, mich auf meiner Facebook-Seite zu besuchen ...

www.facebook.com/nica.stevens.7

Danke, danke, danke fürs Lesen!

Eure Nica

Die Verwandte-Seelen-Trilogie ist auch als Hörbuchfassung erschienen

Verwandte Seelen - Eine Liebe zwischen Unsterblichkeit und Tod
(Teil 1)

Verwandte Seelen - Das Schicksal des Halbblutes
(Teil 2)

Verwandte Seelen - Die Schatten der Erinnerung
(Teil 3)

stevens.nica@gmail.com

www.nicastevens.de

www.facebook.com/nica.stevens.7

youtube.com/c/NicaStevens

Teil 1

Verwandte-Seelen-Trilogie

Deutsche Erstausgabe Juni 2013 – E-Book

Lektorat: Dorothea Kenneweg

Coverbild: © Evgeniya Litochenko/123RF.com
Covergestaltung: Phantasmal Image – Enrico Frehse

stevens.nica@gmail.com
www.nicastevens.de
www.facebook.com/nica.stevens.7
youtube.com/c/NicaStevens

Nica Stevens
c/o Anna Mechler
Agentur Lesen&Hören
Manfred-von-Richthofen Str. 156
12101 Berlin

ISBN-13: 978-1492243854
ISBN-10: 149224385X

13218945R00203

Printed in Poland
by Amazon Fulfillment
Poland Sp. z o.o., Wrocław